かな愁情

崎谷はるひ

幻冬舎ルチル文庫

CONTENTS ✦目次✦

あでやかな愁情

✦カバーデザイン＝小菅ひとみ（CoCo.Design）
✦ブックデザイン＝まるか工房

イラスト・蓮川 愛✦

あでやかな愁情

――三十四年前、夏。

その部屋には、つねにノイズが混じった音楽が流れていた。質の悪いカセットデッキのテープはすでにのびかかっているうえ、もともとFMラジオ番組を録音したものだからしかたがない。

ジャズの名曲『サマータイム』で有名なジョージ・ガーシュウィンの『子守歌』。弦楽器で奏でられるメロディは、タイトルのイメージとは違い、男女の別れにふさわしいような、婀娜《あだ》っぽい印象がある。

「ん～、ん、ん～……」

女の唇から漏《も》れたちからない歌は、煙草《たばこ》と酒にかすれた喉《のど》のせいで途切れ、ぎこちない。

焼けた畳《たたみ》のちいさな部屋は、朝までここにいた男の体臭と酒、干しっぱなしの洗濯物と、流し台に残した残飯の悪臭がいりまじった、よどんで饐《す》えた空気に満ちている。

ああ、ん、と、猫の鳴くような声が聞こえ、部屋の隅に寝かせておいたちいさないきものが、もぞりと動いた。炊きたての米のようなにおいが漂い、はあ、とため息をつく。

「ろくにおっぱいも飲んでないのに、なんでだすもんだけだすのよ」

いらだちの混じる声を発したとたん、ああん、ああん、という鳴き声は大きくなり、はっきりと不快なサインを示した。ノイズまじりの子守歌は通用しない、誰かに生かされないと死んでしまう、けれどここにいるという自己主張だけは激しい、赤ん坊。

女は、すでに端《はし》のすり切れたスリップの肩ひもを億劫《おっくう》そうにあげ、立つのも面倒くさいまま、這《は》うようにしておくるみのなかを覗《のぞ》きこむ。

女の細い指が片手でまわりそうな喉へとふれた。くびり殺したりしなくとも、まだ首の据《す》わらない子どもは乱暴に抱えただけではかなくなるだろう。

ああん、ああん、ああん。気配を察したのか、叫びは猛烈になる。隣の住人が壁を殴りつけた。女は音のほうに向かい「うるせえよ！」と怒鳴った。

舌打ちして、粗相をした赤ん坊を睨《にら》む。色白の頬《ほお》に薄い目の色。猛烈な後悔と懺悔《ざんげ》と、そして憎しみが湧いてくる。これがいなければいまごろもっと自由だったし、もっと楽な生活もしていた。ミルク代のために夜の店で男に腿《もも》を撫《な》でまわされることもなく、宿酔《ふつかよ》いで割れそうな頭を抱えることもなかった。

これさえいなければ、本当に、なんの面倒もなかった。その代わりさっさと、楽に死ぬことを選んでもいただろうけれど。

「しかたない、あのひとの子どもだから」

色のない声でつぶやき、さきほどまで覗かせていた憎しみなどかけらもにおわせない手つきで、泣く子どもを抱きあげる。ぽん、ぽん、と背中をたたいて涙をひっこめさせたあと、こればかりは慣れた手つきでおしめを換えた。

上等な紙おむつなど買えないから、もらいものの黄ばんだ布をつけさせる。幸い、雑な扱いでも肌の強いこの子はかぶれもしなかった。

汚れた布の始末をしているうちに、テープはいつの間にか次の曲に変わっていた。今度はショパンの子守歌だ。うってかわって上品なピアノ曲が好みだったのか、不快な下半身がすっきりしたのか、まだ赤らんだ頬できゃきゃと笑う。

女も瘦《こ》けた頬で、ごくかすかに唇の端をあげた。だいぶ長いこと笑うということを忘れていた彼女にとって、めずらしい表情だったけれど、物心もつかない赤ん坊しかそれを見ることはない。

「あのひとの子どもだからねえ」

ただそれだけを繰り返し、女はもつれた髪をかきあげた。

隣の家からテレビの音が聞こえてくる。この部屋にはないものだ。というよりも、この部屋には『あるもの』のほうがすくない。安っぽい、ビニールケースの洋服かけ。うすべったい布団の脇には、だらしなく脱ぎ捨てた洋服のかかった段ボール。仮住まいの、西日が強烈な部屋に持ちこんだのは、ごくすくない持ちものだけだ。

テレビすらない部屋のなか、いちばん高額なのはひずんだ音を奏でるカセットデッキ。

泣きつづける赤ん坊だけが、ぴかぴかの新品だった。

1.

　十月も後半になると、北信の街では日に日に冷えこみがきつくなる。赤に黄色に色づいていた山々もにぎやかな色彩をおとなしくさせ、また長い冬がくるのだと、その地に住まうひとびとの目にも知らしめる。

　そんな秋も深まったある日、長野市内の喫茶店に呼びだされた小山臣《こやまおみ》は、コーヒーを片手にいささか呆然《ぼうぜん》とした顔をさらしていた。

「辞令……ですか」

「おう。ようやっと市内に戻れるぞ」

　上司であり親代わりでもある堺和宏《さかいかずひろ》は、ずずっと音をたててコーヒーをすすり、柔和な顔に笑みを浮かべた。だが、目のまえにいる部下の反応に気づくと、眉《まゆ》をひそめる。

「なんだ、その顔は。さんざん、辞令はいつだってせっついたワリに、嬉しそうじゃないな」

「や、なんか逆に驚いちゃって。いままであれだけ言ってもこなかったから」

「世の中なんざ、そんなもんだよ。まだ細かい時期は決まってないけど、秋の異動でだめでも、春には間違いない」

　どうだ、という顔を向けられて、臣はうかがうように上目遣《うわめづか》いになった。

「それ、見こみだけじゃないんですね？」

「しつこい。確定してなきゃ、おまえに言うか」

今度こそ本当だと言われ、毎度ながらずいぶんアバウトに決まるものだと感じた。心の声は口から漏れていたらしく、堺がむっとしたように太い指を振ってみせる。

「アバウトじゃねえっつうんだよ、人事に関しての調整やら手続きやら細かいことやらあってなあ――」

「ハイハイ管理職さまの言うとおりでございますぅ」

「おい、上司になんたる口をきく」

ふざけた返事をかえす臣にすごんで見せたあとで、堺はふうっとため息をついた。

「とりあえず、受けておけ。正式な辞令だ。いまは素直に従っておくほうがいい。おまえだって、ずるずる駐在所にいいたいわけじゃないだろう」

「堺さん――」

「宮仕《みやづか》えの身だ。あちこちいかされるのは、この仕事ならしょうがない。目のまえの、やらなきゃいかんことを、粛々とやるだけだ。わかるな？」

臣はぴくりと眉を動かす。冗談めかして雑《ま》ぜ返しはしたものの、公務員たるもの辞令がおりれば従うしかないのはわかりきっているし、そもそも異動は臣の希望でもあった。

それをわざわざ、堺は念押ししてきた。意味は、考えるまでもない話だ。

堺はじっと、ちいさな目でこちらを見つめたあと、ごくわずかに視線を揺らした。なにも問うな、反応するなというジェスチャーに、臣もまつげを伏せることだけで応《こた》える。

「了解しました。異動の件、正確な時期が確定したら連絡お願いします。引っ越し準備、しないといけませんし」

「うむ。……ところで最近、どうだ」

いかにも世間話をするような口調は相変わらずのんびりしたものだが、さきほどとはまた堺の目の色が変わったことに気づいて、臣はいぶかしむ。

(なにかあるのか)

理由はわからないながら、気を引き締めつつ、口を開いた。

「うちの地元では、とくに変わったことはないですね。なんか妙な空気があれば、皆すぐ気づきますから。自警団がよりパトロールに協力的になったくらいで」

この一年ちょっとで、事件についてはずいぶん敏感になりましたから。そうつけくわえると、堺もうなずいてみせた。

「たしかに、いろいろあったからなあ。あんな山奥の小さな町で、窃盗犯は逃げこむ、教祖様はかくまう……」

「まったくです。ふだんは野菜泥棒くらいしかいないっていうのに」

指折り数え、ため息をついた堺に同意するように、臣は苦笑した。

振り返れば、本当にあわただしい日々だった。県内でも相当にひなびた土地に赴任が決定したときには、これほど大がかりな事件まみれになろうとは、まったく想像がつかなかった。

警察官である以上、臣が荒事やトラブルに関わるのは当然だ。しかしこの一年ほど、身近にいる人間たちがあまりに立て続けに事件へと巻きこまれていた。なかでも最たるものが、臣の恋人である秀島慈英《ひでしまじえい》、そのひとの身に起きた事件だろう。

「しかし秀島さんもよくよく、事件に縁があるな。腕は切られるし頭は殴られるし」

「腕……って七年まえのですか。あれは、あの町とは関係ないでしょう」

「そりゃまあそうなんだがな」と堺は苦笑いしたあと、ふと眉を寄せた。

「むしろああいう御仁だからこそ、磁場みたいなもんが発生しちまうのかもしれん」

しみじみつぶやかれた言葉に、臣は目をしばたたかせた。

「それじゃまるで、慈英が事件を引き起こしてるみたいじゃないですか」

「ああ、原因を作ってるってわけじゃない。巻きこまれてばかりで気の毒とは思う」

誤解するなというように、堺は手のひらを見せた。

「ただ……本人にとっても、才能と力があるだろう。そういうひとはどうしてか、トラブルに見舞われやすいもんなんだ」

さまざまな現場や人間を見てきただろう堺の言葉に、臣は「そういうもんですかね」とつぶやきつつ、どこか納得するものもあった。

あまり芸術関係にはくわしくない臣だが、ゴッホの末路くらいは知っているし、世間を騒がせた破滅型の天才ミュージシャンの名前もいくつかはあげられる。おそらくそうした人種というのは、ありあまるエネルギーに本人も周囲も振りまわされるのだ。

（まあ、たしかに慈英も、平穏とはほど遠いよな）

日本美術界における、新進気鋭の天才画家。そう言われていた慈英は、この数年でさらに内外へと力を示し、海外からのエージェントまでが彼に接触してくるようになっている。それに絡んで、あれこれときなくさい事件に巻きこまれたのは記憶に新しい。

そもそも臣が慈英と知りあったのも、堺が言った七年まえ、殺人事件の関係者として疑惑を持ったことがきっかけだ。ことの起こりから、あの男の周囲は決して平穏な情況ではなかった。

「つまりは、天性のトラブル体質ってことですかね」

しみじみ言うと、堺はあきれた顔になった。

「他人《ひと》ごとみたいに言ってるがな、おまえもひとのことは言えんぞ」

「ええ？　おれは仕事で事件に関わってるだけですよ？」

わざと不服そうに言ったとたん、堺は「はあー……」と鬱陶《うっとう》しいほど長いため息をついた。

「鉄火な体質は変わっちゃおらんくせして」

ぼそりとしたつぶやきに、臣はあえて気づかぬふりで、冷めかけたコーヒーをすする。親代わりの上司がなにを言わんとしているか、知らないほど鈍くもないし、自覚がないわけでもないのだ。

「すました顔してまったく。おまえ、なんだか、むかしよりふてぶてしくなったなあ、臣」

「堺さんの教育のたまものです」

しれっと言ってのけた臣を軽くにらんだのち、あきらめのため息をつき、堺は話を戻した。

「で、その秀島さんは、どうしてる？　きょうは、市内《コッチ》にいるんだろ」

「渡米準備でばたばたです。手続きとかなんとかであちこち飛び歩いてて。もうずーっと忙しいんですよね」

軽く肩をすくめた臣に、堺はふっと真顔になった。

「あの、ところであれだ。届けがないようだが……入籍、どうした」

「……ちょっと保留中です」

「おいおい。まだ待たせてんのか」

臣は苦笑して手を振った。またか、という顔をされたけれど、こちらにも事情があるのだ。

「違いますよ。今回保留って言ってきたのは、慈英のほうです。おれはもう、書類とかもぜんぶ渡して、任せるって言ったんだけど」

「どういうこった？　なんかあったのか」

「あー……あった、といえばあったんですが」

　あのことについてまだうまく話せる自信がなく、臣はあいまいに語尾を濁して笑ってみせた。考えをまとめようにも日々は忙しすぎる。それを理由に逃げていることはわかっているが、十数年まえに終わったはずのできごとへ取り組むような余裕がない。

（まだ、確証もないし）

　そうやって内心で言い訳をして、もっとも事情を知る堺に打ちあけるのをずっとためらっている。いずれ話さなければならないだろうが、できるだけその瞬間を先送りにしたかった。

「それより、こんなの電話一本ですむ世間話ですよね」

「そりゃまあ……」

「さっきから妙に探りいれてきてるし、話は辞令のことだけじゃないでしょう。わざわざ呼びだしたのって、なにかあるんじゃないですか」

　あからさまに話を変えた臣へ、堺は苦い顔で息をつくのみで、追及しようとはしなかった。ただもの問いたげにもともとちいさな目を細め、薄い頭髪を掻《か》いてみせる。

「……まあ、そのとおりだ。こっちが本題だ」

　堺はぼそりと言って、懐《ふところ》からちいさな顔写真をとりだした。なにかの証明写真のようで、めがねをかけた、きまじめそうな女性が正面向きに写っている。

「これは？」

「先日、失踪した人物だ。名前は、永谷蓉子《ながたにようこ》。市内にある『日の出学習塾』っていう、小中学生向けの塾の講師だ」

しげしげと写真を見つめた臣に、堺は聞き取り内容を書いてある手帳を開きながら、細かい説明をはじめた。

「年齢は三十八歳。勤務態度もまじめで熱心な講師だったらしいんだが、ある日突然、無断欠勤した。ふだん、交通渋滞だとか電車の遅延とかの理由以外では遅刻ひとつしないタイプだったんで、もしや倒れているんじゃないかと心配した同僚が様子を見にいったんだ」

しかし電話をしても応答はなし、ひとり暮らしであった彼女のアパートは、ひとのいる気配もない。急な病気で入院だろうかと憶測もされたが、数日経《た》ってもやはり職場への連絡はないまま。再度様子をうかがいにいった同僚を見かけた隣人が大家に連絡をいれた。

「それで、どうだったんです？」

「いまどきめずらしく、店子《たなこ》と親しいタイプの大家でな。そっちも永谷さんを見かけないのは変だと思っていたらしい。同僚と大家と揃《そろ》ったうえで、部屋を様子見してみると、これといって荒らされた気配もなかったそうだ」

とくに身のまわりのものを片づけただとかの準備もなく、突然いなくなったことを誰もがいぶかり、大家から報告を受けた、保証人でもある弟が警察に相談したそうだ。

「弟さんの連絡を受けて調べたところ、彼女の口座から複数回、金が引きだされていた。そして警察に相談があった直後くらいに、実家あてに【探さないでほしい】というメールが送られてきた」

「じゃあ、本人の意志での失踪《しっそう》では？」

「とも言いきれん。送信もとはネットカフェ、アドレスはフリーメールだった。それもいままで使っていたアドレスとは、似て非なるものだった」

手帳を閉じた堺の苦い顔に、臣も顔をしかめる。なにか事件性がはっきりしている場合はともかく、成人の自由意志での失踪を、警察がわざわざ捜査することはまずない。言外の含みを感じた臣は、小声で問いかけた。

「そこまで調べがついてるってことは、なにかあるんですか」

「ちょっと厄介《やっかい》な過去持ちなんだよ、その先生は。十年くらいまえは他県の学校の先生だったんだが、その当時、誘拐犯に利用されたことがある」

堺もまた、顔を近づけて声をひそめる。予想外の答えに、臣は目を瞠《みは》った。

「利用って、まさか、前科ありとか？」

「いや、本人は完全に巻きこまれただけだ。教え子のひとりに、とある会社社長の孫がいたのが悲運のはじまりでな」

「身代金《みのしろきん》目的ですか？」

臣の問いに、堺は首を振った。

「その会社ってのが、いわゆるフロント企業だったんだ」

苦い表情と声で、詳細を語られずとも事情は察せられた。おそらくバックにいるのが暴力団、そして敵対する組織かなにかに、子どもがさらわれたということなのだろう。

「で、それが永谷さんとどういうつながりに？」

「彼女もだまされてたのさ。合コンで知りあった男が、素性をいつわったホスト崩れで、言葉たくみに学校のスケジュールや行事なんかを訊《き》きだされて。永谷さんが引率した校外学習の最中に、ターゲットがさらわれたんだ」

子どもらを乗せたチャーターバスが、サービスエリアで休憩をとる小一時間の隙《すき》を狙っての誘拐は、完全に計画的なものだった。

「永谷さんは引率の責任を問われただけじゃなく、つきあっていた男が組員だったことで、取り調べも受けた。むろん彼女はそんなことを知るよしもなかったんだが……」

あまりにタイミングのよすぎる犯行に、内部で手引きした人間がいるだろうと疑われ、捜査線上に浮かんだのは当然、彼女だった。

「それで、子どもは」

「幸い、というと警察としちゃあ面目まるつぶれだが、組同士でなんらかの手打ちがあったらしく、無事に帰ってはきたよ。連れ去られたさきでも丁重に扱われていたせいか、本人も、誘拐されたって意識もあまりなくてな」

渋い顔をする堺に、臣も複雑な表情でうなずいた。

「子どもが無事だったなら、それだけは、救いですね」

「ああ。だが正直、あの事件でのいちばんの被害者は、永谷さんだったかもしれない。ことがことだけにマスコミの報道は伏せられたが、地元では相当な騒ぎになっちまって、教員を辞職するしかなかったんだ」

恋人だと思っていた男に利用され、職も失う羽目になった当時、永谷は二十代のなかばだったという。ぬれぎぬではあっても、一度被疑者扱いされてしまったことが、うら若き女性の人生におおきな影を落としたのは間違いない。

「……気の毒ですね」

「ああ。しかもそのときの指紋がデータベースに残っていたもんで、今回の失踪の裏にも、なにかあるんじゃないかって話になったわけだ」

永谷蓉子はその事件のあと、私立の学習塾を転々として、静かに暮らしていたらしい。だがそんな過去のせいか、ほとんど親しい相手もいなかったため、今回の失踪についても手がかりらしいものはなにもないという。

「同僚たちも、彼女がふだんなにをしてるのか、どういう性格なのかも知らなかったそうだ。仕事以外の話を、まずしないひとだったらしくて」

「……哀《かな》しいですね」

過去の事件がトラウマになっていて相手を信用できない。ひとづきあいもない女性なのだろうことは想像にかたくない。直接の被害者でも加害者でもないというのに、巻きこまれて人生を狂わされるひとは案外すくなくないのだと、臣は知っている。

「そういう生活にいやけがさしての失踪ってことは？」

「ふつうなら、そう考える。だが今回の場合、問題があってな」

言葉を切った堺は、じっと臣を見た。「おれに関わることですか」と低い声で問いかけると、堺は薄い頭をがりがりと掻き、うなずいた。

「彼女はすこし以前、ある施設にでいりしていたのが目撃されている。そして失踪した時期は、今年の八月」

「施設ってまさか、市内にあった、あそこですか。『光臨の導き』本部？」

含みのある口調に臣ははっとした。うなずく堺の顔は険しかった。

「彼女がいなくなったのは、幹部の重田《しげた》が逮捕された事件と同時期だ」

臣の表情が固まる。堺はため息まじりに「想像はついたようだな」とつぶやいた。

長野市に本部を置いていた新宗教『光臨の導き』、その総代主査であった上水流《かみずる》ヒトツ、本名上水流いち子《こ》が亡くなったことによる内部クーデター、そして次期主査となる人物への暴行ならびに脅迫事件が起きたのは、ほんの数カ月まえの話だ。

世間に対しては、本部代表役員の重田、その手足となった一部信者らが教団内の資金を横領したことのみが公表されたが、じっさいには集団暴力、監禁および脅迫行為など、複数の事案で立件されている。

宗教団体の内部事情ということで、シンプルに法でかたをつけるのもいろいろとむずかしく、司法側からは最終的に『光臨の導き』の法人格剝奪命令はでなかった。だが、現主査の判断で法人格を返上。結果としては事実上の解散となっていた。

「この失踪人も、例の件に絡んでいた可能性が高いんですか?」

「教団内で永谷蓉子と親しくなった女性の証言なんだが、彼女がいなくなるすこし以前に、重田となにやら話しこんでいたのを見かけたそうだ」

「……妙ですね」

重田は当時、主査である上水流ヒトツが病死したため、実質上は教団のトップだった。

ああしたコミューンではある意味階級差がはっきりしていて——それは主査の上水流ヒトツが望んだことではなかったらしいが——幹部に対し、在家の信者や平信者などが、おいそれと口をきける状態ではなかったと聞いている。

「いなくなったタイミングもタイミングだし、おれは、例の内部分裂の際に、幹部側に協力してでもいたんじゃないかと踏んでる。だが確証はない」

堺の顔がまた苦くなるのは、すでに終了したわりにいつまでも尾を引く事件のせいだろう。

「ただ、永谷蓉子は正式な信者——会員だか、信徒だか、なんかそういう名前で呼んでたが——ではなかったらしくてな、名簿上に、彼女の名前がないんだよ」

「え？　でも知人って……」

教団内にいるということは、すでに片足を突っこんでいたということではないのか。怪訝《けげん》に思う臣に、堺は補足した。

「勧誘されてる最中で、本格的な入信はまだだったようだ。お試し期間ってやつだな」

「お試し……なのに幹部に協力？　妙な話ですね」

臣がいぶかると、堺も「そこが引っかかった」とうなずく。

「あの事件は、言うなればトップを幹部が引きずりおろす政権争いだ。そこに一見《いちげん》さんの信者見習いが噛《か》んでいたというのは考えにくい」

「むしろ、もともと重田とつながりがあった、と考えるほうが無理がないのでは」

「おれも、そう思う」

重田の息のかかった数人、とくに暴行、監禁の実行犯についてはほぼ全員逮捕ずみだ。山奥にあるコミューンの施設で軟禁を強《し》いられた信者や教団幹部らは、現主査へ暴力を働いた重田と反目していたため、警察にもかなり協力的に証言もしてくれた。だが一部の信者は教団内の不穏な空気を感じていたのか、クーデターの直前あたりから徐々に逃げだし、なかには転居までして身を隠した人物も多い。

そのため、『現主査ならびに幹部への暴行事件』以外、あの組織の内部でつぶさになにが起きていたのか、という証言はとりきれていなかった。また重田の配下が混乱のどさくさに紛れて本部のコンピューターやなにかを破壊していったため、警察もいまだすべての情況を把握できたとは言いがたい。

「じっさい、提出された名簿のなかには相当アヤシイのもあったしな。町名や番地が実在しない、架空の住所が書かれてたり」

「え？　それ、信者の数を水増ししてたとかってことですか」

臣が首をひねると、堺は「いいや」とかぶりを振る。

「実在はしている。じっさいに信者だった人物だ。勉強会なんかには熱心にきていたらしい。携帯だけが連絡をとれるツールで……たぶん家族やなにかに内緒だったんじゃないのか？」

神にすがる人間の事情など、複雑で当然だろう。堺はつぶやくように言った。

「永谷蓉子に関しても、似たようなもんだったんだろう。目撃談はいくつかあったが、書類上ではなにもでてこない。完全に手詰まりなんだ」

ちらりとこちらをうかがった堺に、臣はわずかに眉を寄せた。

「……要は、三島《みしま》に協力してもらえないか、ってことですよね」

「ああ。あちらさんもこのあいだの件では、臣を頼ってきたし、隠し帳簿なんかも、わざわざ自分から送りつけてきたくらいだ。頼めないかと思うんだが」

三島慈彦《しげひこ》。かつて慈英の大学で同期生であり、ストーカーじみた真似をしたこともある。その際、彼の行動原理となったのは『光臨の導き』への度が過ぎた傾倒ぶりと慈英への執着であったが、三年を経て再会した際には、すっかり落ち着いていた。

というよりおそらく、上水流壱都《ひとつ》――上水流ヒトツの息子であり、現在の代表でもある彼との出会いが、三島を変えたのだ。

三年の間に、平の信徒から側近となった三島は、もはや壱都のためだけに生きていると言っても過言ではない。彼にとって神以上の存在となった、あの不思議な青年を護《まも》るためだけに、なかば脅迫的に臣と慈英へ協力をとりつけ、おかげでこちらも巻きこまれた事件が収束してから、まだ一カ月程度しか経っていない。

「一応聞くだけは聞けると思いますが、あいつ自身、怪我《けが》も治りきってないようで」

「そうか……無理もないな」

壱都と三島は現在、初期『光臨会』程度の、ごくちいさなコミューンを再開すると決めているようだが、重田らが造反した際、身の安全が危ぶまれる壱都を連れての逃亡生活を送っていた三島は、壱都の居場所を吐かせるために暴行を受けた。そのあげく監禁場所の火事で重傷を負い、退院こそしたけれど、いまだに治療が必要な身だ。

「やけどがさほどひどくないのだけは幸いだったが、あっちこっち骨も折れてたし、生きてるのが不思議なくらいだったからなあ」

情況を知る堺も、無理は言えないと薄い頭を掻いた。臣はうなずく。

「それにたぶん離散した信者についてまでは、把握しきれてないと思います。実質的に組織も解体しちゃってますし、堺さんが聴き取った以上のことがでてくるかどうか……」

「だめもとの話だ。とりあえず、口きいてもらえないか。まだ事件かどうかも確定してはいない、あいまいな話なんだが」

「でも堺さんは気になってるんですよね？」

「刑事のカン、としか言いようがないんだがなあ」

情けなく眉を寄せてみせるけれど、その目は鋭い。そして堺の言う『刑事のカン』が、けっしてばかにできないことを、臣は知っている。勘というのは、経験則からくるものだそうだ。膨大なできごとを見聞きしてきたベテランだからこそ見すごさない、ちいさな違和感や引っかかり。なにかがおかしい、と感じるときには、その原因が必ずある。

「永谷蓉子がただ面倒で逃げた、それだけならいいんだが」

「……壱都みたいな目にあわされていないかと？」

臣の肩にちからがはいる。重田は配下に相当危険な連中を飼っていて、まだ十代の少女にしか見えない壱都のきゃしゃな脚を、力ずくで折らせたような男だ。女性である永谷にも、似たような暴力をふるったか、あるいはさらにひどい状態にした可能性は否めない。

「最悪、そういうこともあり得る、という話だ。むろん、杞憂で終わるならそれに越したことはない」

「そうですね……」

うなずいた臣は、いやな想像に思わずため息をつく。

(にしてもつくづく、あの教団絡みの件はあとに引っ張るな……)

とはいえ、現実の事件とはそうしたものだ。犯人逮捕で捜査は打ち切られようと、起きてしまったできごとがすべてなかったことにはならないし、必ずなにかしらの影響や余波といったものが起きる。

それこそ宗教的な言葉で言えば、因縁《いんねん》だとか業《ごう》だとかになるのだろうか。

(あのことも、そうだ)

いま自身が苦さを噛みしめている事実など、まさに因縁じみているとしか言えない。目を伏せた臣の憂い顔に、堺は「どうした」と眉を寄せた。

「や、つくづくおれ、あの教団に関わりあるなあって思って」

「そりゃあれだけの事件もあったし、おまえが中心人物と知りあいなんだから、しかたないだろう」

いまさらなにを、という顔をする堺に「いや、そういうことじゃなくて」と臣は口ごもる。むろん察しのいい親代わりの刑事は、細い目の奥を鋭く光らせた。

「おまえさっきから、なんだか歯切れが悪いな。どういうことなんだ? なにがあった」

ごまかそうとも思ったけれど、この件を言わずには通れないと観念する。というより臣自身、どこかで堺に察してほしいと思っていたのかもしれない。そうでなければもっと完璧に話を逸らしたし、表情も作れただろう。

けっきょく自分はこういうところがあまいのだ。無意識に手がきつく握りしめられる。臣は何度か乾いた唇を舐《な》め、口を開いた。

「堺さん。おれの母親、あの教団にいたかもしれないです」

「なに⁉」

驚愕に見開かれた堺の目を見つめて、ゆっくりとうなずく。

「それは……いや、本当なのか？」

「三島が、むかしの写真見つけたらしいんです。まだおれも、話を聞いただけなんですけど」

どこから話したものかと臣は思案し、つい先日わかった事実をまず口にした。

中学生のころ失踪したきりの母親、小山明子《あきこ》。唐突に目のまえから消えた母については、臣自身、いまだ消化しきれていない部分もある。

なすすべもなく、記憶が風化するのに任せた、というのが正しい。自身が寄る辺ない身であることの不安感は、十代のころから常に味わってきたものだったけれど、目のまえの上司や恋人の存在ですこしずつ自分の足下を固めてきたつもりだった。

（それがいまになって、これだ）

心中複雑、などというレベルではない。思わずため息をつくと、目のまえには顔をこわばらせる堺がいた。

「見つけたって、どこで……いや、そもそも、それは事実なのか？」

ほとんど親代わり——というより、実の親とすごしたよりも長い時間、臣を見守ってきてくれた彼は、めずらしく動揺しているようだった。抑えてはいるようだが、声にも若干の苦みが感じられる。

不思議なことに、臣はそれですこし落ちつくことができた。わずかに唇が笑みを浮かべる。

「例の団体の母体になった『光臨会』の名簿のなかに、小山明子の名前があったそうです。それから、写真が古い書類のなかにまぎれてたそうで」

発した声はむしろ事務的なほどに冷静だった。堺はちいさな目をしばたたかせ、ごくりと喉を鳴らした。

「本物なのか」

「おそらく。写真にあった顔が、おれにそっくりだったそうですから」

目を伏せた臣に、堺は「そうか」とつぶやいた。母にまつわることについて、そのほとんどがあかるい記憶でないことを誰より知っているのが、この年配の刑事だ。

「そんな顔しないでください。平気ですから。もうおれも、大人ですから」

堺はなにを言えばいいのかわからない、というふうに黙りこむ。そして臣はつくづくと感じた。こうまでして心を砕いてきてくれた堺がいたから、褒《ほ》められたものではない人生でも、自分はあかるいほうを向いていられたのだ。

「あのころ、堺さんに会わなかったらおれ、無事に生きてたかどうか、わからないですね」

「それは、そんなことは」

「ありますよ。ほんとに。……もの、食えなくて、身体《からだ》売るようなマネしたんですから」

もはや堺と臣、そして慈英のみしか知らない事実をあらためて口にする。堺は苦い顔をしたけれども、自嘲《じちょう》まじりとはいえ、ちゃかせる程度には過去になったのだ。

中学生の子どものまえから、消えた母親。それまでもいわゆるネグレクト状態だったけれど、ある日突然彼女は息子になにひとつ言わぬまま、荷物や服すら置き去りに去っていった。豊かとは言えない生活で、貯金などなく、残されたのはわずかな所持金のみ。

十四歳の臣は、ろくに学校へもいかず、夜の繁華街をさまよい、ある行為と引き替えに『小遣い』をくれる大人に頼った。男に貢《みつ》がせるやりかたは、ホステス業をいとなんでいた母の影響だったかもしれない。いまなら短絡的なとあきれるけれど、当時はそれ以外、生きる手だてを知らなかったのだ。

そんな臣を見つけたのが、恩人である堺だった。だから彼に隠すものなどなにもない。とはいえ、いらぬ虚勢を張って言わずもがなの事実を口にし、彼に苦い顔をさせているあたり、まだ未熟な証拠だろう。

「もしかして、入籍が延びてるのはそのせいか」

案の定堺は、のらりくらりと避けた事実を言い当てる。やんわりおだやかな顔だちに似合わず鋭い刑事に、臣は苦笑するしかなかった。

「だから、おれが言いだしたことじゃないんですってば。おれはべつにかまわないと言ったんですが、あいつが『すっきりしないでしょう』と」

母、明子の情報を臣にもたらしたのは、東京で入院中の三島に面会した慈英だった。

病室をでるなりかけてきた電話の声はどこか淡々としたもので、突然の情報に混乱する臣をいたわるような響きもあった。

――そんなわけなので、今回の届出はやめておきます。

もうすべての書類は整い、あとは提出するのみという段階になっての発言を、むしろ呑《の》みこみきれなかったのは臣のほうだった。

「いまさら母親の手がかりが摑《つか》めたからなんだっていうんだ、っておれも言ったんですが」

この件は彼が地元に戻ってきてからも、さんざん話しあった。関係ない、もういいじゃないかと言ったのに、慈英はおだやかに見えて頑固な性質を表にだした。

――ここまできたら、あとすこしくらいはどうってことありませんから。はっきりしたことがわかるまでは、やめておきましょう。

あれだけこちらに覚悟を迫ったのになぜだと問えば「もう臣さんの気持ちはわかったつもりですから」と彼は言った。

――おれはね、正直言えばあなたのお母さんがいようといまいと、どうでもいいんです。

ただあなたは、本音の部分ではずっと気にするでしょう。どこかで、ずっと、自分ってなんなのか、みたいなことで悩むでしょう。

父親は不明、母親にも捨てられたという過去は、臣のどこかしら危なっかしい精神状態と根幹でつながっている。それを知り尽くしている男の言葉に、もはやあらがうことすらむずかしい。そんな臣の内面など、恋人にはすべてお見通しだったらしい。

——いいんです。それも、これも、おれのわがままだと思っていれば。

慈英はそう言いながら、なぜか不思議な顔で笑っていた。

「あいつにも、気を遣わせてばっかかですね」

ため息をつけば、堺が「臣……」と気遣わしげな声をだした。自分の周囲には、まったく過保護な人間が多い。情けないのはそれが臣自身のせいだとわかっているからだ。そしてありがたい。親にも捨てられた自分を、これだけ気にかけてくれるひとがいる。

「だから、そんな顔しないでいいですって。つくづく、慈英にはわかられちゃってるなあ、って情けなかっただけですし」

「まあ、たしかにおまえのアタマのなかはわかりやすいがな」

「ひどいですね」

上司のあきれ声に臣は眉をさげて笑う。むう、と堺は唸《うな》り、思案げに言った。

「しかし、あれだ。お袋さんはどこにいるとか、そういうのはわかったのか?」

「いえ。『光臨会』の活動は数年と短く、正式に『光臨の導き』が発足したときの名簿上からは消えてしまっていた。三島も、身体が本調子になったら、もう少し古い資料などを調べてくれるそうです」

苦い顔をした堺は複雑そうに「そうか」とつぶやく。臣は深く息をついた。

「いままでずっと、ただ単に捨てられたんだと思ってたんですよね、おれ。だから失踪宣告だすのも、ためらわなかった。いなくなって七年、ちょうど成人する歳《とし》だった。おれは、それで自分が大人になるけじめをつけたつもりでした。……でも」

「でも？」

「なんかね、妙な感じなんですよね。考えてみたらおれは、おれの親だったはずのひとのことを、本当にろくに知らなかったんだなって」

「おい、臣」

「ああ、誤解しないでください。ほんとになんていうか、宗教にはまってたとか予想外だってだけで」

顔をしかめた堺に、臣はあわてて手を振ってみせる。

「ショックだとか哀しいとかはないんです。ただあらためて……もうこのひととおれが親子でいた時間より、そうでない時間のほうが長くなってたんだって」

苦笑すると、嘘《うそ》がないことを表情でさとったのだろう。堺は腕組みをして、「ふうむ」とだけ漏らした。

「それで、おまえは大丈夫なのか」

母親が消えてのち、深い闇へと堕《お》ちていこうとした臣を叱り、励まし、ほとんど引き取るかたちで正道へと戻してくれた堺は、臣以上に明子への憤《いきどお》りが強いらしいことは知っている。

複雑そうな彼に感謝と申し訳なさを感じながら、臣はうなずく。

「言ったでしょう、ほんとに気分的には平気なんですよ。ただ、そのことを教えられてからなんでか、妙な夢見るようになってて」

「……夢?」

「むかしの夢ですよ。お袋に絡んでの……置いていかれたときのこと、とか」

微笑《ほほえ》みながらほんの一瞬、臣は長いまつげを伏せた。くわしいことを口にしたくはなかった。堺も想像がついたらしく、唇をかたく結ぶ。

「でも、もう、むかしのことです」

平気だ、と知らしめるために臣はあかるく言い放つ。だが、ふっと息をついた父親代わりの男の口からでてきた言葉は、思いがけないものだった。

「夢ってのはな、脳の、記憶の整理のために見るもんだとも言われてる。内容が突飛だったりするのは、部屋を片づけるとき、一時的にむしろ散らかったりするだろう。あの状態だという説があるんだ」

「……はあ」

話がどこに着地するのか読めず、臣は目をしばたたかせた。「そういう顔は変わらんな」と堺はやさしく笑う。

「おまえ、いままでお袋さんの夢なんか見た、なんておれに言ったことは、なかったろう」

「あ……じっさい、見たことなかったんで」

「思いだしたくも、ふれたくもないって体《てい》でな」

それだけじゃないだろう、と言うように、堺は声をやわらげる。

「まるっと一年まえも、親父が見つかったのかもしれんってだけで、ずいぶんとこたえた様子だった」

「ああ、まあ……情況が情況でしたしねえ」

堺の言う一年まえ、身元不明の行旅死亡人、権藤《ごんどう》という偽名を使っていた男と、臣の母親、明子との関わりが浮かびあがった。戸籍上は不明であったじつの父親が犯罪者だったのかという疑いは、警察官である臣にとって致命的になる。

結果として、スナックづとめをしていた明子の店の常連であり、幼い臣とすこしの間関わりを持っただけの人間であったと判明したが、一時期はずいぶん混乱した。

「それでも逆に、あれで腹が据わったとこもありました」

「そうなのか?」と堺は意外そうに声をあげた。

「ええ。おれの人生には、どうあってもなんらかのしがらみはついてまわるんだなって。そんなもんない、ひとりだと思ってたから、若いころは好き勝手やれてたんだなって」

父親『かもしれない』男の犯罪歴について危ぶんだときよりも、じつの母親とわかっているぶんだけ臣の心境は複雑だ。だが未熟な心の危うさだけならば、もうだいぶ乗り越えたと言いきれる。自身の寄る辺なさをあらためて自覚し、最悪の場合は職を辞する可能性——いや覚悟を、頭にたたきこまれたからだ。

「たぶん誰だって、しがらみなんて生きてる限り山ほど生まれるもんだし。そう考えれば、たいしたことじゃない。それに、たとえどんなことがあっても、それにつぶされるんじゃなくて乗り越えていかなきゃ、だめだろうって思ったんですよね」

きっぱりと言う臣に、堺は感嘆ともつかない息をついた。

「おまえは、おれのなかではずっと、あのころのまんまだったたんだがな」

「え？」

「いやまあ、つまり……いい歳をした男に言うことじゃないが。大人になったと思ってな」

いろいろと落ち着いて考えられるようになったってことなんだろう。照れたのか、堺はしかめっつらでそう言うと、冷めたコーヒーをがぶりと飲んだ。臣は苦笑する。

「それくらい、腹くくってないとあいつのそばにはいられないです。ほんと、いろいろありましたし」

「……そうかもしれんな」

臣のなかにある覚悟は、山奥のちいさな町ですごした、濃密な一年がもたらしたものかもしれない。うなずいた堺へ「それに」と臣はつけくわえた。

「違う見方をすれば、おれには、親父が三人いるようなもんだって。ほんとの父親と……名前のないあのひとと、堺さんと。最初のひとりはともかく、あとのふたりにはけっこう、なんだかんだ、愛されてきたなあ、みたいな」

「愛って、おい、なあ」

むかしかたぎの男は、大仰な言葉だと顔をしかめた。臣は「照れなくても」と笑い、堺は「うるさい、ばかもの」と口を歪《ゆが》めたのち、こう問いかけてくる。

「それは、秀島さんに言われたのか」

「ええ、そんなようなことを。ちょっとまえの慈英に」

言って、くすりと臣は笑った。堺は「どうした」と目をまるくする。

「やあ、うん。あのころの慈英って、つくづくおれの言ってほしいことを言ってくれてたんだなあと思いましてね。……たった一年まえ、なんですけど」

汗をかいたグラスの側面から、水がしたたり落ちる。一滴、二滴。それを目で追いながら臣はつぶやいた。

「おれね、一度あいつの記憶が飛んでから、わかったことけっこうあったんです」

「どんな」

「言わせてきちゃったんだなあって。無理をしてたとは、言いませんけど。ぜんぶがぜんぶおれのために生きることを、あいつに選ばせてきちゃったんだなって……おれはひとつも変わらないまま、受けいれてくれるのをいいことに」

いきなり浮かびあがった母親の存在は、たしかに引っかかる。だがむしろいまの臣にとっての気がかりは、今後さらにおおきく、有名になっていくだろう慈英の立場だ。

もしも行方《ゆくえ》しれずの親たちのいずれが、なんらかの犯罪に関わっていたりした場合、問題になるのは臣だけでない。ただでさえ同性を伴侶《はんりょ》にしようというあの画家に、いらぬスキャンダルなどもたらしたくはない。

——おれが日本の片隅に埋もれて、画家としてつぶれたとき、その責任があなたに負えるのかと言われたとき、あなたはそれを突っぱねるだけの確信を持って、おれといられますか。

あそこまで言われて、それでも彼と生きると決めたのは自分だ。その意味を臣は、ちゃんとわかっていなければならないのだ。

「臣？　どうした」

怪訝そうな堺の声に、思いに沈みこんでいたことを気づかされる。十四歳で出会ったときから変わらない、あたたかいやさしい父親の目。どれほど上司と部下として割りきろうとしても割りきれない、情の深い堺を、いままで生きる指針のひとつに据えてきた。

このひとにも、そして慈英にも、恥じない自分でありたい。そう思っていることは事実だ。

「いえ、なんでも。遅まきながら、おれももうちょっとがんばらんとなあと」

「……意味がわからんぞ」

「いいんですよ、おれのなかだけの問題なんで」

堺はさらに顔をしかめ、臣はひっそりと微笑む。

「ともかく三島、ひとまず連絡とってみます。なにか手がかり、あればいいんですが」

わかった、とうなずき、そのあとはお互いあえて仕事のことから離れ、たわいもない話をつづけた。

堺の娘、和恵《かずえ》の就職活動がはじまっていること、署内で仲のよかった三並淳子《みなみじゅんこ》の結婚が決まったこと。臣が駐在をつとめる田舎町の青年団では、テレビで最近人気の、町ぐるみの見合い番組に応募しようかと本気で考えていること。

日常のあれこれを語りあい、ごくおだやかな時間はすぎていった。


「それじゃあ、またな」

「はい、では」

これからまた仕事だという堺と別れた帰り道、ずいぶんと長くしゃべったせいか、コーヒーをおかわりしたはずなのに喉が渇《かわ》いていることに気づく。

それとも、秋の乾いた空気のせいなのだろうか。たった一年ちょっとで見慣れない感じを覚えるようになってしまった市内のビル群を眺める。もうずいぶん入居がないのだろう、古ぼけたテナント募集の看板。

そういえばむかし――おおむかし、母と住んでいた家の向かいに、似たような看板があったことを思いだす。

(こんなのもう、忘れきってたのにな)

繰り返し見る夢のおかげで、最近はいろんな記憶が鮮明だ。だがどこか実感はなく、たしかに記憶にはあるのに、他人ごとのようにすら感じるときもある。まれに、どう考えても覚えているはずのない、赤ん坊時代の夢まで見るからだろうか。

ふとそのとき、耳の奥で誰かがうたう声が、聞こえた。

――ん〜、ん、ん〜……。

かすれた女の声の、すこし調子はずれの音楽。あれはいったいどこで覚えたものだったか、と首をひねりながら、臣は帰途についた。

——二十九年前、秋。

幼いころの一時期、臣が毎日眺めていたものは、アパートのすすけた窓から見える、真向かいのビルの看板だった。

窓ガラスにうちがわから貼《は》りつけていた文字の一部がはがれたのだろう、『テント募集』という意味が通じるのか通じないのかわからない状態になっていたそれ。当時、五歳くらいだった臣に漢字は読めなかったけれど、『テント』という言葉だけは知っていた。

（三角の、布でつくった、おうち）

幼稚園に通っていた当時、読みきかせの時間に選ばれた本の内容が、少年たちがキャンプにいって、自然のなかを冒険をする、という物語だったからだ。そのお話が臣は大好きで、先生に何度もねだって読んでもらった。そのうち最初から最後まで物語を覚えてしまったほどだ。

だがこのころの臣は、保育園にすら通っていなかった。母の明子の収入が不安定で、すむ場所も転々としていたし、ひとところに落ちつけなかったからだ。

明子の口癖は「なんであたしが」——これがでると不機嫌な証拠だと学習した臣は、部屋の隅でちいさくなり、おとなしくすごす子どもだった。

そういうとき、覚えてしまったキャンプのお話——タイトルだけはなぜか覚えられなかった——を何度も脳内で反芻《はんすう》し、本を読んだ気持ちになるのが好きだった。

なんとなれば、臣がひとり留守番するアパートには子ども向けの本もゲームも、なにもなかったからだ。

明子は仕事にいったあと、翌日になっても帰ってこなくなることがあった。ホステスという仕事柄、夜に出勤して朝帰るのは道理でもあるのだが、場合によるとそれが二晩、三晩とつづくこともある。同伴、と母がよく言っていたが、臣にはそれがなんなのか理解できてはいなかった。

はっきりしていたのは、未就学児童がたったひとりで部屋にいるという危うい状態に気がつく人間は誰もいなかった、という情況だ。明子と臣に親戚と呼べる人間はおらず、安アパートの住人らは明子に同じく夜の仕事についているものも多い。お互い不規則な生活で顔をあわせることもろくにない。

臣も、母親の不在に慣れていた。たいていは二日もすれば、いつの間にか酒臭い母が隣に寝ていて、あとはいつもどおりの日常だった。

だが五歳のころいちどだけ、待てど暮らせど明子が戻ってこないことがあった。

（おかあさん、かえってこないな）

最初の二日は、いつものことかと思っていた。家で待っていることには、慣れていた。大抵はテレビを見ているか、頭のなかの『絵本』をひらいて空想し、家に残っていたものを適当に食べて、あとは眠るという状態だった。

あまり動くとおなかが空くので、極力臣はじっとしていた。それでも、最低限の生理現象はどうしようもない。食べ残していた総菜弁当の残りや菓子パンなど、家にあったものをすこしずつ食べてしのいだが、三日も経つとそのまま食べられるものは食べつくした。

四日目、空腹に耐えかねた臣は、食べ物を探して部屋のなかを探しまわった。

明子はほとんど料理をしないため、野菜や肉などの材料もなにもなく、冷蔵庫のなかにはビールや安い酒がすこしはいっているだけだった。たとえ食材があったとしても、調理できもしない幼児にはどうしようもなかった。

金は、なかった。明子は小遣いを渡したことがなかったし、そもそもひとりで外にでて食べ物を買うという概念すら、当時の臣にはなかったのだ。

台所の収納を探しまくり、けっきょく見つかったのは、賞味期限の切れた牛乳と、カビのはえかかったパン、しけたポテトチップス。

カビの部分を食べてはまずいことだけは経験上知っていた。一度、うっかり口にして腹痛を起こし、ひどいめにあったのだ。そのときの臣はまだ幼稚園に通っていたため、様子に気づいた先生が市販薬をくれて、それを飲んで一日寝ていたら治った。

（ここはすてれば、たべられる）

青くなっているところをむしって、ぱさぱさのロールパンをすこしずつ食べた。牛乳も、パック半分ほどしか残っておらず、すぐになくなる。ポテトチップスは袋の底にすこしあったのみで、粉になったものを舐めるようにして口に運んだ。

五日目、ついにすべての食べものがなくなり、臣はしおれた気分になった。朝から、くるくると腹が鳴りつづけている。

昼時、近所で誰かが料理を作っているのだろう、醬油《しょうゆ》と脂《あぶら》の焼けるいいにおいがして、口のなかにつばがたまった。けれどそれをいくら飲みこんでも、当然ながら腹はふくらまない。

（おなかすいた、のどかわいた）

ぼんやり考えて、猛烈な喉の渇きに見舞われる。台所の水道は臣の背では届かないため、幼いなりにいろいろ考えて、風呂にあるバケツを持ってきた。

逆さにしたバケツのうえに乗り、どうにか水道をひねって、手で水をすくって飲む。コップは使わない。一度、割ったらひどく母親に怒られたからだ。

顔中をびしょぬれにしながら水を飲んで、ほっとしたとたんバランスを崩した。床に倒れたと同時に、がらんがらんとすごい音が聞こえ、頭に火花が散る。

そのあと真っ暗になって、臣は、いいこと考えついた、と笑って目を閉じる。

（ねちゃえばおなかすかない）

なんて自分はあたまがいいんだろう。臣はそのとき、本気でそう思っていた。

けれど事態は臣の想定を超え、かなりの大騒ぎへと発展した。

たまたま休みをとって部屋にいた隣人が、物音に気づいて、「無人のはずの部屋から音がした」と通報してしまったのだ。空き巣か、と駆けこんできた警察と大家は、ぐったりして倒れている臣を発見、そのまま救急車で病院に運ばれた。

幸い打撲は尻を打った程度。ほかは脱水症状に栄養不足と、情況のわりには軽い症状であったけれども、幼い子どもが一週間近く保護者不在で放置されていた事実は当然、問題とされた。

施設にいれるかという話になったらしいのだが、当時はいまほど児童の保護が優先されておらず、親がかまうなと言えばそれで終わった。

――まだすごしやすい季節だったからこの程度ですんだけどね、場合によっては命にかかわる。あなたは自分の子どもを殺しかけたことを理解しなさい。親の自覚を持って。

医者と、通報を受けた児童相談所の人間に代わる代わる説教される間、明子はぶすっとしながら、何度か臣の腿をつねっていた。

やわらかい子どもの腿についた、ちいさな赤い痕《あと》に気づく者はいなかった。

大勢の人間を巻きこんだ騒動からようやく解放されて、臣と明子が自宅に戻ったのは夜もだいぶ遅い時間だった。安っぽい低いテーブルに突っ伏し、ぐったりしたまま煙草を吹かす明子はぐちぐちと臣に文句を言いつづけた。

「あんたなんで、こんな面倒くさいことすんのよ。同伴で旅行いくっつったじゃん」

「……ごめんなさい」

「食べ物置いてったじゃん、ちゃんとさあ」

彼女がまるで臣の過失かのように言ったのは、幼い臣の手の届かない棚のなかに置かれた、カップラーメンとインスタントラーメンのことだった。

「ほら、ここにあるでしょ」

立ちあがり、台所の天袋を開いて怒鳴った彼女は、いらいらと舌打ちをする。

「次からはこれ食べてよね」

「でも、届かない……」

おずおずと言えば、くわえ煙草の明子はぼんやりした目をしばたたかせ「ああ、そっか」とつぶやいた。

「じゃあ、次からはしたの棚にいれておく」

彼女はとりあえずその言葉を忘れなかったようで、非常食の収納場所が、低いところに変えられた。だから次の母の不在に、臣はそれを食べてしのいだ。

といっても、調理して食べたわけでもない。工夫しなければうまく水すら飲めない幼児に、お湯は沸かせない。この家には電気ポットなんてものはなく、古ぼけたやかんと、ガスコンロだけ。五歳の臣がそれを扱えるかどうか、明子にはわかっていなかったし、それを指摘するだけの伝達力も、また語彙《ごい》も、臣にはなかった。

ぽりぽりと、乾いた麵《めん》をかじる。カップ麵より、インスタントのチキンラーメンのほうが、ベビースターみたいでおいしかった。

だから、ごくたまに明子の機嫌がいいとき、スーパーにいっしょに買い物にいくと、「チキンラーメンがいい」と臣はねだった。

「あんた貧乏な口してんのねえ。いちばん安いのよ、それ」

買い物帰りの道で、明子はそう言って、なんだかおかしそうに笑った。

臣はその顔を見あげて、母が笑うのはとてもきれいだと思っていた。

いつも怒っているか憂鬱《ゆううつ》そうにしている彼女の、ごくたまに笑う、その顔がとても好きだった。

「ねえ、臣さあ」

「ん?」

スーパーからの帰り道、明子はまえをまっすぐ向いたまま、それが常の気怠《けだる》げな口調で淡淡と言った。

「あんた今度はひとりでお留守番、できるわよね。あたしと違って、頭いいでしょ。最初の幼稚園でやらされた、なんとかテストも、点数よかったもんねえ」

「あいきゅー？」

目のまえを歩く明子のぶらぶらとさがっている手に、臣はつかまりたかった。けれど母は臣がじゃれつくのをきらう。じっと、長くて赤い爪《つめ》のある指を見つめていると、ついさきほどまで上機嫌だった明子がいきなり声を低くした。

「ほんといやみだったんだから。こっちは中卒だから、なんだってのよ」

「え……」

「あんたの頭だったら、もっといいカリキュラムがとか、生活環境がどうとかって、しつこかったよね。やめてせいせいしたけど、あんな園」

臣にはよくわからないことを、ぶつぶつと明子は言っていた。彼女は突然、機嫌を悪くする。予兆はなにもなく、いきなりスイッチが切り替わるように表情すらも変わるのだ。

「オミズだからなんだってのよ。ちゃんとごはん食べさせてんじゃん。つうか、なんであんたのせいであたしが怒られるわけよ、ねえ」

振り返った明子の顔は、苦しそうに歪んでいる。臣は困ったように母を見あげた。

「……ごめん？」

謝罪したとたん、母の目がつりあがる。そして赤い爪がやけにあざやかに、目のまえへと迫ってくる。

そして次の瞬間、道を歩いていたはずの臣は、玄関から閉めだされていた。

「おかあさん？　あけて」

「うるさい！　反省するまではいってくるんじゃないのよ！」

反省ってどうして。あやまったのにどうして？　それに、さっきまでぽかぽかしていたはずの陽気は一転、宵闇《よいやみ》の凍《こご》えるような寒さに変わっている。

「ねえ、あけて。さむい。おかあさん、おれあやまったよ」

「うるさいよ！　いやみなんだよ、いちいち！」

怒られたから謝ったのに、そのことで母をさらに逆上させてしまった。どうしたらいいのかわからない。

臣はちいさな拳《こぶし》で、幼い目にはそびえる壁のような、安普請《やすぶしん》のドアをたたく。半袖《はんそで》のシャツとショートパンツで、ひどく寒い。

ふと、目のまえにちらちら、しろいものが降ってくる。雪だ。手足がかじかんで、全身がぞくぞくする。どうして、さっきまであったかい夕方の道を歩いていたのに。

「おかあさん」

とんとん、とドアをたたきつづける。そういえば、まだ幼稚園にいたとき、こんなことを

する話も聞かされた。子どもに化けたきつねの子が、手袋をほしがる絵本。

でもあの話で、ドアの向こうにいたのは帽子屋だった。子ぎつねが町を走り抜ける間にも、おっとりやさしい子守歌をうたう、人間の母親の声を耳にしていた。そして帰りを待ちわびていた母親に、人間なんか怖くなかったよと自慢げに報告すれば、驚いた母親は言う。

――ほんとうに人間はいいものかしら。ほんとうに人間はいいものかしら。

あの言葉の意味が、臣にはわからなかった。帽子屋はやさしいし、町にいた人間の母親もやさしい。ひとはやさしい、いいもののはずなのだ。

だからおかあさんもきっと、ここで待っていれば自分を部屋にいれてくれる。

とんとん、とんとん、臣はドアをたたきつづけた。雪はさらに降りつもる。背中に、肩に、頭につもって、手も足も動かせなくなってくる。

凍《こお》るように寒い冬。夜は深くて、見あげた空から降る雪は灰色に見えた。不規則に落ちてくる雪片を見つめていれば、世界がぐるりぐるりとまわりだす。

そもそもここはどこなのか。はたと気づけばなにもかもが闇のなかで、巨大にそびえるドアだけが臣のまえにある。

「おかあさん、おかあさん」

とぎれとぎれのその声は、はたして誰のものなのか――。

2.

「……みさん、臣さん！」

強く肩を揺すられ、臣は夢からさめる。目を開けたとたん、ひどく心配そうな慈英の顔があった。

「うなされてましたよ」

寝起きだというのに、心臓がばくばくといっていた。とっさに見たのはおのれの手だ。骨っぽく縦長のそれはおとなの男のもので、あかくかじかんだ幼児のものとはまるで違う。ぶるぶると震える手を握ったり開けたりと繰り返し、臣はようやくほっと息をつく。

「また、夢ですか」

「あー……うん。ごめん」

こくんと臣がうなずく。声も唇も震えていて、気づくと肩がこわばるほどに冷えていた。布団からはみでたせいで、あんな寒い夢を見たのだろう。ぼんやり思っていれば、慈英がそっと抱きしめてくる。

「お、あったかい」

もぞもぞと広い胸に潜りこんで、臣は嬉しげに声をあげた。冷たい背中をさすりながらさらにしっかりと抱きしめ、慈英がため息をつく。

「寝相悪いの、どうにかしましょうよ。この客用布団、狭いんですから」

「しょうがないだろ、寝てる間のことなんかコントロールできねえし。おれらの使ってた布団、あっちの家だし……」

言葉を切って見まわしたのは、見慣れたような見慣れないような寝室だ。一部の家具を、あの山深い町に運んでしまったため、微妙に違和感がある。そのことが、いまの現実を臣に思い知らせるようで、かえって安心を覚えた。

いつもよりずっと濃い夢だったのは、堺に呼びだされたあと、つらつらとむかしのことを考えていたせいだろう。むしろふだんは覚えてもいなかったような幼いころの記憶を引きずりだされ、あんなこともあったな、と自分で不思議になるくらいだった。

「やっぱりベッド新しく買えばよかったかな」

ぼやいた慈英のあたたかい身体に包まれたまま、臣はかぶりを振った。

「いいよ、べつに不便してないし。……てか、おかえり。遅かったのか？」

いまさらの挨拶《あいさつ》をすれば「二時間くらいまえには帰ってたんですけどね」と苦笑された。時計を見ると深夜の一時をまわっていて、それでもずいぶん遅い帰宅だったのだと知る。

「なんだよ、起こせよ」

「そのときは、よく寝てたので……」

この数日、ひさびさの休みをとった臣は、慈英とともに市内にある家に泊まりこんでいた。

といっても今回はいつものように慈英が臣にスケジュールをあわせたのではない。渡米準備のため、あれこれとした打ちあわせにくわえ、各種の書類手続きをしなければならない彼は、市役所など公的機関に近い場所で寝泊まりするしかなくなっていた。

そのついでもあって臣も長野市へ足を伸ばし、堺と顔をあわせたのが、この日の昼のことだった。

「しかし、もっぺん引っ越ししないとだなあ」

くわ、とあくびをしながらつぶやいた臣に、「辞令、決まったんですか」と慈英が問う。

「時期はまだ未定だけど、うん」

そうですか、と微笑む慈英に、臣は同じような表情を返した。

「あの町、好きだけど、やっぱこの家がいいや。……おまえとくっついてられるし」

「そうですね、あそこに比べると、ここですらずいぶんな都会だ」

近ごろは都内と長野をいったりきたりしている彼だが、「市内の中心部なんかだと、東京とさほど変わりませんし」としみじみつぶやく。

「ああ、ビルが高いと、なんかびっくりするよな」

「時代が違う気すらしますからね……冷たいっ！」

悲鳴があがったのは、臣が冷えていた足先を慈英のふくらはぎに絡みつけたせいだ。

「うはは、ぬくぬく」

「ちょっと、いきなり驚かさないでください。氷みたいですよ」

文句を言いつつも逃げない恋人は、冷えた爪先《つまさき》を自分の脚に挟んでくれた。臣は「ふへへ」と笑ってみせる。

狭い布団でいちゃつくのも、ずいぶんひさしぶりな気がした。

「なんです、ご機嫌ですね」

「んー、なんとなく」

ふたたびぺったりと抱きつきなおして、恋人の体温となじんだにおいを堪能する。ちいさく鼻を鳴らせば、くすりと頭上で笑う声がして「なに」と臣は顔をあげた。

「きのうもそうやってたな、と思いまして」

「……いいじゃん、べつに」

市内とはいえ、すこし奥まった住宅地にあるこの家は、駐車場などの立地の関係で隣家まですこし距離があり、どんな時間になにをしようと詮索されることはなかった。むろん、あの田舎町のように、突然誰かが訪ねてくるということもない。

おかげで昨晩、就寝するまえにはひさしぶりに抱きあって、あられもない声をあげてしまった。すでにひと晩が経過したけれど、いまだにじんわりとした快感の余韻がまだ下半身に残っている気がする。

「おれのにおい、好きなんですか」

「フェチっぽくて悪かったですね。……落ちつくんだもん」

清潔な肌のにおいと、おそらくアフターシェーブローションのかすかに刺激的なにおい。ふだんはこれに、煙草とテレピン油のそれがまじる。どれももう、臣の日常にしみこんでしまったものばかりだ。

慈英の大きな手が、腰と尻にふれている。引き寄せるためだけでなく、彼もまたこれがくせのような感じだ。おさまりのいい位置だというのと、たぶん感触が好きらしい。

「なあ慈英、はらへった」

「夕飯、食べなかったんですか」

「ひとり飯だとなんか味気なかったし」

挟みこまれていた爪先を動かし、するりと彼のすねを撫でると「違うものが食べたくなるんですが」と慈英が笑う。

「んん、どうしよかな……」

きのうも堪能したとはいえ、まだなんとなくくすぶっている感じがする。とはいえ、あすには臣は駐在所へ戻らなければならないし、あの町までは、曲がりくねった山道を車で二時間以上の移動時間がかかる。

「いやですか？」

「ん？　んー……」

　いやではないが、すこし迷う。そんなふうに喉声をあげると、慈英の膝《ひざ》が絡んでいた脚を割りいってくる。ちょっと待て、というよりはやくキスに持ちこまれ、臣はとくにあらがわず、口を開いた。

「んー……」

　舌を絡めながら、長い指が臣の脚をさらに開かせ、自分の腰を挟ませる。やわらかい布地の奥で主張しかけているものをこすりつけられると、ごくりと喉が鳴った。

「きのうも疲れてたし、途中で眠そうだったから、いれなかったでしょう」

「ん、ん、……うん」

　ぼうっと快感の予兆にかすんだ頭で、そういえばそうだった、と思いだした。昨晩もきょうと同じように、遅くに帰ってきた慈英に起こされて、話しているうちになんとなくそうなったのだけれど、オーラルまでで終わりになったのだ。

（あー、だからなんか、足りない感じすんのかな）

　軽く腰を揺すられて、両手で包んだ尻を揉《も》みこまれる。じんわりとテンションがあがってきた。静かな秋の夜。誰も邪魔者はいない。お互いの身体も、似た温度になっている。

（いいかな、もう）

　あすのことはあす考えるか。いい雰囲気に流され、臣の手が背中にまわされようとしたその瞬間、「ぐう」と腹が鳴った。

「……ちょ、うわっ」

「ふはっ」

肩口に顔を埋《うず》めていた慈英が、思いきり噴いた。臣はさすがに赤くなり、広い背中を拳でたたく。

「なんだよ、だから言っただろ！」

「わかった、わかりました、作ります。簡単なのでいい？」

むくれてみせる臣に、慈英はくすくすと笑ったまま起きあがった。やわらかい綿メリヤスのシャツとボトムは、彼の身体のラインを浮きあがらせている。

（かっこいい背中。あとお尻もかっこいい）

広く引き締まって、頼りがいのある背中だ。じっと眺めていたのに、また「ぐう」と腹が鳴ってさらに笑われる。

「お茶漬けにしますか、それとも？」

「あー、慈英のお茶漬け？　なら食いたい。あと……肉的なものがあれば……」

「なんですか、肉〝的〟って。わかりました、変なとりあわせになりますけど、ベーコンエッグでも作ります。材料とぼしいから、それくらいしかできませんが」

「いやいや、充分デス」

まだ笑ったまま、慈英は台所へと向かった。あらためて時計を見ると、もうすぐ二時になろうとしていた。ふつうならあまり食事をする時間ではないけれど、臣の体内時計でいえば夕飯どきだ。

（宿直のときとか、この時間に食ってたせいだよな……）

内心で言い訳を、誰にともなくつぶやくけれど、それが意味のないことだと自覚していた。この一年は、朝も夜もはやいあの田舎町で暮らしていたため、生活はかなり規則ただしくなっていたのだ。

大食いはむかしから。三十代ともなればメタボリックだなんだと気になるお年ごろだが、山道を自転車で毎日走りまわるおかげもあってか、あの町にいってからむしろ身体は締まった気がする。

（いや、ちゃんと消化してんだからいいってことで）

これまた無駄な言い訳を内心でつぶやき、臣はのそのそと起きあがる。とたん肌寒さを感じて手近にあった慈英のシャツを羽織った。彼のにおいがしてほっとする。そう自覚して、臣はなんとなく、拳で額をこすった。

（なんだかな、なんで最近、あんな夢ばっか見るんだろな）

凍えたドアをたたいた感触が、まだ指に残っている。身体中に夢の残滓《ざんし》がこびりついているようで、あまり気分のいいものではない。

「臣さん、できましたよ。そっちに運びます」

ぼんやりしているうちに、思った以上に時間が経っていたらしい。慈英の声がして、臣はあわてた。

「え、あ、いいよ。いくから——」

「もう持ってきちゃいましたよ。寒いから、ベッドにはいってて」

「病人でもないのに……」

行儀悪く、裸足《はだし》の足先でドアを蹴った慈英は、トレイを手にしていた。ふわっと漂う、あたたかい湯気と醤油の香りにますます食欲がわく。

「台所、かなり冷えてましたから。せっかくおれから暖をとったのに、また冷えますよ」

「う、それはいやだ」

顔をしかめて、言葉にあまえることにした臣は、膝に置いたトレイのうえの小丼に頬をゆるめる。隣にある皿には、カリカリに焼かれたベーコンと、黄身の部分がぷるぷるした半熟の目玉焼き、そして湯飲みにはいった日本茶だ。

「お茶使ってないのに、なんでお茶漬けって言うんだろな」

「さあ……ただうちではずっと、これが定番だったんで」

ごはんのうえに海苔《のり》とかつおぶし、ごまと塩昆布をのせ、醤油を垂らしてお湯をかけるのが『秀島家のお茶漬け』なのだそうだ。

「照映《しょうえい》さんも同じの食べてたので、祖父か祖母の代からなんでしょうねえ」

彼の年上のいとこであるジュエリーデザイナーの名前に、臣はうなずいてみせる。

「なるほどな。……いただきます」

木さじにすくったそれを噴きさましてロに運ぶ。じんわりと染みいってくるような味と胃の奥があたたかくなる温度に、ほっと息が漏れた。そして目玉焼きに手を伸ばす。黄身を崩し、白身の部分でくるむように食べていると、慈英が感心したように言った。

「臣さんて、半熟目玉焼き食べるとき、皿汚しませんよね」

「あー、垂れるともったいなくない？　ほらおれ、食いしんぼってか、いやしんぼだから」

苦笑してしまったのは、さきほどまでの夢を引きずっていたせいだろう。もしかしたら、夢のなかで空腹だった幼い臣のせいで、こんなに腹が減ったのかもしれない。

「あと、ちいさいころ、飯食ってて皿汚すと怒られたってのもあるんだよな。汚いって」

「……え？　怒られたって」

「母親に。あのひと洗い物とかだいっきらいだったから。まあ、基本洗うのおれだったんだけど」

なにげない思い出話のつもりだった。だが慈英は、こちらが考える以上に、その言葉に戸惑ったようだった。

「……きれいに食べるなあと、それだけのつもりだったんですが」

「うん、わかってる」

最近よく見せるようになった、困った顔をする慈英に微笑んで、夜食を食べ終えた臣は「ごちそうさま」と言って、ほどよく冷めた茶をすすった。慈英がいいと言うので、食器をさげるのも彼に任せる。

「悪かったな、寒いなか作らせて。変なことも言って」

「いえ……」

手早く片づけを終えて戻ってきた彼は、失言したと思ったのか、神妙な顔をしている。いつも以上に口の重い慈英に、臣は微笑みかけ、おいで、と手招きした。ぬくぬくとしたベッドに潜りこんできた恋人を背もたれにして、ふっと息をつく。

「めちゃ、おなかすいてる夢だったんだよ。そのせいだと思う……おれが食いしんぼなのって、あのころのせいかもなあ」

食べられるときには食べておかないと、不安なのだ。太らない体質なのは、幼いときまともに栄養をとれなかったせいだろうか。身長だけはなんとか伸びたし、もっとも身体ができあがる成長期には、堺の奥方のおかげで食べるに困らなかった。

それでも臣は、なにかに常に飢えていた。三十代なかばになるいまはともかく、若いころなど食べられるときには、胃が破裂しそうになるほどに食べて、しょっちゅう堺をあきれさせていたものだ。

「おまえの胃袋はブラックホールかって、堺さんにもよく言われたよ」

そうつぶやくと、慈英は背中ぜんぶを包むようにして、臣の腰にまわした腕に力をこめた。自分のなかにまだ、あの哀しい子どもがいる。一連の夢を見るようになって、臣はそれを痛感していた。

けれど同時に客観視もできるのは、こうして体温をわけてくれる男がいるからだ。

「……そっか、慈英はきっと帽子屋だ」

「はい？」

くすくすと笑いながら唐突に言うと、めんくらったような顔をする。「ごめん、夢の話」と笑いを含んだ声で告げ、広い胸にもたれた。

人間はいいものかしら、と首をかしげるきつねの母親。その子どもは自信を持って「いいものだ」と言う。ちゃんと、そういう人間を知ったからだ。

あたたかな絵柄の絵本だったのは覚えているが、挿画の部分はぼんやりした記憶しかない。そういえば帽子屋は、どんな顔で描かれていただろう？

「……なんですか、じっと見て」

「イイオトコだなあと思って？」

困ったように顔をしかめる彼を見て、臣はまたくっくっと喉を鳴らした。

以前の慈英なら、さらっと「ありがとうございます」だのと受け流していただろう。だが一度記憶が混濁し、じつは意外に癇性《かんしょう》な性質が表にでるようになってから、そういうすまし顔をする割合が減った。予測できているときはべつだが、不意打ちだと高確率に、面食らった顔を見せる。

「おれ、慈英の困った顔って好きだよ」

「趣味が悪いんじゃないですか」

「うん、でも、なんだろな。出会ったころより、いまのほうが年下って感じする」

いまの彼はなんというのか——すこしだけ、ひととしての温度があがった気がした。不器用さはむしろ増したかもしれないけれど、臣にとっては好ましい変化だ。自分に近づいた気が、するからかもしれない。

長いつきあいになった男の見慣れない顔。新しい発見があるのは、意外で嬉しい。そう思っていると、慈英がお返しのように言った。

「臣さんは、会ったころより大人になりましたよね」

「それ堺さんにも言われたんだけど……なんかすっごいばかにされてない？　おれはあのころも大人でしたよ？」

振り返り睨んでみせながらも、臣は笑う。そして自分の言葉に、これほど信憑性《しんぴょうせい》がない台詞《せりふ》もないものだとおかしくなった。再度まえをむき直し、慈英の長い腕をさする。

「まあ、ちょっとばっかし見当違いな相手を犯人扱いして、つけまわしたあげく尾行に気づかれる、だめな大人だったけど」

「自分で言いますか」

「自分だから言っていいんですー」

ふざけた言いざまで、思いきり背後に体重をかけた。「重いです」とたしなめる言葉と同時に押し返され、笑う。背後から聞こえたつぶやきは、おそらく心配のため息をごまかしたのだろう。

（相変わらず、気ぃ遣わせてんなあ）

このところ臣は、ふたりきりの時間、どこかはしゃいでいるような態度をとるようになっていた。例の夢を見たあととくにそれが顕著で、慈英はすこしだけとまどいながらも、つきあってくれているのは知っている。

「あのさ、ほんとに心配いらないって。空元気《から》とかじゃないから」

「……無理はしていないなら、いいんですが」

「してないよ。そりゃ、毎度うなされてて、安眠妨害で悪いんだけど……嬉しいんだよ」

いったいなにが、と慈英は目を瞠る。臣は腰にまわされた手を撫でながら言った。

「だって夢だから。起きたらちゃんと、慈英がいて、あったかくてさ」

つぶやきながら、指を絡める。すぐに臣よりひとまわりも大きな手が、ぎゅっと握りしめてくれる。

「ああ、よかった、って嬉しくなるんだよ。なんか……いま、幸せだって確認したくて、あの夢見るんじゃないかなって思う」

言ったとたん、ぐいとうしろに引っ張られ、ふたたび広い胸にもたれかかる。握った手はそのままに、もう片方の手で顎《あご》を持ちあげられ、唇がふれた。ひとしきり唇をこすりつけあったあと、お互いにしか聞こえないほどの小声でささやきあう。

「かわいいことを言うのは、お誘いですか？」

「はは、どうだろ」

首筋を撫でる手を拒まない時点で、察しはついていたのだろう。背後から臣の身体を挟みこんでいた長い脚が、微妙に角度を変えてくる。

首筋を噛まれ、臣は立てていた膝に顔を埋めた。

「腰、すこしあげて」

「ん」

短い会話ですべてを了承する。下着ごとおろされたボトムは布団のなかで膝にひっかかったまま、動きづらいはずなのに慈英はそれをめくらない。

「足、また冷えるから」

首筋を噛みながら言われて、ふふふと笑う。腰を持ちあげられ、背後にいる男のそれが尻にふれた。うしろ手に探り、手ざわりのいい布地に包まれたものをゆっくり撫でさする。軽くふくれていたものが硬度を増した。

「ふふ」

「……なんですか、その笑いは」

「なんでもない」

求められていることが嬉しいだけだ。言葉にしなかった内心はちゃんと汲《く》みとられたようで、すこし照れくさそうな苦い顔のままこめかみに唇を落とされる。

「あれとって」

臣の腹を撫でまわしながら、慈英が吐息だけの声で言う。腕を伸ばし、枕元近くの小物いれの引き出しから使い切りタイプのチューブとスキンを摑んで恋人に渡した。

家具や寝具のたぐいが不揃いな状態の部屋、留守が長かったせいか底冷えしている。そのくせ、ふたりで熱くなるための必需品だけはちゃっかり常備。

セックスが日常のパターンに組みこまれている。七年もつきあっていれば、パートナーとのそれに飽きることが大半だけれど、平穏無事とはいかない日々のおかげか、自分たちはこれに倦《う》む気配がない。

「濡らすだけで、いいよ」

「そう？」

「ん、きのう指でしたから、まだ平気」

もう知らぬところなどないほど慣れた身体だ。長い前戯《ぜんぎ》や愛撫《あいぶ》は必要ない。それに今夜のセックスは、ただ快感を追うためのものとすこし違う。

「はやく、つながっていっぱいになりたい……」

ため息まじりに言って、背後の男の首筋に頬をこすりつける。急いでいい、と告げた臣の気持ちを知ってか、差しこみ口がついたチューブのキャップをあけた慈英が、開いた脚の奥へとそれを押しつける。

下半身は、まだ布団のなかだ。すべてが手探りの作業なのに、臣の身体のすべてを知る慈英の手はよどみなく、まさぐるだけで過敏な粘膜を探し当てる。

「っん……」

「冷たい？」

温感タイプだからそれはない。かぶりを振って爪先をまるめた臣は、自分の体勢がまるで、幼児が親に用足しをされるときのようだとおかしくなった。「すごい格好」ちいさくつぶやいて笑うと「やらしいですね」とささやく彼の声も笑みを含んでいる。

「ん……ん、ん、ん」

中身をすべて押しこんだちいさめのチューブを上掛けのうえに放《ほう》って、腰を抱えなおされた。息をついて、位置をあわせて、もういいよの合図に、腿を摑んだ彼の手を握りしめる。

「……あ」

ゆっくりと挿入されて、ちいさな声が漏れた。お互い、最低限の場所だけさらしてつながるのは、不自由で窮屈で、けれど妙によかった。動きも激しくはない。奥までみっしりとはめこまれたまま、軽く揺すられつづける。

(きもち、いい)

息がきれて、汗がふきでてきた。じっとりと膝裏がしめってくる。いつの間にか臣の腹のまえで握りあった手のひらも同じく、ぬるつくほどになってそれでも離さない。んん、と喉で唸って乾いた唇を舐めると、頬に軽く噛みつかれた。顔をずらして唇をあわせる。荒れた息を混ぜながら揺らしていた腰が、すこしずつ動きを大きくしていく。

「あっ、あっ、あっ、あっ」

臣は握っていた手を思わず払って、膝にかかった布団をくしゃくしゃと握りしめ、ついで自分の顔を両手で覆った。下腹部から波打つように押し寄せる疼《うず》き、快楽。たまらず自分からも腰を振ると、あわさった動きに背筋がしびれる。

はあ、はあ、と、ふたりぶんの荒い息の音がする。

(あそこ、あそこだけなのに)

いれて、揺すっている。ほかの愛撫はなにもない。最低限のセックスなのに感覚はこんなにも膨大だ。でも動きづらくてもどかしい。いま、ほんのちょっと違う刺激をくわえられたら、たぶん一瞬で崩れ落ちる。

（どこでもいい、なんでも、ちょっとだけ、ほんとにちょっと……）

曲げた膝にあたる胸がじんじんする。ここを軽くつねられるだけで、もういく。うなじまで真っ赤になったまま熱い息をこぼしていると、慈英の手がむき出しの下腹部にふれた。

（あ、あ）

濡れてたちあがったペニスにはふれず、その根本を軽く撫でる。しゃりっとした感触に、しめった下生えがかき混ぜられたのがわかった。ぞくぞくと肩を震わせていると、大きな手のひらがいっぱいにひろげられたまま腹から胸へと這い上がってくる。

「あ……」

期待にあふれた声と、涙の滲《にじ》んだ目。どちらも濡れきっているのをわかっていると言いたげに、長い指の端と端が臣の乳首を両方、同時にこりりと押した。

「んぁん！」

短く叫んだとたん、臣の両足が上掛けを蹴った。冬仕立ての布団は重たく、めくれあがることこそなかったが、一瞬持ちあがったおかげで冷気が忍びこみ、火照《ほて》ってしめった身体がぶるぶると震える。

「……いった？」

「あっ、あ……ああ、や、ああ」

わかっているくせにささやいて、ゆっくり乳首を揉んでいた指がさがっていく。べとべとになったものはまだ萎《な》えきっておらず、ひくひくと先端の口をあけてぬるつく体液を吐きだしている。敏感になっているところをさわられたくなくてかぶりを振ったけれど、絶頂にとろけた内側をひっかくように腰を使う男は、見なかったふりをした。

「うあ！　あっは、あんっ、やっ、いま、いまそこ、さわったら」

「つづけていけるでしょう。なかとそと。まだここが本気じゃない」

布団を摑んで逃げようとした臣の動きを利用して、突き飛ばすように伏せさせられた。だめと言うよりはやく、真上から突き刺されたそれは、さきほどまでのぬるい交合が遊びだったと知らしめるように激しい。

「う……あーっ、あっ、……あっ」

よじれた身体、その足先を摑んで持ちあげ、斜めに絡む。手足の長い男は苦もなく臣のかかとを肩に乗せ、くるぶしを嚙みながら手荒く濡れた性器をしごいてきた。むろんどちらも、臣が好きだとわかっての狼藉《ろうぜき》だ。

「やう……も、たすけ……あっ、あっ！」

しゃくりあげてはじたばたと暴れ、自分で自分の肩を抱くのは、よすぎてどうにかなりそうだからだった。足の腱《けん》を舐めかじりながら小刻みに腰を揺らす男は、高い位置から臣の狂態を眺めてかすかに笑う。

「爪先が真っ赤になってる。まだ寒いですか？」

「あっつ、い……っ」

汗ばんだ額を布団に押しつけながら、炉のように燃えている身体を自覚する。息はふいごのようで、それを知れとばかりに顎を撫でてきた手を掴んで指に噛みつく。そしてせめてもの意趣返しにと、ふだん彼を煽《あお》るために使う技巧を指にほどこした。三本まとめた指をしゃぶって、口にだしいれして、舌で撫でまわす。わざとはしたない音を立ててやると、奥にはまりこんだものがどくんと脈打った。臣はあえぎながらも、意地悪に笑ってやる。

「ふはは。慈英、指フェラ、好きだよな?」

「……それは臣さんでしょう」

似たような表情の慈英は、足首をさらに持ちあげて、臣の身体を折り曲げるようにしてきた。まだ下半身に絡みついている衣服のせいで逃げ損ね、「苦しい」と訴えるはずの抗議の声は、噛みつくようなキスのせいで、もごもごとしたうめきに変わる。

(も……なんだ、このっ)

悔しいので首にかじりつき、身体の奥を彼が好きな力かげんで思いきり、締めてやった。

「っ臣さん、きついきつい」

「うっせ。ひとの身体、好き放題ひん曲げんな」

眉を寄せて苦笑する慈英の手がゆるんだのをいいことに、さらに手足を絡みつけ、額に額をぶつけてやる。そしてなんだかふと、おかしくなった。

「なに笑ってるんです」

「んー、なんか……エロいことしてんだけどさ」

なんかいま、楽しい気がした。そうつぶやくと、慈英は目を瞠ったあと、ふっと微笑む。

「それはよかった」

「いいことなん？　てかおれ、思ったんだけど、この一年であんまし声ださないクセついちゃっ……あぁあん！」

インターバルのつもりでいたから、不意打ちで強く腰を穿《うが》たれ、恥ずかしい声がほとばしった。真っ赤になって口を覆うと、にやりと笑う慈英が言う。

「誰のクセがなんですって？」

「……おまえほんっと、最近、クソ意地悪くなったよね⁉」

「すみません、楽しいので」

しらっと言われて、腹立ちまぎれに顎に嚙みつく。ざらりとした鬚《ひげ》の感触に舌がしびれて、深いキスをねだるよりはやく、食らいついてきた唇に呑みこまれる。

ぐちゃぐちゃに口腔《こうこう》をかき混ぜあいながら、慈英の動きに余裕がなくなってきたのを感じた。臣もまた、足下の上掛けを蹴りながら腰をあげ、揺らされながら全身を震わせる。

息苦しくなって、口を離したとたんにまた声があがった。天井をぼうっと眺めながら、臣はうつろにつぶやく。

「なあっ、い、いく……」

「ええ」

短い言葉を交わしたあとは、互いの身体にしがみついたまま一気にかけあがった。びくり、びくりと身体中を何度もけいれんさせ、発熱したような身体の奥へ、さらなる熱を注ぎこまれるのがわかる。

「はー……」

涙目を拭《ぬぐ》い、洟《はな》をすする。耳元で息を整えている慈英のものがゆっくりとやわらかくなっていく。内側で震える男のものを臣の粘膜があまくしゃぶるように動いて、あとはゆっくりとお互いが絶頂からおりてくる時間を楽しむだけだ。

そう思っていたのに、まるで惜しむように臣のなかが大きく収斂《しゅうれん》し、男の広い背中を波打たせた直後、慈英は一度、腰を押しこんでくる。

「あ、ん……また、だしてる?」

びくっと震えながら問えば、「誰のせいですか」と笑われる。うちがわの粘液を捏《こ》ねるようにわざと動かれて、おおきく響いた音に赤くなった。

「って、あれ?　ゴムは?」

「それも誰のせいですか」

なんだか悔しそうな顔をするのがおかしくて笑ってしまいながら、不本意そうな慈英の顔にしたたる汗を、手で拭ってやる。じっとりと汗をふくんだシャツが重たかった。

「出発日、決まった？」

突然の質問に慈英は一瞬目を瞠り、そのあと「ええ」と笑って臣の手をとった。

本来であれば九月の下旬には、慈英はニューヨークへと出立する予定だった。だが思った以上に事務的な手続きが煩雑《はんざつ》で時間がかかり、またあの町の住人たちに対して「いったんは市内の家に戻る」という体裁をとるため、けっきょく渡米は先延ばしになっていた。

「年内にいって、下見をしてきます。本格的にいくのは年が明けてからかと」

「そっか。……最初はどれくらい？」

「最低、一カ月は」

そっか、ともう一度繰り返して臣はうなずいた。ゆっくりと身体のつながりがほどかれ、ぐしゃぐしゃの衣服もそのままに、ベッドへと手足を投げだす。慈英はそんな臣の身体から、汗にしめった服をひとつずつ脱がせていった。

「おみやげ、楽しみにしてる」

「なにかほしいもの、ありますか？」

「慈英が選んで」

「え？」

下半身をタオルで拭われながら、しびれの残る腕を持ちあげて目元を覆う。

「おれのこと考えて、慈英が選んできて」

一瞬だけ手が止まって、けれどすぐに彼は「いつも考えてますよ」とおだやかに言う。

「うん、ならいいよ」

なんとなく、臣は部屋を見まわした。ほとんどの家具はそのままだけれど、およそ一年、無人のままになっていた空間は、すこしよそよそしい感じがする。

あたりをはばからずにくっついていられるこの家に、正式に戻ってくるまであと数カ月。そしてその時期には、隣の男が違う国へと旅立っているだろう。

この場所から、慈英から離れたくないとしがみつき、悩んでいたのは、たった三年ほどまえのことだった。それから慈英が「どこにでもついていく」と言ってくれて、山間《やまあい》のあの町にふたりで引っ越して。

本当に、いろんなことがあった。臣も、慈英も変わった。

環境も、情況も——心も。ふたりでゆっくりと手をつなぎながら、お互いの変化を見つめあってきた、そんな七年だった。

「シャワー、浴びたいですよね」

汗や体液でぬめりを帯びていた肌を簡単に清められたあと、抱きかかえようとする慈英の肩を押さえて「自分で起きる」と臣は告げた。

「歩けるから、風呂、いっしょにいこう」

「抱いて連れていくのも楽しいんですが？」

「いいんだよ。おれが、いっしょにいきたいの」

手近に落ちていたシャツを羽織って、恋人の腰に手をまわす。慈英も同じようにして、背後の腕が交差した。

「あしたのご予定は？　朝からすぐ、あっちに戻るんですっけ」

「んー、と思ってたんだけど、ちょっと用事できた」

面倒くさいけど、しかたない。そうつぶやいた臣に、慈英はすこし怪訝な顔をした。

「用事って、堺さんからなにか頼まれごとでも？」

「相変わらずカンがいいな」

くすくすと笑った臣は、ふと真顔になる。昼間言われた件を、まだ完全には整理しきれていない。行方不明の女性講師は、果たしてあの教団のクーデターに関連しているのか。そうだと仮定して、立場は被害者なのか、それとも。

――ん〜、ん、ん〜……。

ふと、脳内でまとめようとしていたできごとの隙間に、あのハミングがはいりこんできた。やわらかでかすれた女の声。臣は顔をしかめる。これはノイズだ。

「臣さん？　むずかしい顔してますけど、いったい」

「……おまえもいっしょに、くる？」

「いきます」

まだどこへいくとも言っていないのに、間髪をいれずの即答だ。臣はあきれた顔をする。

「忙しいんじゃないのかよ、先生」

「臣さんより優先しなきゃいけないことは、ありませんので」

しらっとした顔で言ってのける男に臣は肩をすくめ「アインさんに怒られても知らねえぞ」と笑う。

「彼女はいまニューヨークにいますから、怒ったとしてもなにもできません」

「どうだかなあ。翌日には東京にいた、なんて言われても、おれ驚かないけど」

アイン・ブラックマン。体調を崩した御崎《みさき》画廊の店主の代わりに、つい最近慈英のアドバイザー兼エージェントとして契約を結んだ彼女は、目的のためなら手段を選ばない人間だ。正攻法でアクセスを試みるも失敗を繰り返したため、慈英がどうでも興味を引かざるを得ない、裏オークションでの盗品入手という、ある意味違法すれすれの手段で近づいてきた。

これが日本人であれば、正直、臣の立場的に見すごすわけにはいかない話だった。だがアインが外国籍の人間であることだけでも事態はかなり複雑だったうえ、調べたところで彼女のおこなった裏オークションの取引について手がかりを摑めなかったどころか、正直、三島に話を聞かされなければ『そんなオークションは存在しなかった』としか言えないほどに、きれいさっぱりなにひとつ、見つからなかった。

まして臣の現在の身柄は、地方の駐在員。美術品の裏オークションなど、調べようにも管轄外すぎて、どうにも手の打ちようがない。

むしろ三島を介して臣に伝わってきたあれらの情報は、アインの撒き餌《まえ》でしかなかったのだと、そう考えるほうが納得がいった。

——この程度、大した情報じゃありません。それに、警察官……地方公務員が、それを知ったところでなにもできない、そういう世界ですよ。

三島の言葉は単なる事実だった。念のため堺に一連のできごとを報告した。けれどしばらく経ってから、「これ以上首を突っこむな」と小言を食らったのだ。

(そしていきなりの、辞令確定か)

——いまは素直に従っておくほうがいい。おまえだって、ずるずる駐在所にいたいわけじゃないだろう。

おそらくあれは警告、そしてアメとムチでいうところの前者だ。まだいまならさわらずにいられる、引き返せと知らしめてくる言葉だった。

——目のまえの、やらなきゃいかんことを、粛々とやるだけだ。わかるな?

おまえの仕事の範疇《はんちゅう》を越えるのは、正義感でもなんでもない。分《ぶ》をわきまえろと叱りながら、臣を制した彼の言葉はおそらく正しい。

たとえその奥に、美術品にまつわるグレーゾーンがつきまとっていようと、モラルに反する取引があろうと、一介の地方公務員でしかない臣に、なにができるわけでもない。悔しいけれどそれが現実だった。

ただ、垣間見《かいまみ》てしまった世界の複雑さと危うさに、そばにいる男の身を案じるしかない。

「な、慈英」

「はい？」

「アインさんとの仕事、大変……だと思うけど、気をつけてな」

巨万の富が動く世界だ。いろいろと正しいばかりではやっていけないことくらい、臣にもわかっている。それでも言ったのは、幼いわがままかもしれない。けれど、恋人は微笑んでくれた。

「臣さんがしないようなことは、おれはしませんよ」

「なんだそれ？」

「この間読んだ海外小説で、小学生の男の子がおとなに説教してたんですよ。『ぼくがしないようなことは、あなたもしちゃいけないよ』って」

「要するに、顔向けできないようなことをするなって意味か？」

臣が首をかしげつつ問えば、慈英は「たぶん」とうなずいた。

「子どもですからね、きっと親の口まねをしたんでしょう。あまり深く考えもせず、こまっしゃくれた物言いで。でもそれを言われた主人公は、その言葉を土壇場で思いだして踏みとどまるんです」

「へえ、それ、いい話？」

なかなか教訓がきいていて、いいじゃないか。しかし臣の期待はあっさり裏切られる。

「いいえ、B級のSFサスペンスってところで、オチはひどいものでした。宇宙人がでてきたときに、もうだめだと思いましたけど」

「おまえたまに変な本読むよね……」

身を寄せて、くすくす笑いながらくだらないことを話す。それでも心はあたたかかった。

アインが慈英のエージェントについた以上、例の件はもう追うこと自体できなくなった。そうでなくとも深入りすれば、臣は自分の職を辞することになるだろう。それについてのためらいがいっさいないとは言いきれない。

盗品にしたところで犯人はわかりきっていて、逮捕もされた。盗まれた品自体も、正式にエージェントとなった人間の手元にある。アインにしても慈英が契約を結ぶと決めた以上、根っからの悪人というわけでもないだろう。結果だけ見れば問題はない、と言える。

（けっきょく、なにを選ぶか、だ）

この世のすべてのできごとを解決できるわけでもないし、なんの役に立てるかも知らない。けれど目のまえにある仕事、大事なひと、それを護ることくらいならできるだろうか。

「じゃあ……『おれがしないようなことは、慈英もするなよ』？」

「それを言いたいのはむしろこちらですけどね。おれがしないようなことばっかりする刑事さんには」

額を小突かれて、「ひでえな」と笑った。それでも幾分か、心は軽かった。

「で、あした、どこにいくんです?」

いまさらになっての問いに、臣はにんまりと笑って口を開いた。

3.

翌日、山間部への戻りを遅らせた臣と慈英は、市内にあるマンションの一室を訪ねていた。

「ひさしぶりだな」

「ご無沙汰してます。こんな格好で申し訳ない」

楽そうな部屋着を着た三島が、すこしやつれた顔で出迎える。見るからに顔色の悪い彼をまえにして、臣はあえてにやりと笑ってみせた。

「だいぶ元気そうじゃん」

「ええ、もう自宅療養で問題はないので……通院はまだしてますけどね」

まだやつれてはいるが、気丈な言葉に臣はほっとした。

2LDKのマンスリーマンションは、三島と壱都の一時的な住まいだ。

教団が空中分解のようになってしまったいま、残っている少ない信徒たちは山奥のコミューンで共同生活をおこなっている。本来なら三島もそちらに住まうことになるらしいのだが、彼が病院に通うには遠すぎる。心配した壱都が「どうしても」と言い張り、怪我が癒《い》えるまではここで暮らすことになったらしい。

「狭いところですが、そちらにおかけください」

「おじゃまします」

すすめられたソファはマンションに備えつけのものだ。部屋は清潔で、それなりにしゃれたファニチャーでそろえられているが、仮の宿らしく、どこかホテルのように生活感がなかった。

ふたりがけのソファに慈英と並んで座ったあと、三島がだしてきたコーヒーをすする。向かいに腰かけた三島は「行儀悪くて失礼」といいながら、大振りのクッションにもたれるようにして、胸をかばっていた。

「まだ痛むのか」

「まあな。骨折や怪我自体はもう、かなりよくなったんだが」

慈英の問いに、三島は苦笑する。見た限りではギプスもとれたようだし、いかにも怪我人、といった派手な包帯や絆創膏《ばんそうこう》は目につかない。けれどあきらかに痩《こ》けた頰の肉と、顎から首にかけて残る傷跡——火事になった部屋から飛びだした際のガラスでついたものだ——や、かすかに残るやけどのあとが痛々しかった。

「ところできょうは、壱都は？」

いまさら気づいたかのように慈英が問うと、三島はかぶりを振った。

「事務所のほうに出向かれています」

「って、ひとりでいったのか？」

微妙な表情をした三島は「まだ、わたしは外出がむずかしいので」と悔しげに言った。

「たいしたことはないと申しあげているのですが、壱都さまが寝ていろと」

「まあしょうがないだろ、病みあがりだし」

さきほど交わした挨拶での「元気」というのが、かなりおおげさな表現なのはお互いわかってのことだ。

ようやく起きあがることはできるようになったらしいが、まだ息が浅い。監禁されるまえから折れていた肋骨《ろっこつ》は、激しい暴行で内臓に刺さる手前までいっていたという。そのうえ、火だるまになる直前で二階から飛び降りたせいでやけどや全身打撲もくわわり、生きているのが不思議なくらいの重傷だった。完全に癒えるには時間がかかるのだろう。

入院時は何度か心拍数が危ういこともあり、臣も面会謝絶だと見舞いを断られたことがあったくらいだった。二カ月で自分で立てるようになっただけマシというものだ。

「壱都は、ひとりで外出できるのか」

慈英が驚いたように言い、臣もまた同じ感想を持った。

そもそもほとんど外界と接触していない壱都だ。まして臣は逃亡中の彼しか知らない。なんとなくあの壱都《いと》が、自分で電車やバスに乗る姿が想像できずにつぶやくと、「いつもなら誰かしらついていくのですが」と三島も苦い声で言った。

「いまは付き添う人間もおりませんし。ただ、きょうは警察のかたがいっしょなので、安心といえば安心かもしれません」

「警察？　なんでいまさら」

慈英は怪訝そうに声をあげたが、臣は黙っていた。横目に見られても口をつぐんでいる臣をちらりと見やって、三島が吐息まじりにつづける。

「堺さんから連絡があって、例の件の事後処理で、書類などの確認をと言われました。もう、二カ月も経ってのことなので、どういうことかと思っているのですが」

そこで言葉を切り、三島はじっと臣を見つめた。やつれても鋭いその視線に、臣は苦笑しながらお手あげのポーズをとる。

内心では、三島への協力をこちらに要請しつつ、ちゃっかり自分でも動いていた上司に舌を巻いていたが。

「前置きなしでぶっちゃけるわ。きょうのおれの用件は、間違いなくそれ絡みだ」

「やはりそうですか」

苦笑する三島に、慈英は「やはりって、いったいなにが？」とつぶやき、咎《とが》めるような目で臣を見た。事情をろくに話さなかったことを怒っているらしい。

（しょうがないじゃん、きのうは話すよりいちゃついてたんだし）

どうせここにくればわかることだと手抜きをした自分を棚にあげ、内心で軽く舌をだす。

「んーと、まあ、ちょっとばかし話長くなるかもだけど。まず、永谷蓉子って女性が行方不明になったことから……」

臣はそこで、堺から聞いた話のあらましを三島に説明した。しかし彼の反応は、警察としてはあまり芳《かんば》しくないものだった。

「永谷……聞き覚えはないですね。正直、重田が集めてきた人間のことについては、こちらまで情報がまわってこなかったんです。彼が一手に握ってしまって。名簿に名前がない、正式に登録もされていないなら、重田の息のかかった人間しか把握していないのが実情です」

なかば予想していた返答に「そうか」と臣はうなずいてみせ、三島は申し訳なさそうに目を伏せた。

「とくに、あの時期だったとなるとなおのことですね。自分のことで手一杯で……」

「そりゃ当然だろ。おまえ本当にあの時期、まさにダイ・ハードな生活だったたし」

ちゃかしてみせたものの、じっさいあの事態が『手一杯』などという言葉ですまされるものではなかったことくらい、お互い承知している。

数カ月まえの三島は、壱都をつけねらう者たちから彼を隠し、横領の証拠を探しだして司法にゆだねるため時限爆弾のようなメールを仕掛け、それでも万が一のために、二重、三重の手を考えていた。その間、逃亡生活を送りながら、教団を統括する業務も請け負っていた。

あげく首謀者である重田の配下に拉致《らち》され、幾度となく暴力を受け——正直に言えば、いまこうして三島が無事でいること自体、奇跡のようなものだ。

しかし人外の働きをしてみせた男は、きまじめな表情で頭をさげる。

「すみません、お役にたてなくて」

「ああ、いい、いい。だめもとの話だったんだ。ただ念のため、残ってるひとたちに話、聞くだけ聞いておいてくれないか。これ、そのひとの写真のコピーな」

「わかりました。お預かりします」

三島はその紙片を丁寧に受け取り、もの言いたげな目で臣を見た。

「……写真といえば、なんですが」

「ん、ああ。慈英から、ひととおりは聞いてる」

ちらりと横目で恋人を眺めたのち、慈英がうなずくのを確認した臣は居住まいを正した。

臣が三島と顔をあわせて話をするのは、事件後、きょうがはじめてだ。むろん彼の体調や臣自身の仕事の都合もあったが、覚悟が決まるまで時間がかかったというのもある。

「あらためて、どういうことなのか教えてもらえるかな」

「わかりました。というかそのつもりで、こちらを用意してありました」

三島は、臣が訪ねてきたときから机のうえに置かれていた茶封筒を掲げ、そのなかから古ぼけた写真のプリントアウトをとりだした。

「これは、例の写真をスキャンして、拡大プリントしたものです」

セピアにくすんだ、しろい縁取りのある写真のなかには、門松がある古びた家のまえに並ぶ、複数の女性と、ひとりの男性がいた。

そのなかで、ひときわ目鼻立ちのはっきりした――臣そっくりの女性が写っている。ひさしぶりに見たその顔に、胃が縮むような感覚を覚えた。

写真裏に書きこまれた日付は『昭和××年　一月三日』。いまから二十一年まえ、新宗教『光臨の導き』の前身となった団体に『光臨会』という名称がつけられるすこし以前の時期だ。写真には中心人物である上水流いち子からはじまって、写ったメンバーそれぞれの名前もまた、日付とともに記されていた。

「……たしかに、おれの母親だ」

几帳面な字でつづられたなかに、『小山明子』という表記を見つけて臣は顔をこわばらせ、三島は「やはり、そうですか」とうなずいた。

「この写真は『光臨会』初期メンバーで撮ったもののようです。そして、その会ができたしばらくあとに、壱都さまが生まれた。父親の名前は、前主査である上水流ヒトツさま――壱都さまと混同するので、いち子さまと申しますね――彼女は、けっして明かさなかったそうですが」

苦い顔をしてテーブルにプリントを戻した臣は、「あれ」というように首をかしげた。

「これさ、門松があるけど、おまえらのとこの教えでも、ふつうに正月とかって祝うもんなの？」

「わたしが入会してからは、覚えがありませんね。ただこのころはまだ、ごくちいさなコミューンだったでしょうから……」

「教義的なものは、さほどはっきりしていなかったってことか」

慈英の補足に、三島は「おそらく」と眉をひそめる。

「もしくは、ただ単に間借りしていた場所だったとか、そういうことかもしれませんが」

二十一年まえという古い話であるため、三島にも細かいことまでは把握しきれていないのだそうだ。

「それはともかく、この写真が、臣さんの母親が失踪したのと近い時期だっていうのが気になるな」

慈英の言葉に、三島は「おれもそう思った」とうなずいた。

「たまたまこの、明子さんという女性がかつて『光臨会』と近しい人物だった。それだけなら、わたしもここまで引っかからなかったと思う」

三島の言葉は、臣に向けられていた。臣もまた慎重にうなずく。

二十一年も行方知れずの母親の手がかりが、いまさら見つかったところでどうしようもないことだ。ほとんどあきらめていたし、これがまったく違う場所で、違う人物に提示されたものであれば、「そうだったのか」ですんだ話だったかもしれない。

「でもなにか変だと思ったから、わざわざ慈英に話したんだろ」

三島はすこしためらうような目で、それでも「ええ」とうなずいた。

「小山明子さんから話が逸れるようですが、じつは資料を調べていて、妙なことに気づいたんです」

「妙？」

「……この当時、前主査が産婦人科にかかったという記録がどこにも残されていないんです」

まえおきはされていたものの、ずいぶん斜めに向かった話に、臣は目をしばたたかせた。

「産婦人科の、って、壱都を妊娠中のこと？　てかそんなもの、個人的に日記つけるならともかく、教団のことでいちいち記録したりはしないんじゃないのか？　おまえだって、当時の細かいことはわかんないって――」

「いいえ、記録だけはあるんです」

いまひとつ呑みこめていない臣の言葉を、三島は軽く手をあげて遮った。

「当時から『おつとめ』といって、毎朝の祈りや説法会がおこなわれていたことは、日誌が残っていたため確認されています。その日のスケジュール、たとえば、朝八時、お祈りの時間、十時、勉強会、十二時、集まって昼食……というように、主査がその日なにをしていたのか、簡単にではありますがすべて、記録されていました」

三島の説明によると、書記が決まっていたというわけではなく、日替わりで会に参加しているひとびとが、まるで小学生の連絡帳のように記していたものだったという。

「なんでそんなもん、つけてたんだ」

「会社で言う日報みたいなものです。行動を記録しておくことで秩序を作る意味もあったかと。法人化されてからは、公的機関に報告するときのことも考えて、書記の役職についたものが記録していましたが――それはともかく」

三島は話がずれたのを戻すように、軽く手を振った。

「当時の記録によるといち子主査は、朝の祈りを一日たりとも欠かしたことがなかった。病院に入院した形跡もない」

「……それは、壱都を産んだはずの、その日にもということか？」

すぐに察した慈英が顔をしかめてみせる。妙な話だ、と臣も眉を寄せたけれど、二十一年まえの『光臨会』の事情を想像するに、理屈がつかなくもなかった。

「でもそれって、あれじゃないのか？　写真は町中っぽいけど、このころには山奥のコミューンで自然派生活をはじめてたんだろ」

――最初は二十年近くまえからだ。ちっちゃい土地買って、畑作ってただけだったからさ。ちょっとずつ買いたして、あれっと思ったころには宗教団体のもんになってたんだわ。

草木染めをする団体だと聞いていたのに驚いた――と、山の持ち主であった丸山《まるやま》家の現当主である浩三《こうぞう》からその話を聞かされたのは、壱都があの山奥に潜伏していた時期のことだ。

「だったら、むかしながらのお産婆《さんば》さんみたいなひとがいたんじゃないか？」

かつて産婆をしていたという大月《おおつき》のおばあちゃんを思いだし、臣は言った。だが、三島は眉をよせてかぶりを振った。

「たしかにいまも、コミューンには助産師経験者がいます。過去にも当然、いた可能性はあったでしょう。ですが、この場合に限って、それは不可能でした」

「不可能ってどうして。病院以外での出産とか、いまだってない話じゃない――」

「いち子さまが、もともと脚に障害を持っていたことはご存じですよね？」

いやな予感を覚えつつ「ああ」と臣はうなずく。この場にいる誰もが苦い顔になるのは、生まれ変わりという教義を都合よく解釈した重田に、壱都の脚を折られた過去があるせいだ。

「それがどうした？」

「脚が悪かったのは下半身の骨格の問題で、骨盤が生まれつき歪んでいたからだそうです。その影響もあって、右脚がねじれたようになって、歩くのにも苦労されていた。これは、わたしが何度か病院に付き添った際に医者から聞いたので、たしかです」

「……骨盤って、女性にとってはかなり重要な部分なんじゃないのか」

眉をひそめた慈英に、三島はうなずいた。

「つまり、いち子さまは自然分娩に適した身体ではない……もっと言えば、出産には外科的な手術が必須の状態だった。そんな方がどうやって入院もせず、壱都さまを産むことができたんでしょうか？」

臣は「まさか」と青ざめ、黙りこんだ。三島は目を伏せ、写真を眺める。

「この写真のお母上は、ひどくゆったりした服を着ていますよね」

皆が揃いで着ている、自然素材らしい貫頭衣のうえに、シンプルなエプロンを重ね着した明子は、笑いのない顔で腹のまえで手を組んでいる。ボリュームのある衣服は、その体型をほとんど隠していた。

「違和感はありませんか」

「……腹のあたりが、よくわからないな」

三島が問いかけ、うなずいたのは慈英だった。そのつぶやきに含まれたものを察したとたん、臣はたまらなくなって口を開いた。

「こんな服、おれの母の趣味じゃない。むかしから、いわゆるボディコン系が好きなひとだったんだ。水商売してたから、ってのもあるけど……スタイルが自慢で、いつもぴったりした服着てた」

「それにくらべて、こちら」

三島はつとめて冷静な顔で、写真の中央にいる女性を指さした。

「これがいち子さまです。小山さん、……彼女は壱都さまに似ていると思いませんか」

親子なら似ていて当然だと言いたかった。じっさい臣自身、写真の母親にそっくりだ。だがいち子と壱都は、長い髪に黒目がちの目もと、中性的できれいな印象の輪郭など、類似点は見つけられるものの、顔までうりふたつというわけではない。

ただ、不思議なまでに彼らを「そっくり」と言わしめるのは、独特の表情や雰囲気からかもしだされる、神性——とでもいうべきもの。臣は生前のいち子を知らないが、受け継いでいるものがたしかにあると、写真だけでも感じられた。

そしてもっとも類似しているのは、どこか少年っぽい、小柄で薄い体型だった。

「……身体のおうとつが、ほとんどないな」

つぶやいたのは慈英だった。

ひとりだけ、中央にいるいち子のみが、服装が違っていた。以前、壱都とはじめて出会ったときのような、刺繍《ししゅう》のついたチュニック。こちらはほかの顔ぶれが着ている貫頭衣に比べて布地が薄いのか、身体に沿うようなラインになっている。

「壱都さまがお生まれになったのは、この年の五月。でもこれは、いち子さまの身体は、六カ月の妊婦の体型に見えますか?」

「おい、三島」

慈英は顔をこわばらせていた。臣もまた似たような表情をしているのだろう。気遣わしげな視線を感じつつ、乾いた唇を舌でしめらせて、臣は淡々と目のまえの事実を述べた。

「壱都は、いち子さんと彼は、よく似ている。血のつながりは間違いない、と思う」

「ええ、それは——あらゆる意味で、遺伝子情報はしっかり受け継がれています。それはそばで見てきたわたしには、疑いようはない。あのかたたちは、血のつながった親子です」

「もしかして、代理出産とかか？」

慈英のつぶやきに、臣は顔をしかめた。母性のかけらもなかったあの母親が、そんな選択をするものだろうか。

「金もらえりゃ、やったかもしれないけど……でも、消える直前までスナックで酒浴びるほど飲んでたし、煙草もぱかぱかやってた状態だったぜ。おかげでいつも顔色悪かった。そんな状態の女に、リスクの多い代理出産なんか頼むものか？」

「たしかに……もしも依頼するとしたら、健康状態のいい母体を選ぶはずですね」

「ああ。だってこれだけ女のひと、いたんだろ。もっと元気な、いち子さんのためにってひとは、いくらでもいたはずだ」

臣の言葉に、慈英は黙りこんだ。沈黙のうちに、臣のなかでごく自然な発想が芽生えた。

「なあ……血のつながりを重視するとして。もっとシンプルに考えらんねえ？」

「シンプル？」

「だから壱都の父親が、いち子さんのきょうだいとかじゃないのか？　それでおれのおふくろと、とか」

「前主査にごきょうだいは？」

はっとしたような慈英の言葉に、三島は予想していたかのように平静なまま「いらっしゃいます」とうなずいた。

「主査がみまかられたあと、手続きの関連でお会いしました。うえに兄がふたり——長兄である、一志《かずし》さんと葬儀の話しあいをしましたが——ほかに、弟の三晃《みつあき》さん。次男の優次《ゆうじ》さんは、ここの写真に写っている方だそうです」

三島は、写真に写っている唯一の男性を指さした。よくよく見ると、なるほど、壱都やいち子と似通った面影がある。あまり背は高くないけれど、整った顔立ちにやさしげなたたずまい。ことに鼻や唇のあたりは、むしろ母親のいち子よりも壱都に似ている気がした。

「いま、このひとは？」

「それが、だいぶまえに亡くなられてしまったと。くわしいことは、まだわかりません」

三島は申し訳なさそうに言った。

「一志さんが言うには、弟さんともいち子さまとも、長いこと連絡をとっていなかったとか……まさか教祖になっていたとは、と、苦い顔をしてらして。深い話もしたくないご様子だったので、世間話程度にお聞きしました」

それもそうだろう、と臣は思った。長年音信不通の妹が、遠い土地でかみさま扱いをされていて、そののち亡くなったなどという話は、あまり平静では聞けないはずだ。

「それにそのころ、わたしも深く掘りさげる余裕など、なかったので」

「ああ、そっか、そうだったな」

三島が監禁暴行を受けていたのは、臣たちに壱都を預けて東京にいるいち子の親族のもとへ出向き、死亡届などの戸籍上の手続きや申し送りをしたあと――つまりいち子の兄と顔をあわせた直後だ。とても「余裕」などという言葉とほど遠い状態だった。

「もし……その次兄だかが父親だとすると、壱都っておれの、いわゆる種違いのきょうだい?」

思ってもみなかった事実に、臣は面食らう。三島もまた、そのことを想定してはいたのだろうけれど、いまだに戸惑っているようだった。

「可能性は、なくはないですね。ただ戸籍上は本当に、なんのつながりもありませんが」

「そっちも、こっちも、父親についての記載はなしか」

「ええ」

臣をはじめとした全員は、そのまま黙りこんだ。長い沈黙のあと、慈英が口をひらく。

「壱都は、そのことについては?」

「まだ話していません。疑惑というより想像の段階ですし、正直……それを証明する手だてといえば、壱都さまと小山さんのDNA鑑定くらいしかない。そこまでする意味があるのか、という気もしています」

三島の苦い言葉に、臣も「たしかに」とうなずいた。

「いち子さまも髪の長い方でした。茶毘《だび》に付すまえにすこし髪を切って、残されていたんです。だからそれこそ、それを使えば鑑定できなくはないでしょうけれども」

うめくように言って三島は肩を落とす。

壱都とは、この夏の事件をとおして出会い、また臣が駐在する山間のちいさな町——ムラと言っていいほどのあの場所で、ほぼひとつの季節をともにすごした。

じっさいは二十歳だがまるで十代の少女のようにしか見えない、けれど内面は底知れない深さと慈愛を持った、かみさまに愛された存在としか言いようがない青年だ。

臣はまたほんのすこしだけ沈黙し、だがすぐにかぶりを振った。

「血のつながりとか、おれがあいつをかわいいと思って、好意を持ってること自体はなにも変わらない。だったら……面倒の種はなくてもいいかと思う」

壱都も臣も、家族に縁がない。もしも調べて、きょうだいと判明したら、感情として悪い気はしないだろう。けれど——。

「そうですね。もしも臣さんとの兄弟関係がはっきりしたとき……彼はいち子さんが母親ではなかった事実を、つきつけられる」

慈英の言葉に、三島も「それが心配です」と顔を曇らせる。

臣とて、あの現実離れした壱都に、そんななまなましいことをさせていいものかどうか迷うくらいだ。彼をあがめる三島にしてみると、複雑どころではないだろう。

「あのさ、血のつながりがないってことだと、壱都の立場的に、なんかまずいか？」

臣の疑問に、三島は「それはありません」と言った。

「教団はほとんど解散状態ですし、いまは壱都さまが中心となって、新しいコミューンができている状態です。それにもともと、世襲制というわけでもなかった。……ただあのかたが、判明した事実をどう思われるのか、それだけが気がかりで」

「……そうか」

そもそも重田が主査になりかわろうとしたくらいだ、法人格としての代表であることと、血統は関係がない。愚問だったと反省する臣の肩に手を置いて、慈英が言った。

「その件については、壱都次第ってことじゃないですか。まだ、なんの確証もないですし」

慈英の言葉に、「そうだな」と臣はうなずく。

「壱都のことだから、案外いつもの調子で、どうでもいいって言いそうだし」

なにかから超越した彼のことだから、不可思議なあのまなざしで「検証など必要ありません」と微笑むような気がする。

「きっと、自分は自分で、生まれがどうとか関係ないって言うんじゃないかな」

そう告げると三島も「否定できませんね」と苦笑した。

「どうしても必要になるときまで、そっとしておこうと思う。……そんなときがくるのか、わからないけど」

しめくくるように臣が言い、慈英と三島もうなずいた。

「いずれにせよ、明子さんのその後の足取りは、いっさい掴めません。『光臨会』の名簿に名前はあるものの、さきほど言った日誌の記述にも、ほとんどでてきていませんし」

「……そっか、まあ、それはそれで、いいよ」

静かにうなずいた臣に対し、慈英がじっと見つめてくる。「なんだよ」と顔をしかめた。

「ずいぶん、あっさりしてますね」

「だってもう、おれとしちゃあ十なん年もまえに、死んだことにした相手だしなあ」

冗談めかして言った臣に、慈英は驚いたように目を瞠った。それを無視して、臣は言葉をつづける。

「で、話もとに戻すけど。けっきょく永谷蓉子のことは三島じゃわかんないんだよな？　誰か、わかりそうなひととかいないかな」

「そうですね。事務方の人間なら、あるいは……」

三島はそこで口ごもった。

「どうしたんだよ」

「いちばん可能性が高いのは、沢村《さわむら》なんです」

その名前に、臣も慈英も顔をこわばらせた。三島と同時期に拉致され、過度の暴行に対し壱都の居場所を教えてしまった青年だ。怪我の度合いは三島よりも軽かったそうなのだが、音《ね》をあげた自分への嫌悪と暴力行為からのＰＴＳＤで、いまだ入院中だと聞いている。

「小山明子さんの書類に関しても、彼が古い資料をすべて整理していて、見つけたものです。

重田の指示で、教団の……会社で言うところの社史編纂《へんさん》のようなことをやらされていたので」

「なら、そのリストがあればいいんじゃあ」

「それが……事件後、事務所にあった資料の大半は警察に提出されたんですが、一部は重田たちがわざと処分してしまったようで。残っていたのは『光臨会』時代の古いものばかりだったようです」

三島が雲隠れするまえに入手していたのは、あくまで資金の流れに関する書類と幹部連中の横領の証拠のみで、一般会員の名簿などにはノータッチだったそうだ。

「沢村さん、話、聞けないかなあ」

「むずかしいですね。わたしたちとすら、……いえ、わたしと壱都さまにはなおのこと、会おうとしませんから」

「そっか」

沢村が立ち直りきれない最大の要因は、壱都と三島を裏切ってしまった、会わせる顔がない——と嘆いているせいらしい。いくら三島らが「気にするな」と言っても聞きいれないのだそうだ。

「それに警察のかたは、すでに沢村には事情聴取をしているのでは？」

「ああ、いや。今回の件、まだ事件として確定したわけじゃないんだ。だから横領の話ならともかく、永谷さんの失踪については、沢村さんに任意以外で聴取することはできない」

あくまで堺が気にかかるというだけのこと、なにより正式に立件しているならば、民間人の慈英を連れて話をすることはないと臣が告げ、三島はようやく呑みこんだようだった。

「なるほど、そういうことでしたか」

「つまり沢村さん次第だけど、やっぱり無理だよな？」

臣の言葉に「医者や看護師以外とは会おうとしないようなので」と三島が目を伏せた。

「じゃあ、いい。そっちは最後の手段ってことにしよう。まだ関係あるかどうかわからないことで、病人に負担かけることはない」

臣が言いきれば、三島はちいさな声で「ありがとうございます」と頭をさげた。軽くうなずいたあと、臣は口調をいささか厳しくする。

「あとな。これは勘ぐりすぎかもしれないし、あくまでもしも、の話だ。重田の残党が、もしも永谷さんをさらっていたのだとすると」

「……三島と壱都についても、あまり安穏《あんのん》としてはいられない可能性がありますね」

途中で言葉を引き取った慈英に、臣はうなずく。三島もその可能性を考えたのだろう、にわかに顔色を変えた。

「しばらくまた、身を潜《ひそ》める必要がある、ということですか」

わかったとうなずく三島自身、いまだ満足に動ける状態にない。

「頼むから、気をつけてくれ。おまえになんかあったら、また壱都が泣くからさ」

なによりも重たいだろう釘《くぎ》を打ちこむと、三島は神妙な顔で「そうですね」と目を伏せた。

＊　＊　＊

三島のもとを引きあげ、慈英と臣は帰途についた。ここしばらくですっかりなじまなくなったコンクリートの道に靴音を鳴らしながら歩くうち、隣にいる男がやけに静かなことに気づいた。

「なんだ慈英、変な顔して」

「いえ……たいしたことでは」

言いよどむ男に、目顔で「言え」と圧力をかければ、彼はため息をついた。

「さっきも言いましたけど、意外なくらい臣さんが落ちついているので」

「……だから、今回はあんま気にしてねえって言ってんのに」

ここのところ繰り返しているやりとりに、臣はあきれた顔をした。

とはいえ、彼の戸惑いもわからなくはない。かつて権藤——臣の父親ではないか、と一瞬疑われた男に絡む事件の際、自身でもあきれるくらいに臣は取り乱した。あのときと態度が違いすぎることくらい、自覚はしている。

「そうだなあ。正直、自分でももっとおたおたするとは思ってたんだけど……なんでかな、あのひとに関しては、あ、そんなとこにいたんだ、って感じで」

自分でもうまく説明できないし、薄情なのかと思いもする。だがどうしてか、最初からいるかいないかわからない父親より、みずから姿を消すことを選んだ母親に対してのほうが、割りきれる気がするのだ。

「あのひとはむかし、おれを置いて出ていくことを選んだ。ただの勝手だったのかもしれないし、もしかしたらなんか、事情はあったかもしれない。……でも、あれこれ想像してみたところで、起きてしまったことも、現実も変わらないし」

夢で繰り返し見る明子の表情は、臣を怒鳴りつけながらどこかつらそうだった。むろん、当時はそんなふうに感じていなかったはずだけれど、追体験を冷静に見ているからだろうか。

大人になり、仕事柄いろんな人間を見てきたいまなら、すこしはわかる。ろくな職にもつけず、まだ二十代で幼い子どもを抱えて疲れきっていた女性の追いつめられた気持ちは、どれだけの絶望に彩《いろど》られていたのか。

そう考えると、一概に恨む気持ちにはなれないのだ。

「おれにやらかしてくれたこと、許せるかどうか、わかんないよ。でも、なんだろな。許さないとだめじゃないのかな、って思うんだよ。最近とくに。だってそこで、おふくろがああしなかったら、いまのおれはないから」

捨てられて、堺と出会った。そして刑事になり、慈英と出会い——あのちいさな町へ行き着き、町のひとびとと交流を深めた。三島が、アインがある意味めちゃくちゃな手を使って慈英に接触してきたおかげで、壱都に会った。

そのすべては、臣が生まれてからいままでたどってきた道程のなかで、ひとつでも違う要素があれば、なかったかもしれない出会いなのだ。

「それとなんとなく、おまえとか、三島とか見ていて思ったんだよな」

「なにを?」

「いまのおれが、おれになったのは、誰から生まれたとかどう育ったとかじゃなくて、おれ自身が作ってきたことなんだなって。よくも、悪くも」

むろんいまだ、心が揺れないことはない。迷いっぱなしで戸惑ってばかりで、それでもそのときどき、手を引いてくれるひとも、叱ってくれるひともいた。

なにより、肉親以上に深く結びあった男が、いま隣にいる。

「でもって案外な、おれ、いまの自分ってやつは気にいってるからさ」

「……臣さん」

「だから、心配すんな」

軽く握った拳で、慈英の肩を小突く。ただ心配そうにじっと見つめてくる、それがなんだか気恥ずかしく、臣はこほんと咳払《せきばら》いをする。

「慈英こそ、さ。おれに気ぃ遣わなくていいんだぞ」

「……気を遣うって」

なんのことやら、という顔をする男に、わざとあきれ顔を作ってみせる。

「なんで、入籍延ばそうなんて思ったんだよ。それとこれ、もうおれのなかじゃ別件なんだけど？　ていうか、ひとにあれだけ脅しかけてきておいてストップってなんだっつの」

せっかく覚悟を決めたというのに。軽くなじるように言うと、慈英は苦笑した。

「なんで、というか……言ってもいいですけど、引きませんか」

「その前置きが怖くて若干引いてる」

笑いながら言うけれど、慈英はふっと真顔になった。

「完全に、あなたがおれだけのものにならないかもしれないから」

「……え？」

「この件で、お母さんが臣さんのまえにふたたび現れたとき、どういうことになるのか、おれにはまったく予想がつかなかったんです」

意味がわからず、臣は首をかしげた。そして以前から気にかかっていたことを口にする。

「えっとそれって、おれのお袋がたとえば……犯罪とかに関わってたりすると、おまえに迷惑がかかる、とか？　スキャンダルになるとか？」

「完全に違います。スキャンダルだとかはどうでもいいし」

いっそ冷たいほどあっさりした声で言われ、首をすくめた臣は、「いや、どうでもよくねえだろ」と小声で反論するしかなかった。だが慈英は、ますますあきれたようにかぶりを振ってみせる。

「ときどき臣さんはなにか勘違いしてる気がするんですが、おれは芸能人じゃないんだから、ちょっとやそっとのことで世間的に騒がれることはありません」

「いやでもほら、やっぱ面倒なのとかはさ」

「では言いなおしますが、うちのエージェントはすでに相当、違法すれすれのことしてますよね？　それに犯罪歴のある画家だのアーティストなんてごまんといます。照映さんから聞いた話じゃ、ハイジュエリーでのお得意さまには暴力団幹部のかたもいるとか。美術品や高額品を買いつけるのはなにも、正攻法で富を得たオカネモチばかりじゃないんですよ」

「……でしたね」

それこそ美術品や絵画といったものは、マネーロンダリングだの、違法取引だのの媒介にされることもある。言わずもがなのことを口にさせるなと睨まれ、臣は首をすくめた。

「そんな業界ですから、それこそ世界的な名画が盗まれただとか、大問題に発展するくらいの事件でもなきゃ、誰も驚きやしません」

「……ハイ」

「だいいち、この話はそんな極論じゃないんですよ」

話がずれたことに自分でも疲れたように、慈英は顔をしかめた。

「むしろお母さん……小山明子さんが、たとえば裏の世界にいっていたら、あなたはそれこそ、縁を切る以外にはなくなるでしょう。仕事が仕事なんですし。もはや法的には、いないとされてしまったかただとしても、問題にはなる」

「まあ、うん」

「でも感情面では、どうなんでしょうね。いまはまだ実感がないかもしれませんけど……これで明子さんが戻ってきたとき、たとえば彼女が病気で面倒を見るひとがいないとだめだ、なんてことになった場合、あなた、どうするんです」

「……え」

そんなことはいっさい、考えもしていなかった。唖然《あぜん》とした臣に、慈英は「困ったひとだ」とため息をつく。

「お仕事柄、極端なことに頭がいくのはわかります。けど、もっと現実的に考えて、いちばんありそうな話ですよ。ついでに言えばゲイがどうこうってだけじゃないですからね。結婚に関しての家族の反対だとか、しがらみの問題なんて、一般的にありふれすぎてます」

「ごめん、おれそういう意味で家族いたことないから、本気でその発想が頭になかった」

口にはださなかったけれど、慈英がそういう、ごくふつうの考えにいたったことにも驚いた。目をしばたたかせていると「まあおれも最近になって気づいたことですから」と、また息をつく。

「最近って、どういうこと」

「記憶が吹っ飛んだあとにね。あらためていままでを、強制的に振り返る羽目になったというか……すこしまえまでの自分の視野の狭さに、気づかされなおしたというか」

ふっと慈英は目をそらし、中天にかかる、真昼の白い月を見あげる。

「じつは、入籍を決めたあと一応、鎌倉の家に顔をだしたんです」

「え、な、なんで」

「細かいことは話してませんよ。ただ今後、海外といったりきたりになるなら、ひとこと挨拶くらいはしておけと照映さんに言われて」

ああ、と臣はうなずく。慈英自身は実家の家族らとほとんど没交渉であり、親族のなかでつきあいがあるのは、幼いころから変わり者だった彼をただひとり理解できた、いとこの照映のみだ。

かつて臣が自身のルーツにこだわったのと正反対で、慈英は徹底的にこだわらない。両親とも非常に関係性の薄い状態だったようで、ひとととしてのあれこれは、照映がすべて教えたと言ってもいいほどだったらしい。

そんな情況を聞いてはいたので、照映に言われたからといって彼が素直に実家に顔を見せにいったというのはいささか不思議な気がした。

「で、どうだった」

「まあ……どう、ということもなくすむだろうと、思ったんですけど」

慈英はすこし戸惑ったように首に手をあて、軽くかしげるようなポーズをとった。

「一時期ほら、入院したでしょう。記憶が飛んだときに。その後どうだとか聞かれて、こちらが驚きました」

「いや、そりゃあたりまえなんじゃないの。……てか、なんで見舞いにこないんだろって思ってたんだけど」

入院当時、臣を除けば病院に出入りしていたのは照映と、彼の仕事仲間である霧島久遠《きりしまくおん》という男のみだ。あのころは臣自身もまったく余裕がなかったが、よく考えれば息子が重傷を負ったというのに、彼の親たちを見かけたことは一度もないのはおかしいのでは、とのちになってから思ったものだ。

「教えてませんでしたから。どうせこないだろうと思ってましたし」

「え……と」

淡々と言われた言葉をどう解釈すればいいやら、と臣がたじろげば「まえにも言ったでしょう、お互いに本当に関心がないんです」と、彼は微笑んだ。

「予後の状態を訊かれはしましたけど、見てのとおりですと言ったら、それで会話は終了でした。あとは今後、海外の活動が増えると言ったら、了解したと」

「……了解、て」

「迷惑さえかけてくれなければ、あとは自由にしろと言われたので、まあ照映さんの顔もたてましたし、いいかなと」

「そ……そうなのか」

臣はどう言えばいいのかわからず、つまらない相づちを打つしかなかった。慈英自身が相当変わっていたため、もてあました親と距離ができた――というようなことは聞いていたけれども、もしかすると彼の両親もまた、すこし独特なタイプなのかもしれない。

実家のことを語るときの、温度のない声がなんだかわけもなく不安にさせる。臣は急いで空気を変えるように、思いついたことを口にした。

「あ、えっとな、そういえば堺さんが慈英によろしくっつってたわ。いろいろ心配してくれてもいたみたいで。なんか言うの忘れてた」

「ああ……堺さんにはそれこそ、あらためてご挨拶にうかがいたいですね。和恵さんからも、渡米まえに顔をだせとメールをいただいてますし」

家族の話をしたときと打ってかわって、ふわりと慈英の笑みがあたたかくなる。臣にとっても親代わりである年配の刑事を、慈英はそれこそ身内枠にいれているようで、娘の和恵を含め堺一家に関しては臣の次にといっていいほどあたりがやわらかい。

(なんでなのかな)

血のつながりのないひととは、やさしくあたたかなものが結べたのに、慈英も自分も、身内に関してはとことん嚙みあわないし、縁もない。不器用さの質は違うけれど、たぶんそういうところだけは似ているのだ。

ふ、と臣は周囲を見まわした。市内の中心部からほど近いマンションへの道のりは、二車線の道路がすぐそば。だが平日の昼間の時間とあって、人通りも多くない。ほんの一瞬であれば、問題はないかと手を伸ばし、慈英の長い指を握った。

「臣さん？」

「ひとがくるまで、な」

たまにはいいだろと笑って、手をつないだまま歩く。慈英はくすりと笑うと、指をぜんぶ絡めるやりかたでつなぎ直してきた。

「たまにはね」

「そうそう」

ぶらりと握った手を揺らしてみせれば、力強い指が臣をしっかりと捕まえていてくれる。

この手さえあれば、なんでもできる。——それこそ、遠く離れても。

「アメリカかあ。どんなとこなんだろ」

「そのうち、お休みがとれたらきてみるといいですよ」

たわいもない話をしながらも、やはり寂しい。けれどそれを表情にだすことはせず、臣はあかるく「そのうちな」と笑った。

——二十一年前、春。

ゆらり、ゆらりと水がガラスを流れていく。バケツをひっくり返したようなひどい土砂降りの日だった。

狭い、薄暗い部屋のなかで、簞笥《たんす》の服を引きずり出し、泣いている明子がいる。

「逃げてきたのに……なんでよ、なんなのよ」

ぶつぶつ言いながら、「痛い」としきりに彼女は頬をさすっていた。痛々しく顔を腫《は》らした母に対し、臣は声すらかけられず、じっとそれを見るしかできない。

足下を見つめると、黒いスラックスが目にはいってくる。今年買ったばかりの中学の制服、けれどこのところ成長期のおとずれた臣には、入学からたった半年でもう丈《たけ》があわなくなっている。

「逃げてきたのにどうして、こんなとこまで追いかけてくるのよ。あんな男、もう切れたってのに、なんなの、なんで殴るのよぉ」

なかば酔った声で泣きじゃくる彼女の言葉に、むかしつきあった男か誰かが殴ったのだろうと知れた。こうしたことはめずらしくもない。夜の街で働く女に寄ってくる男など、大抵はろくなものではないからだ。

「……おかあさん」

近寄って、そっと母の肩にふれようとするが、ますます激しく泣きじゃくるばかりだ。それどころか、ふれそうになった指をはじかれ、指先にじんとした痛みが走った。

「あっちにいってよ、ばか！　もういや！」

わあっと泣きつづける細い肩が、激しく上下している。そんなに泣いたらつらいばかりだ。どうにか泣きやんでくれと言いたくて口を開くよりはやく、自嘲とも嘆きともつかない涙声がおおきくなる。

「あたしなんで、こんななの。なんでこんなに、だらしないのよ」

「おかあさ……」

「あんたなんでそんな目であたしを見るの。なんで。ねえ、あたしが悪いの？」

細い手が振りあげられ、臣の肩を、頭をたたいてくる。

「なんでそんな、あたしそっくりなの？　すこしは違えばいいのにさ。男のくせして気持ち悪い。だからあいつだって、あんたに……あんたが……！」

泣いて、泣いて、母は臣を殴る。たいして力もはいっていない細い細い手、さして痛みはないはずなのに、臣は苦しくてたまらない。

どうしてこのひとはこんなに哀しいのだろう。苦しそうなのだろう。

「あんた、なんか……じゃえばいい……っ」

ぐうっと、臣と同じく色の薄い母の目が大きく濃くなった気がした。そのまんまるの深淵に取りこまれ、消えていくような心地になる。喉が苦しくて、臣はひゅううと息を吸った。けれど肺にそれを取りこむことはできず、ただ苦しい。

ひくりひくり、指がけいれんした。唇が震え、舌が意味もなく突きだす。なぜか顔がふくれていくような気分になる。どうして。

(どうして?)

じっと母を見つめたままでいると、突然に突き飛ばされた。床に背中をぶつけ、激しく咳きこんでいると、「どうしてこうなるの!」とわめいた明子がわあっと畳に突っ伏す。

「だからあんたなんかだいきらいなのよ! あっちいってよ! 頼むからさあ、もう、あっち、いっててよ……!」

(おかあさん、おかあさん)

叫ぶ言葉は宙に浮いてばらばらの破片になり、臣の身体に突き刺さる。

(どうして、なくの)

心のなかでだけ問いかけながら、臣の目に浮かんだ涙はこぼれることなく、そのまま乾いて消えた。明子は床に突っ伏すように泣いて、もう臣を見ようともしない。

おかあさん、おかあさん――。

かける声は届かず、きゃしゃな女は背中を震わせ、泣きつづけるだけだ。

4.

市内の家で休暇を終えた臣が、駐在所のある町に戻ってから数日が経った。

慈英も渡米のためのひととおりの手続きはすんだということで、一日遅れて蔵を改造したアトリエに帰宅した。

「……寒い」

思わず声が漏れてしまうほど、空気がきんと冷たい。一日ごとに冷えこむ季節ではあるが、山間とあってかこのあたりではとくに冷える。なにしろ長野市内から比べてすら気温が低いのだ、比較的温暖な鎌倉生まれの慈英の体感では、もはや真冬といっていい。

頭の芯《しん》までしびれるような寒さは、案外ときらいではないけれど、指がかじかむのだけは仕事柄いささか難点かもしれない、と慈英はぼんやり思う。

そんな慈英の家のまえでは、五人の体格のいい男たちが、季節に似合わぬTシャツ姿で、額に汗をかきながら声をかけあっていた。

「先生、これも運びだせばいいのかい?」

「ありがとうございます、こちらにお願いします」

「おい、大事な作品だぞ! そーっとやれ、そーっと」

この日は作品搬出のため、浩三の声かけで、町の青年団の面々に慈英の絵の運びだしを手伝ってもらっていた。梱包ずみの絵を抱えた男たちに、毎度のリーダーシップを発揮して的確に指示をだしていくさまは、さすが団長と言ったところか。

「おいおいそこ！　ちゃんと毛布のうえに置いて！　ゆっくりだぞ！」

「わかってるよ。先生、これでだいじょうぶかい？」

「はい、ありがとうございます」

運搬自体は専門の業者がくるのだが、梱包した号の大きな絵を家から持ちだすのが手間だと慈英がこぼしたため、浩三が「力仕事はまかせろ」と請け負ってくれたのだ。

取り扱いの面倒なものだし、専門家に任せたほうが――と言ったのだが、土木工事や運送業を請け負っていたこともあるという男がいて、家を傷《いた》めないように古い毛布や緩衝材などで柱や床を養生する手際もよく、プロの引っ越し業者もかくやという手早さで、あっという間に複数の絵は慈英の家から運びだされていった。

「しかしまあ、先生。こんなでかい絵を何枚もよく描くもんだねえ」

みずからも荷運びに参加していた浩三が、首にタオルを引っかけた状態で慈英へと近づき、どこかとぼけたコメントを発する。

「はは。それが仕事ですから」

「おれなんざ、とても根気がもたないよ」

からからと日焼けした顔で笑った彼は、ふと真顔になった。

「ところで先生さあ、アメリカいくんだろ。もうこっちには、帰ってこないのかい」

浩三の問いに、慈英はできるだけなごかやな顔を作って答えた。

「ああ……いったりきたりになりますので、日本にいるときは東京が基本の拠点になりますね。戻ってこれても、市内に住むしかないかと」

「そらそうだよなあ、こんな田舎じゃあ、帰るだけで大変だもの」

でもさみしくなるね。しんみりと言う浩三に、慈英は目を伏せるだけにとどめた。

(すみません、浩三さん)

本当はもともと、臣の異動にあわせて市内の家に戻る予定だった。ある意味、ニューヨークになかば拠点を移すというのは、タイミングはよかったのだと思う。ほぼ同時期にこの狭い町に訪れたふたりが同じようにして去っていくとなれば、いらぬ勘ぐりをされかねない。

よしんばそうなっても、浩三たちなら無言で目をつぶってくれそうな気もするが。

色のはっきりしないものなら、呑みこんで見ないふりをする。いかにも日本的な身の処し方を、以前の慈英ならばどう思っただろう。すくなくともいまの自分は、それもまたこのちいさな田舎町の、そしてそこで暮らすひとびとの懐の深さと感じている。

「なんだい先生、じっと見て」

「ああ……いいえ。浩三さんには本当に、お世話になったと思って」

「なんでもないよ、こんな程度のこと」

日焼けした顔でにっと笑う壮年の男は、商店街のロゴがはいったタオルで顔を拭《ふ》いた。

「ともかく、一段落したら休んでください。トラックも予定より遅れてるし――」

「……おーい！　浩三さーん！　慈英！」

作業のおかげで汗だくになった浩三を慈英がねぎらっていると、差し入れを買ってきた臣が自転車で乗りつける。

警邏《けいら》中の制服はすでに秋冬仕様のもので、気候にはあっているのだが、走りまわっていたせいか白い頬は上気し、うっすら汗が浮いていた。

「臣さん、どうしたんです？」

「ちょっと差し入れに。皆さんお疲れさまです。お茶とお菓子、どうですか」

背中にしょったリュックから、ペットボトルや食べ物を次々とりだすと、作業中の男たちがわっと声をあげて群がってくる。

「すまんねえ、駐在さん」

「いえいえ。どうぞどうぞ」

手に手に飲み物や菓子、おにぎりなどを摑んだ男たちは道にしゃがみこんでさっそくエネルギー補給にはいった。慈英はその姿を満足げに眺める臣へそっと耳打ちする。

「わざわざすみません。お仕事は？」

「仕事中だよ。道案内も兼ねてるし」

「……道案内？」

苦笑して臣は背後を指さす。土埃《つちぼこり》をあげて走ってくるのは運搬業者のトラックだ。

「このへんわかりづらかったらしくてさ。迷っちゃったんだって」

「ああ……なるほど」

ド田舎とはいえ、郵便も宅配便もちゃんと届く町だけれど、美術品専門の運搬業者はこのあたりの地理に不慣れだったらしい。おかげで慣れない山道に迷い、どうにか町にたどりついたはいいが、駐在所へと確認にきたのだそうだ。

「半べそかいて、ここどこですか、ってドライバーさんに頼られちゃって。車で先導しようかと思ったけど、そのためにパトカーだすのもなあって」

「やっぱり自分で運ぶべきでしたかね」

慈英は苦笑いしたが、臣は「無理無理」と手を振ってみせる。

「おまえトラックの免許なんか持ってねえだろ。あのでかさじゃ、一般車両の積載は不可能だぞ」

浩三らが運びだしてくれた号のおおきな絵を顎でしゃくる臣に、慈英もまた「たしかに」とうなずくしかない。

「ま、無事についたからいいいんじゃねえの。あ、ほらきたきた」

トラックのなかから、制服を着た数名の男性が降りてくる。軍手をはめながら近づいてきた、年配の責任者らしい男に、慈英は会釈した。

「秀島慈英さん、ですね。搬出する荷物はこちらで？」

「はい、そうです、が――」

書類をだされ、確認していた慈英は突然、言葉を切って目をまるくした。

トラックのうしろ、死角になっていた場所からあらわれた一台の車。そこから降りてきた人物の姿を凝視する。

長い脚、ヒールの似合う細いくるぶし。なめらかな膝がドアからすっと現れ、ついでぴったりした、質のよさそうなブルーのタイトスカートが覗く。

（まさか）

予定にない、というかまったく聞いてもいない。どういうことだといぶかっているうちに、いよいよその全容があらわれた。

「嘘だろ……」

これは間違いなく一波乱ある。慈英は思わずうめいて、顔を手で覆った。

ぼやいた彼を不思議そうに見やった臣は、その視線のさきに立つ人物を眺め、目を瞠った。

「丁寧にやってちょうだい。すこしでも疵《きず》をつけたら、保険でまかなえるものじゃないわよ」

やわらかいが有無を言わせない声音《こわね》が、彼女こそこの場の監督者であることを知らしめる。業者らが緊張した面持ちで「了解しています！」と答え、作業を開始した。

（……ていうか、誰？）

日に焼けた肌と、きっちり乱れなく結いあげられたシルバーブロンド。サングラスをはずすと、色鮮やかなスーツは紫がかった青い目にあわせたものだと知れる。ともあれ田舎町にはあまりにも不似合いな、都会的で洗練されきった美女だ。

この場にいるのは作業着の運搬業者に、浩三ら青年団の農業従事者と、これも作業着の男衆ばかり。かなり汗くさいシチュエーションにミスマッチもいいところの、謎の人物を眺め、臣も、そしてその場の誰もがぽかんと口を開けている。

「えらい流ちょうな日本語だが、……ありゃあ、ガイジンさんだよな？」

きょとんとした声を発したのは浩三だ。ようやく我に返った臣は、もしやと目を瞠る。だが完全に事態を把握するよりさきに、隣にいた慈英がみるみるうちに顔をしかめ、足早にそちらへと歩み寄っていった。

「――アイン！」

めずらしくもいらだちをあらわにした慈英の声に、臣は驚く。だがその尖《とが》りを向けられたはずのエキゾチックな美女は、まったく動じないままにこやかに微笑んだ。

「あら、ハイ慈英！」

「ハイ、じゃないだろう。いったいなぜ急にこんな――」

文句を言いかけた慈英の言葉が途切れたとたん、その場の全員がぎょっとなった。なかでも硬直したのは当事者の慈英と、そして臣だ。

「ちょっと、おい……！」

「んー！　相変わらずいい男ね、変わりないようで安心したわ」

ちゅっちゅっと響いた音に、臣はただ呆然となるばかりだった。

アインの長い腕が伸び、熱烈なハグとキスが慈英にもたらされている。しかも彼女が口づけたのはほとんど唇のきわ――それも慈英がよけたからあたらなかっただけの状態だ。

(挨拶、なんだろうけど、長くないか……？)

あっけにとられて身動きもできなかった臣が、いくらなんでも、と顔をしかめるにいたる程度の時間、業を煮やした慈英がそのしなやかな身体をふりほどくまで、彼女の腕は慈英の首に巻きついていた。

「……アイン。いいかげんにしろ！」

「うふふ。おひさしぶりね。元気そうでよかったわ」

「こっちはあなたのおかげで、頭痛がする」

吐き捨てるように言って、慈英はべったりと残された赤いルージュを指で拭き取る。ふだんの彼らしからぬ乱暴な仕種《しぐさ》と苦々しい表情にも臆さず、彼女は楽しげに笑った。

「つれないのも相変わらずね。まあいいわ、それより――」

そして、くるりと振り返ったアインの紫の目にとらえられ、臣はびくっとする。ものすごい眼力だ。顔が整っているだけに畏怖すら覚えたが、そのうつくしい顔いっぱいにあふれたのは親しみの持てる笑顔だった。

「はァい、あなたが慈英の臣ね！」

「え、あ、……え？」

舗装すらされていない、ほこりっぽい田舎道だというのに、細いヒールで危なげなく近づいてきた彼女は、さきほど慈英にしたよりもっと熱烈に腕を絡ませてきた。

「Nice to meet you！　会えて嬉しいわ、実物をこの目で見るの、楽しみにしていたのよ。いやだ、本当に美青年ね！」

「うわ、わわわわっ」

あげく陽気な声とともに、両頬にキス攻撃をしかけてくる。ちゅっちゅっと音をたてて口づけられたそれは、いわゆるエアキスではなく、しっとりした唇をじかに押しつけるものだ。

（な、なに、なんなんだこのひと⁉）

ますます面食らっていた臣は、さしてヒールの高くない靴をはいたゴージャスな美女が、自分とほぼ同じ目線か、それ以上であるのに気づくまで、しばらくかかった。

そしてなぜそれに気づいたかといえば、真正面から迫ってきた唇が、臣の口もとへと近づいていたからだ。

「あの、まっ、待ってちょっと！」

「Hum?」

とっさに手のひらを顔のまえにかざすと、長いまつげがばさりと動く。風圧すら感じそうなそれにたじろぎながら、臣はじわじわと距離をとった。

「あの……あなたがアイン、さん、ですか」

「ええ。はじめまして、アイン・ブラックマンです」

にこっと至近距離で微笑んだ彼女に気圧され、これまたルージュのあとが残った頬のまま、臣はぎこちなく笑みを返すしかなかった。

（えっと、このひとってたしか、オークションで違法すれすれで慈英の絵、落札したりして……それで半分、脅しまがいにおれと別れろとかって）

脳内で想像していたのは、ものすごく剣呑な女傑だった。じっさいに顔をあわせたとき、さてどんな攻撃をしてくるかと身がまえていたせいで、まさかこんな、陽気な挨拶をされると思っていなかった。

にこにこするアインに、いったいどうしたものかと混乱していたところ、助け船は背後で困惑顔をする運搬業者からやってきた。

「——あ、あの、ブラックマンさん……あの、積みこみのチェックをお願いします」

「ああ、ごめんなさい。いまいくわ！　それじゃ臣、あとでゆっくりね」

「へ、あ、はあ」

臣の鼻先で、ちゅ、とエアキスを残し、アインはトラックのほうへときびすを返す。

頰に口紅のあとをべったりつけられ、呆然とするままの臣の顔を拭ったのは、タオルを手にした慈英だった。

「……ついてますよ」

「あ、え、ああ、ごめん。ありがと。これどうしたの」

「浩三さんが貸してくれました」

タオルを引き取った臣が隣の慈英を見あげると、彼は頭痛をこらえるように眉間《みけん》を押さえていた。気持ちはわからないではない、とため息をついて臣は頰をこすった。タオルに残った口紅のあでやかな色は、品があるけれどパンチの強い赤。

「なあ、慈英……あのひと、どういうひと？」

たしかアインはけっこうな強烈さで、こちらと別れろと言っていたはずではなかったか。

それがどうしてあんなにもフレンドリーなのだ。というより『アイン・ブラックマン』がこんなあかるいキャラクターだというのは完全に、臣の想像の埒外《らちがい》だ。

混乱したまま問うと、慈英は首をかしげた。

「どうもこうも、見たまま、ああいうひとです」

「い、いやそれはそうだけどさ。なんか画策したりしてたから、もっとこう、皮肉っぽいタイプ想像してたんだけど……」

臣としてはもっともな質問だったのだが、慈英は苦笑して「ああ」とうなずく。

「アインは裏も表もありすぎるんですが、ある意味ストレートというか……」

ここ数カ月つきあってみて、本当の意味で「目的のためなら手段を選ばない」タイプだとわかったと慈英は言った。

「要するに、おれが彼女と契約をむすんだので、意地の悪いほのめかしをする必要がなくなったと言ってました」

「……裏オークションで強引に初期作購入したり、相手のプライベート探りまくって弱点突くような真似すんのって、ほのめかしってレベルなのか？」

「なんていうか、基準が違いますからね」

どういう意味だ、なんの基準だと問いかけようとしたところで、アインが戻ってくる。慈英のあきれ顔、臣の困り果てた顔もいっさい意には介さず、満面の笑みを浮かべたままだ。

「搬出は無事にすんだわ。あとは御崎さんに頼んでいるから、受けとりも問題ないでしょ」

「そうか、わかった」

そっけなく答えた慈英は、ひさびさにあのひとを寄せつけない冷たい顔をしている。だがその態度を、こうまで完璧に無視できる人間がいることは臣の記憶の限りなかった。

なにより、搬出業者の監督のためについてきたのならば、なぜいま走り去ったトラックとともに、彼女も車をださないのだろうか。

まさか、というういやな予感を覚えていれば、くびれた腰に手を置いたアインは、ほがらかに宣言した。

「さて、これでゆっくりできるわね」

「……ゆっくり?」

いったいどこで、なんのために――と臣が問うよりはやく、彼女は有無を言わせぬ口調でつづけた。

「慈英のアトリエはあちらなのよね? ちょっとお茶にでもしましょう。臣にもおみやげ買ってきているの。おいしいのよ、東京でいま人気のスイーツですって。それと、チーズにワインも」

「え、いや、おれ勤務中で……」

「めったに会えないのよ? すこしくらいのティーブレイクくらい、皆さん許してくださると思うの」

ねえ、と振り返った長身美女に微笑みかけられたのは浩三だった。右を見て、左を見て、「おれか?」と自分を指さした彼の周囲にいる青年団のメンバーたちは、なぜかあとずさりをしながらこくこくうなずいている。めったに見ることのない、『ナマ外国人』に、日本人らしく腰がひけてしまったようだ。

「浩三サン、でしたっけ。あなたがリーダーなのでしょう？　このたびは搬出のご協力、ありがとうございました」

「え、あ、あああまあ、たいしたこっちゃあ、ねえけども」

しどろもどろになる浩三の頬が赤い。四十をすぎて独身の彼は、そういえばあまり女性への免疫がなかった……と臣が遠い目になっているうちに、アインはどんどん自分のペースで話を進めてしまった。

「それでわたし、めったに日本にくることができないんです。いろいろとお話も伺いたいし、それにはケイサツ？　の小山サンが適任でしょう？」

「ああ、そうだね。駐在さんなら、安心だ」

ほのかに赤くなりつつ、浩三はにこにことうなずく。臣と慈英はどこか鼻白んだ顔で茶番じみたやりとりを眺めていた。

「なあ……ちょっとあのカタコト日本語、わざとらしいんだけど？　あきらかにイントネーションあやしいとこ少なすぎるだろ」

「アインは日本人より日本語が完璧ですよ」

小声でつぶやけば、案の定の返事があった。完璧なオヤジ転がしだ、と遠い目になっているうちに、ころころ転がされた浩三が口を挟んでくる。

「駐在さん、きょうはもういいから、アインさんにいろいろ話、してやんなよ」

「いやあの、しかし、警邏が……」

「なんの、どうせこの時分は、大月のばあちゃんにつかまって茶飲みしてたりするじゃないか。きょうはアインさんの相手、っちゅうことで」

「そうだなあ、なんかあればおれら青年団で見ておくしさ。遠くからのお客人だもの、ゆっくりすればいいよ」

「まあ、皆さんありがとう。おやさしいのね」

浩三のみならず、青年団の面々までもが「それがいいよ」と援護射撃をする始末だ。もはや逃げ場はないらしいと慈英を仰げば、彼はまだ眉間を押さえている。

「……そういうわけみたいよ、おふたかた」

くるりと振り返ったアインの目は三日月型に細められている。慈英は肩をすくめ、臣はあまりの押しの強さに、やっぱり口を開けているしかなかった。

*　*　*

けっきょくなし崩しに、三人は慈英の家へと向かうこととなった。

リビングでもあるアトリエのソファに座るアインは、まるでここにはじめておとずれたとは思えないほど、くつろぎきっている。

「ちょっと手狭だけれど、素敵な家ね。慈英のこだわりが伝わってくるわ」

「アメリカの住宅事情といっしょにしないでくれ。それにこだわりもなにも、持ち主のひとがもともと改装したところに荷物を持ちこんだだけの仮の宿だ」

ソファの肘掛《ひじか》けに軽くよりかかり、長い脚を斜めに組んだ姿は、ファッション誌からそのまま抜け出てきたようにうつくしい。その正面、木でできたシンプルな椅子に腰かけた慈英もまた、恋人である臣の欲目を抜いてもスタイル抜群のいい男だ。

とりあわせとしては、本当に目にやさしいふたりだと思う。通常であれば、臣もすこしやきもちを焼いたりしただろう、けれど。

（く、空気重い……ってか慈英こえぇ……）

あからさまなくらいにため息をつき、迷惑だ、という顔を隠しもしない慈英に、臣がおたおたする羽目になっている。そして鉄面皮の女は、それらすべてを意に介しもしない。

（つか慈英が丁寧語使わないって、はじめてじゃねえの……いや三島はいるけど……）

誰に対しても物腰おだやかな慈英が、こうまでつっけんどんな態度をとる相手など、臣はほとんどお目にかかったことがない。しかも、いろいろ過去の確執はあったとはいえ大学の同期だった三島相手に言葉がくだけるのはまだ理解できるが、すくなくとも仕事の相手であるアインにこうも態度が悪いというのは予想外だった。

「え、えっと……ブラックマンさん？　長旅で、お疲れじゃないですか？」

「アインでいいわ。長距離の移動は慣れているから平気よ」

きれいな脚を組み替え、アインはにっこりと微笑む。そして横に置いていた紙袋を、臣に向かって「これはあなたに」と差しだした。

さきほど言っていた、東京で人気のスイーツとやらだろうか。保冷用の銀色のパックとワインボトルがはいっている。

「わたし、東京でいろいろ探したのよ、臣の好みにあいそうなものはなにかしらって。あなた、ぜったいこれ好きだと思うの」

「え、えっと、ありがとうございます……？」

臣はちらりとかたわらで仏頂面をする慈英を見る。よもや彼が自分の好みを教えたのだろうかと目で問えば「おれはなにも言ってません」とため息をつかれた。

「ねえ、せっかく運んできたのよ。喜ぶ顔が見たいと思って。開けてみてくれない？」

「あ、あの、はい」

にこお、と微笑んでいるアインの表情に屈託はない。なのにどうしてこうも逆らえない感じがするのだろう。臣はあわてて包みを開く。

「あ、すげえ、うまそう！」

保冷パックを開くと、一目で高級品とわかるプロシュートハムに各種チーズのセット、そのしたにはこれまた高級そうなチョコレートケーキがはいっていた。ワインの銘柄など臣はあまりあかるくないが、どっしりしたボトルとラベルの雰囲気からいって、これらのつまみにあうような逸品なのだろう。

「どちらもこのワインにあうのよ。デザートにいいかしらって」

「あまいんですか?」

「いいえ、赤だけれどすこし軽めで、苦手なひとでもおいしくいただけるの」

思わずはしゃいだ声をだしてしまってはっとなる臣を、慈英はしかたなさそうな目で見てため息をつく。

「……慈英、これ、あの」

「グラスだしてきます」

ほんとに食べ物に弱い、とぼやいた彼が立ちあがり「いやおれが」と臣もあわてて腰を浮かせた。

「臣さんはごゆっくり。お客さんの相手でもしてください」

「えっちょっ」

さっさと退散、とばかりに部屋をあとにしようとする慈英を追いかけ、廊下の途中で捕まえる。

「おまえのエージェントなんだからおまえがどうにかしろよ!」

「彼女は臣さんと話したいって言ってわざわざきたんですから。浩三さんたちにもお墨付きいただいたでしょう」

小声で会話をかわし、つれなく臣の手をほどいて台所に向かっていく慈英を恨みがましく睨む。

「えっと、いま準備してきますので……お持たせで申し訳ないんですが……」

いささかへどもどしながら臣が言えば、アインは相変わらずの優雅さでにっこり微笑む。

「わたし、あなたに会いに来たのよ、臣」

「え……」

「ねえ、慈英と別れて?」

唐突にあっけらかんと言い放たれて、臣は絶句する。それはたしかに、多少なにか言われたりするとは思っていたが、いきなりこうくるとは思わなかった。

(食えねえな)

あれだけオープンに好意を示してみせたくせに、じっさいにはこれか。やはり一筋縄ではいかない女性らしいと気を引き締め、臣は顎を引く。

「……なんでですか? やっぱりおれがいると、じゃまになるから?」

「ええ、じゃまよ。わたし彼がほしいの」

紫の目に、しっかりとマスカラで補強したまつげをけぶらせて、アインは微笑んだ。言われた内容は想定の範囲内としても、理由があまりに直球すぎる。どう反応していいのかすらわからないまま、臣はただ圧倒される。

「アーティストとしても、男としてもほしいわ。慈英と寝てみたい。すごいセクシーじゃない？　あの顔も、腰も、お尻も」

「な、ん……」

あけっぴろげすぎるアインに臣はめんくらい、彼女はやはり笑うばかりだ。窓からさしてくる光は午後のもので、ほの白くあかるい。だというのに、どろりとした夜の空気が漂うような淫靡《いんび》なものを滲ませる彼女の声に、息がつまった。

「頭もいいし度胸もあるわ。あなた絡みになると、余裕なくしてイライラしてたりするけど、そういう怒った顔っていちばん色っぽいの」

「……あの、アインさん。なんかいろいろ画策してたけど」

「もちろん、一筋縄じゃ落ちない慈英をどうにかしたかったからよ。いろんな意味で」

その言葉に、臣はぞくりとした。

うつくしく、自信にあふれ、財力も能力もあり慈英のために力を尽くすことができる。そして、女性。

アインは臣がおそれていたすべての妄想を固めて現実にしたような存在だ。

そう——現実に。

(ちょっと、これは)

やばいかもしれない。臣はすうっと背筋に冷や汗が流れるのを感じた。

「……あいつが、好きなんですか?」

「なにをハイスクールの子どもみたいなこと言ってるの?」

緊張の面持ちで問いかけた臣に、アインは心底不思議そうに言った。逆に問われて、意味がわからなくなる。

「だ、だってまえから、ずいぶんなりふりかまってないですよね。脅したり、交換条件つけたり……そんなことしたって慈英は、あなたを好きにはならないと思いますが」

いやらしい牽制をするものだと多少の自己嫌悪を感じつつ言えば、アインはやはりけろりとしたまま、臣には理解できないことを言い放った。

「だからどうしたの? そんなことどうでもいいじゃない」

「どっ、どうでもいい?」

驚愕する臣のまえで、アインはソファの肘掛けに肘をつき、曲げた手の甲へと顎を乗せる。ゆったりとななめにかしぐさまは、優雅な猫のようだった。

「わたしはあの才能と寝たいの。愛してるわけでも、愛されたいと思ってるわけでもないけれど、ほしいのよ。しゃぶりつくして味わってみたい。でも才能なんて目に見えないから、その依代《よりしろ》であるあの身体がほしい」

うっとりとあまい声で大胆なことを言う彼女は、きわどいことを口にしながらも上品だ。

「むろん、ルックスだけでも充分に、寝たいと思えるくらい素敵だけれど、パートナーとしては仕事の関係で充分だし、慈英は面倒くさいじゃない。セックスしたいとは思っているけど、べつにステディな関係になりたいわけじゃないの」

そんなものおもしろくもなんともないし。堂々と言い放たれ、臣は本当にどうしていいのかわからなくなった。

「それ、あの、カラダだけ、って……そういう……」

「なにかいけない？　あなたはそういうの、許せないタイプなのかしら」

すうっと目を細めたアインに、臣は戦慄した。おそらくこの女は、臣が慈英と出会う以前どういう生活をしていたかすら、知っている可能性がある。いったなにをどうやって調べたのかはわからない。確信はなく、もしかしたらただのかまかけかもしれないけれど、とにかく彼女は「ひとのことは言えるのかしら」と、そう目で語っている。

（このひと、いったい）

無意識に震えた臣のまえでけぶるまつげを伏せ、アインは「ああ、そうだわ」とうたうように言った。

「ねえ、臣が彼と寝る許可をくれたら手っとり早いわね。そうじゃない？」

「そんなのっ……！」

許すわけがないだろう、と怒鳴るよりはやく、あきれたような声が部屋に響いた。

「またくだらないことを言ってるのか、アイン」

「じ、えい」

彼の登場にほっとすると同時に「また」という言葉に引っかかった。もしかするとずっと、慈英はこの美貌の女に口説かれていたということか。混乱きわまる臣をよそに、アインと慈英は平然と言葉をかわす。

「あら慈英。ねえ、あなたの臣に、あなたをちょうだいって言ったら怒らせちゃった」

「……臣さんにそういう冗談は通じませんから」

怒りますよ、と冷ややかな目で見る慈英に、アインはけらけら笑う。

「本気なのに」

「はいはい」

慈英は完全に冗談として受け流している。けれど臣はそれこそ、彼女は本気だと思った。

好きなんじゃない、愛してるんでもない。でもほしい。

（あれがぜんぶだ。だからおれの許可があれば寝たいっていうのも、本気で）

臣はいらだちなのか不安なのかわからないまま、拳を握る。そしてまったく、いままでの自分が生ぬるかったことに気づかされた。

正直いって、臣は慈英とつきあってからこっち、こうした——厄介な恋のさやあてという事態には、一度も対処したことがなかった。

むろんいままで、慈英の過去には漠然と嫉妬し、不安になったことは何度もあった。学生時代、恋人だった衣理亜《いりあ》という女性もすさまじくうつくしかったし、照映からもさんざんに、モテたという話を聞いていた。何度か赴いた彼の個展でも、慈英を眺めるファンたちのまなざしの熱さに驚いたことだってあった。

こんなにいろんなひとに愛されている慈英が、いつまで自分なんかを愛してくれるのだろう。いつかきっと似合いの相手に奪われるんじゃないか。どれも、臣のなかにある不信と疑心暗鬼を種にした、妄想じみたものでしかなかった。

（だって慈英は、他人に興味なんかないから）

衣理亜とて、自分を見てくれない相手に疲れたと言っていた。照映すら案じていた。そして臣はそれを、偏った慈英のことを心配しつつも、安堵《あんど》していた。

けれど——それこそ現実離れした、けれどたしかな実体を持った謎めく美女は、いまここで、臣の目のまえで「彼を奪う」と宣言したのだ。

（なんだよ、これ）

自分が身をひくかたちでのわかれなら百通りもシミュレーションした。慈英に怒られながらもやめられなかった。当然、ほかの女性と結ばれる慈英も想像していた。

だがここまで堂々と、力強く、あれがほしいから奪ってもいいかと、べつに愛情などいらないから身体だけでいいと言い放つ相手など、考えたこともなかった。

そして現実に、慈英と臣の間に誰かが割りこんだとき、自分がどんな気分になるのかも、まるでわかっていなかった。

あきらめざるを得ないほどの美女なら、慈英に似合いだと泣いてしょげたり落ちこむかと思っていた。なのに臣の腹のなかは、煮えくりかえっている。

（なんだこれ、ものすげえ、腹、たつ……っ。言うにことかいて、お尻がセクシーだと⁉）

これだから肉食系は、と罵《ののし》ってやりたいのと同時に、慈英の魅力をよくわかっていると言いたくなるのも複雑だ。

「……臣さん。アインのあれはいちいち真に受けていると身が保《も》ちませんよ」

「けど、慈英」

彼女は本気だ、そう言おうとして臣ははっとする。慈英の目は、すべてわかっていてそれらを無視していると告げていた。

「おれが相手にしなければいいだけのことですから」

「あらつれない」

ふふっと微笑んで、アインはきれいなネイルを施した指にワイングラスを摑む。赤いあかいそれが彼女の手のなかで揺れると、まるで血で満たされてでもいるかのようだ。

「さ、それじゃ乾杯しましょ？　臣との出会いと、慈英の成功に」

苦い顔を隠しもしない慈英と、困惑する臣をまえに、アインは紫色の目をゆったりと細めた。

いったいどんな修羅場になるかと思いきや、意外なほどなごやかな時間がすぎた。

「……そう、さきほどの彼らは、出会いがなくてなかなか結婚できないのね」

「若いひとはこういう、村社会をきらってでていってしまうので……とくに女性はすくないですし」

きわどい会話を避けるため、話題の内容はこの田舎町で起きたさまざまな世間話に終始することにした。へたに職務上の話をするわけにもいかないし、臣自身について情報を与えすぎるのも怖い。そう思っての選択だったが、さすがに世界を股にかけるエージェントは会話術も巧みで、同時に聞き上手だった。

「どこも女性不足っていう問題は変わらないのねえ。国が変わろうと百年以上経とうと、根っこは同じ」

「……って、アメリカでもそんなのあるんですか？」

「もともと百年くらいまえまで西部のほうは、女性不足なんてものじゃなかったのよ。百人にひとりなんて割合とまで言われるくらいで。逆に東部の都会は女性あまりで、顔も知らないカウボーイたちに嫁ぐために何百キロも旅をした、なんて事実もあるわ」

百年まえ、などと言われてもぴんとこない臣が首をかしげていると「現代でも案外それが、尾を引いてるって話もあるの」と彼女は笑った。

「初期に作られたカウボーイ映画で、女が悪者扱いされていたのは、あまりにも女性が少ないことでいらついた男たちが『あんなものいらない』とうそぶいたせいだ、って説もあるくらい。だからハリウッドのマッチョな映画だと美女は悪女ばっかりだとか」

「へえ……」

「それに、わたしの祖先なんかもね。女性のすくなさから、民族が違う女に手をつけたりってのもあったらしいから。もっともわたしの場合、移民だなんだであれこれまざりすぎて、すでにネイティブアメリカンのルーツを示すのは名前とこの肌くらいしか残っていないけれど。髪も、染めているわけでもないし」

褐色の肌をとんとんとたたいて見せて、誇らしげに彼女は笑う。たしかにアインの顔だちだけを見ると、いったいなに系の人種なのかさっぱりわからない。とにかく、あちらこちらのうつくしいものを集めて混ぜあわせ、いちばんきれいなかたちになったのが彼女だと、そんな雰囲気の美貌だ。

「でも、臣もちょっと日本人ぽくない顔だちよね。鼻も高いしほお骨もきれい」

「あ、りがとうございます。ふつうに日本人……のはず、ですけど」

「ああ、ご親戚がいらっしゃらないのよね」

さらっと言われて、やっぱり調べがついているのかと舌を巻く。だがそれ以上を追及しようとはせず、アインは話をもとに戻した。

「それで、テレビのお見合い番組のほうは、応募したあとどうなったの？」

「番組側でも、絵になるとかネタになるタイプの出演者から選びたがるらしいので、まだ返事まちだそうですが」

ときどきひやっとする場面もありつつ、思っていたような疎外感もなく、会話はつづいた。ごくふつうにほがらかな彼女に対し、警戒していた臣も徐々にリラックスしていくのを感じて、そんな自分にいぶかった。

（……自分の男、寝取りたいって宣言してる相手なんだけどなあ）

正直、裏オークションだの、さきほどのきわどい宣戦布告とも言える発言だのがなければ、アインはとても好ましい女性だった。頭もいいしひとあたりもやわらかい。どんな会話でもつまらなそうな顔をしないし、上手に話を引きだす。

臣自身、そこまでコミュニケーション障害があると思ってはいないが、それでも刑事という仕事柄、いろんなことが偏りがちな自覚はある。相手の女性のタイプによっては会話に窮する場合もあったりするのだが、アインと話している小一時間、気まずいような沈黙が落ちたことは一度もなかった。

　要するに彼女はものすごくコミュニケーション能力が高く、そして人間的に魅力があるのだ。そういうタイプでなければ、エージェントだのバイヤーだのという、他人と交渉する仕事には就けないのだろう。

　いつの間にか、ワインのボトルは空になり、昼から深酒もよくないだろうということで慈英が紅茶を淹《い》れた。ふと気づけばさきほどまであかるかった空は、つるべ落としと言われる秋、すっかり赤く染まっている。こうなると暮れるまではあっという間だ。

「あの、アインさん、車できたんですよね?」

　臣がいまさらのことに気づいて問えば、アインはあっさりうなずいた。

「そうよ?　ああ、大丈夫。国際免許は持っているから」

「いえそうではなく、飲んじゃったし、帰りはいったいどうなさるのかと……」

　こんな山のなかで、タクシーなど当然呼べるわけもない。またレンタカーらしいアインが運転してきた車もどうするのか。当然の疑問を予測のつかない女はやはりあっさりとたたき落とした。

「泊まっていくけれど?」

「どこにだ」

　低い声で言ったのは、臣とアインの会話する間中、ほとんどしゃべろうとしなかった慈英だ。「当然ここに」と悪びれないアインを睨み、彼は言う。

「ひとを泊めるようなスペースはない」

「あら。あなたのベッドで充分だけれど？」

アインの言葉に慈英はやれやれと肩をすくめる。どこまでも彼女の冗談として躱《かわ》すつもりらしい。また雲行きが怪しくなってきたことにあわて、臣は口を開いた
「……あの、だったらうちに泊まっていかれては？」

「臣のところに？　いいのかしら」

「狭いですが、仮眠スペースはありますし……」

「だめです」

今度は慈英がむっとしたように止めてくる。

「こんな危険人物を臣さんのところになんて、冗談じゃない」

「あらひどい。なんて言いぐさなのかしら」

わざと口を尖らせるアイン。慈英は「ひどくないだろう」とアインの肉食ぶりを咎める。

さらに慈英とアインは、泊まる泊まらないでまだ言い合いをつづけていて——それがまた心やすい人間同士の軽口の応酬のように見える。

（なんか、エロいこと、におわされるよりむかつくんだけど、これ……）

ひきつった臣は思わず口を挟んだ。

「ここは狭い町ですし、妙齢の男女がふたりきり、同じ家で寝泊まりというのは好ましくありません」

「ちょっと、ヴィクトリア朝時代じゃあるまいし」

面食らった顔をするアインに、臣はにっこりと笑って言葉を封じた。

「なにより、アインさんのような女性に不自由をさせるわけにもまいりませんので、今夜は浩三さんの家に泊めていただきましょうか」

警察官として見すごせないとか言い訳をつけ、不意の来客にも対応できる浩三の広い家を提案する。青年団団長であり、このあたり一帯の地主である彼の家は、来客も多いため、ちょっとした旅館並の広さがある。

また宿泊施設などのないこの町では、町の顔役である丸山家が客を引き受けるのは常のことでもあった。

「ちょっと確認してみますから、待ってくださいね」

アインがなにか反論するまえにと携帯をとりだし、臣はさっそく浩三へと連絡をいれる。

『おお、あのガイジンさんかい。べつにかまわねえよ。うちの離れもあいてるし』

予想通り、電話一本であっさり了承され、臣は「ですって」とにっこり笑ってみせる。その表情にアインは顔をしかめ、慈英はちいさく噴きだしていた。

「あら、フトン！　キモノ！　素敵ね！」

じっさい浩三の家に赴くまではいささか不服そうだったアインだが、住みこみであるお手伝いの女性が用意した寝具と寝間着には興をそそられたらしく、はしゃいだまま「ここに泊まるわ」と言った。

なにしろ浩三の家はむかしながらの平屋の庄屋造りだが、もと大地主の邸宅とあってとにかく重厚、かつての豪農ぶりを知らしめるものだ。手入れの行き届いた無節の柱は磨きこまれて光っているし、盆暮れ正月には親族が集まるという座敷は走り回れるくらいに広い。

離れもちょっとした一軒家なみのしっかりしたもので、高級旅館かというくらいにうつくしい造りの和室は十二畳ほどあり、桐《きり》の和箪笥や階段箪笥が壁面に据えられている。床の間には慈英が「ほう」と唸った掛け軸がかけられ、青々とした畳もおそらく高級なものだろう。

アインがあてて喜んでいる寝間着の浴衣《ゆかた》も、家紋である丸に違い扇のそれを白地に藍であしらったもの。浩三が母屋から運びこみ、いまはまだ畳んである客用布団のそばには乱れ箱まで用意され、本当に旅館かのようだ。

「すみません浩三さん、いきなりで……」

「いやいや。お客さんはちゃんともてなさんとね。それじゃアインさん、風呂の用意してくるから、ごゆっくり」

「ありがとう、浩三さん」

ぺこりと頭をさげた浩三がさきほど説明していたところ、風呂は檜《ひのき》の大浴場があるそうだ。ふだんはほとんどひとり暮らしのため、家族用のちいさな内風呂がべつにあり、そちらを使っているけれど、アインがせっかくきたのだからと客用風呂を沸かしてくれるらしい。

「ところでアインさん、あの、帰国予定はいつ——」

「いつにしようかしら？　しばらくここにいてもいいのだけれど」

ぎょっとする慈英と臣をよそに、アインは上機嫌で持ちこんだ自分の荷物を整理している。

「まだ仕事があるだろう。東京のギャラリーとの打ちあわせとかは」

「もう終わらせてきたし、ちょっと時間があるの。浩三が好きなだけ泊まっていっていいと言ってくれたのよ。彼はやさしいわね」

「……そうですか」

いつの間にやら、短い時間で浩三までまるめこんでいたらしい。なんとなくぐったりしている臣と慈英が無言になっていれば、インターホンがぽーんと呼び出し音を奏でた。母屋と離れはかなりの距離があるためか、日本家屋にはいささか不似合いな呼びだしモニターがついている。

『アインさん、風呂の用意ができたよ。先生たちはこっちで茶でも飲むかい？』

「ああ、いいえ、もうすぐに、おいとましますから」

あわてて臣が返すと『遠慮しなくていいのによ』といささか残念そうな声が返ってくる。浩三には申し訳ないが、今夜はもういっぱいいっぱいだ、と臣はため息をついた。

「それじゃおれらは、これで」

疲れた顔でさっさときびすを返す慈英のうしろをついていこうとしたとき、「ねえ、臣」とアインに呼びとめられた。

「わたしは本気よ、臣」

「……なにが、です」

「わかっているでしょう？」

ふふふと笑う彼女になんと答えればいいのかわからないまま、臣は軽く会釈をしてその場を去るしかなかった。母屋への道を足早に歩く慈英へ追いつくと、不機嫌そうな顔のまま詫《わ》びられる。

「迷惑をかけてすみません」

「え、そんな。おまえが謝ることじゃないだろ」

謝罪され、ひどく胸が重たくなった。それ以上言葉がつづかず、臣はうつむく。

母屋へ行き、浩三に迷惑をかけることを詫びて辞したのち、ふたりの口は重かった。

秋の虫は、もう寒さに引っこんでしまったのか、夜道には山から吹き下ろす冷たい風の音しか聞こえない。街灯すらない真っ暗な道を、浩三に借りた懐中電灯で照らしながらひたすら歩くうち、不意に、臣はずっとこの日抱えていた違和感に気づいた。

慈英は、これだけつきあいが短いのに、アインをただしく認識している。大半の人間、とくに女性には敬語で接するというのに、言葉遣いすらも雑なのがいい証拠だ。

（あのひとは、違うんだな……）

どれほど親しくしていようと、長時間そばにいようと、彼は自分に興味のない人間についてはあっさりと記憶から削除してしまう。大学時代の三島や衣理亜しかり——慈英が記憶を失っていたときには臣もまた、その他大勢と同じ扱いをされる苦さを知った。

だがアインは、そもそもが慈英の世界であるアートの業界からきた。それも慈英がもっとも信頼する画商、御崎翁からの紹介というかたちで、彼をさらに広い場所へと羽ばたかせようとしている。美術に対する造詣《ぞうけい》は言うまでもなく深い。

なにより、女性だ。臣のように、恋人として隠さなければならない相手ではない。

（なんだこれ、もう。どうすんだおれ）

慈英はアインを放っておけと言う。自分が相手にさえしなければいいのだと言う。だがそう告げている彼自身、たぶん気づいていないだろう。

アインの代わりに慈英が謝る。つまり彼女は『自分の側の人間』だと慈英が思っている、ということだ。

（そんなの、はじめてなんだぞ。慈英）

はじめから身内だった照映たちとは違う。三島のように、どこか一定の距離を保って警戒しているのとも、違う。

それがどうしようもなく不安な気がして、けれど口にすることはできず、臣は無言の慈英のあとをただ、歩きつづけた。

――二十一年前、初夏。

明子が、消えた。

もうずいぶんまえから予感はあったけれども、一週間経ち、二週間がすぎ、帰ってこないのを確信したときに臣は「やはりか」と思うほかになかった。

このころの明子はひどくなにかに怯えていた。それは彼女を殴る男だったかもしれないし、自分の足かせにしかならない子ども――臣に対して、であったかもしれない。

ただ、完全に消えるその前日、とてもめずらしく彼女は「そとでごはん食べようか」と言った。といって贅沢な食事をしたわけでもない。最近できたファミリーレストランで、フェアをやっていたハンバーグセットを無言で食べただけだった。

「おいしかった?」

「うん」

「そう。おいしいのは、いいね」

相変わらず臣の目を見ないまま、ひどくやつれて、それでもうつくしい横顔を明子は夜空に向けていた。

それが、臣が母親と交わした最後の会話だった。

人生というのはなかなかに厳しいと、十四歳の臣は感じていたけれど、それでも親に捨てられる経験は想定以上に厳しかった。

まず、幼いころと同じく食べ物がない。家のなかのものを食べ尽くし、給食をむさぼり食うようになって、日に日に薄汚れたような状態になる臣をクラスメイトの誰もが不気味がった。

また、金がないから冷房も使えない。その年ははやくから猛暑で、涼しいはずの長野ですら例外でなかった。熱帯夜、蒸すような部屋でひたすら耐えるだけの日常は、臣の若い頬から精気をすべて奪っていった。

相談をするような頼れるおとなは誰もいない、そう思っていたが、あまりの状態を見かねてか、当時の担任が臣に呼びだしをかけ、事情を聞いてきた。

「最近どうしたんだ、小山。生活態度も乱れてるふうだし、どんどん痩《や》せてるし……なにかあったのか」

まだ二十代と比較的若かった教師は、熱心で親身な先生だと評判だった。顔だちも、まあまあ整っていたし、中学時代の臣からすると見あげるような体格の、おとなの男だった。

「……その、お母さんの仕事が仕事だろう。トラブルでもあるのか？」

「いま、いないんです」

「ん？　出張とかそういう……のはないよな。いないって、どういう」

「いなくなりました。もう一カ月くらいになります」

うつろな目で言う臣に顔をしかめた教師は、どう言ったものか、と目を泳がせていた。まだ若い彼には荷が勝《か》ちすぎると思ったのかもしれないな、と、冷めた思考で臣は思った。

「いつ帰ってくる、とか、わからないのか」

なにも、とかぶりを振り、臣はうなだれる。ただただおなかがすいていて、あまりなにも考えられない。とにかく家に帰って眠りたい。眠っていれば腹は減らない。ぼうっと突っ立っていた臣に、教師は思案顔でため息をつく。

「そんな状態じゃ、ろくなもの食べてないんだろう。ほっぺたも、ずいぶん痩せちまって」

そっと頬にふれられ、びくっとする。けれどひさびさにあたたかいものにふれた気がして、臣は、ほう、と息をついた。

身体中を撫でられると、大事にされている気がした。スキンシップのきらいな母親のせいで、臣は他人の手がふれることに敏感な子どもだった。

なぜかそのとき、教師はごくりと喉を鳴らしていた。その意味もわからずうっとりと目を閉じていれば、彼はかすれた声で言った。

「しばらく……先生のところにいるか」

「え」

「男のひとり暮らしだけど、おまえがひとりでいるよりは、いいだろう」

なあ、と妙に熱心に語りかけてくる男の本心など、このころの臣にわかるわけもなかった。

「……ごはん、食べさせてくれるんですか」

「いいもん食わせてやるってわけにはいかないけどな」

のちになって、このときうなずかなかったら自分にはどんな人生があったのだろうかと、臣は思うことがあった。

けれど極限まで追いつめられた状態で、あたたかい布団と、食べ物を恵まれることを提示された臣は、妙にぎらついた目の担任にすがる以外、選択肢などなかった。


キスをされたのは、三日目の夜だった。一週間目には、性器をさわられた。十日目になると尻をいじられるようになって、そこからさきはもう、わけがわからなかった。

「かわいいな……小山はかわいい。ずっと、かわいいと思ってたんだ」

教師は、好きだ、好きだと言いながら臣の頰にほおずりをし、執拗に舌で舐めた。変なことをするものだと思っているうちに、強引に精通を覚えさせられ――うしろの快感も覚えこまされた。

これはセックスだ、ということはわかっていた。母親の環境が環境であったし、ごくたまに明子のつとめる店に顔をだしたりすると、大抵は大声で怒鳴られ帰るように言われたが、まれに気まぐれな客に「いれてやれよ」などと取りなされて店の隅でジュースを飲ませてもらうこともあった。

酒と煙草のにおいに満ちた場末のスナック店内では、あけすけな会話も交わされていたし、バーテンダーが暇つぶしに読んでいたらしい成人向けのマンガを目にすることもあって、おそらく知識だけなら相当に早熟な子どもでもあったと思う。

尻になにかをいれられるというのは、さすがに知らなかったけれど、やることは同じだ。裸になって、ペニスを硬くした男が開いた脚の間にそれをいれ、ゆすって、精液をだす。最初はとにかく痛いばかりだったが、もともと暴力に耐性のあった臣にはたいしたことではなかったし、男が変なふうに身体をさわってくることも、はじめてではなかった。母親のつきあう相手のなかには、まれに変な性癖の男もいたようで、無理やりなにかしようとするのもいなくはなかったからだ。

母親ゆずりの美貌も災いした。「女みたいだ」「女なんだろう」——そう言って、妙に目をぎらつかせた男に裸に剝かれそうになったこともあるけれど、気の強いのは昔からだ。

それに、体格のいい男から逃げるか、殴り飛ばすすべは、かつて母親の彼氏だった、やさしい男に教わっていた。

まだずっと臣が幼いころ、明子にしては比較的長くつきあっていた男。絵を描かせてくれたり、ごはんをくれたり、臣をごくふつうの子どもとして扱ってくれたのは彼だけだ。

――おじさんは、おれのこと殴らないんだね。変なふうにもさわんない。

やさしいから好きだ、と言ったら、彼はなんでか涙ぐみ、臣の肩をぎゅっと握りしめてくれた。そしてちいさな身体を膝に乗せたまま、何度も頭を撫でて、こう言った。

――なあ、臣はかわいいからな。もし変なやつに絡まれたら、迷わずに股間を狙うんだ。もし、はがいじめにされていたら、脇腹を左の拳で殴れ。

この位置だ、とあばらのしたをさわらせて「ここはレバーブローっていうんだ。ボクシングでも使う技だぞ」と彼は言った。

――ただし倒そうとはするな。相手が痛がってひるんだら逃げるんだ。

逃げるが勝ちだと教えこまれたとおり、臣はだいたいその戦法であらゆることから逃げ切った。

けれど母親のいない――金がない事実から逃げる方法は、あの男でも教えてくれなかった。

「ああ、小山、好きだよ、好きだっ」

自分の身体のうえに乗って、ゆさゆさ揺さぶりながらうめく『先生』に、同じ言葉を返した。そうするのが礼儀のような気がしたし、母の店にいる女のひとたちは、そうして媚《こ》びるように笑っていればいいやなこともすくない、と言っていたから。

間におぼれていった。


（たいしたことじゃ、ねえし）

それに、痛めつけようとして殴ってくるおとなよりは、すくなくとも『先生』はやさしい。なにより、ほとんど言われたことのない「好きだ」という言葉が嬉しくて、臣はあっという間におぼれていった。

仮の宿を提供されて一カ月も経つころ、学校ではすでに、ふたりのことがうわさになっていた。

——あいつ、親に捨てられて、センセーんとこいるんだってよ。

——いっしょに住んでんだって。ホモじゃん、ホモ。

口さがない声は、廊下を歩けばそこかしこから聞こえてきた。といっても真実を探り当てられていたわけではないと、臣は気にしてもいなかった。思春期の子ども特有の残酷さで、事実でなくても「ホモ」「つきあってる」などという揶揄《やゆ》は誰にでもとばされるものだ。

つい先月には、近所の幼なじみ同士という男女ふたりに対する「エロカップル」などという冷やかしの度がすぎて、いじめになり、片方が転校していった。

臣と同じクラスに妹がいる、小学校まで仲のよかった兄妹も「あいつらは家に帰るとセックスしてる」という心ないうわさのせいで、口もきかなくなっていた。

彼らのいずれも、おそらくはセックスどころか、キスすらしたことがないだろうと臣にはわかっていた。セックスを知ったらもっと、なにかが濁るのだ。あんなふうに純粋なままいられるわけがない。

(本当のことなんか、誰も知らないのに)

気にしなければ、かまわない。ただ自分はあたたかいところで眠りたいし、誰かにやさしくされたかった。他人がなにを言おうが、知ったことかとすら思っていた。

そのうちに長い休みがくる。夏休みの間、顔をあわせなければ噂など消え失せる。やりすごしていれば、それで平和だ。臣はそう考え、べたべたと自分にふれてくる男の手を許した。教師の部屋にはクーラーがあって、快適で、三食の食事にもことかかない。痛いことにも慣れたし、気持ちよくなった。もうそれですべて、いいような気がした。

だが、二学期がはじまってしばらくすると、終焉はあっという間に訪れた。密接になった関係に、大人である教師のほうがおそれをなして逃げた。あるいは、ひとりの生徒ばかりをひいきするなと、どこからか叱られでもしたのだろうか。

「小山は、こんなことをしていちゃいけないんだ……ごめんよ」

自分はなにかを見失っていた、いけないことと わかりながらきみを好きになった——ならべたてられたきれいごとはすべて臣の耳を素通りしていった。

ああ、捨てられるのかとわかったのは、それがはじめてでなかったからだ。

そのくせ、それを言いだす前日にはちゃっかり、することはしていたのだから、けっこうずるいのだな、などとぼんやり考えた。

どうしておとなというものは、ひとを捨てていくときにこうも怯えた目をするのだろう。

不思議に思いつつ、臣はただ「お世話になりました」と頭をさげるだけにとどめた。

夏休みを挟んだほんの三カ月程度の安寧は、やけにあっさりと終わった。


けっきょく、どこか働き口はないかとアルバイトのさきを探してみたが、中学生を雇う場所などどこにもない。新聞配達なら、とかけあってもみたが、保護者について言葉を濁す子どもにはやはり許可されることもなかった。

教師の家にいるうちは、彼に食べさせてもらっていたが、そこを追いだされてしまった以上はどうしようもない。もとのアパートからも、これ以上家賃を滞納するならでていくように言われた臣は、腹が減ったままぶらぶらと夜の街をさまよった。

秋になると、この町はとたんに寒くなる。なけなしの毛布や布団にくるまって、安アパートのしんしんとした冷えにただひたすら耐え、腹が減っているからよけいに寒くて、つらかった。それくらいなら、外にでて適当な店――コンビニやなにかに居座っていれば、すくなくとも寒さはしのげたからだ。

そして、しばらくがたったころ、ある男に声をかけられた。


「なあ、おまえさあ、だいぶまえに、男とホテルにはいっただろう」

教師が臣を捨てる前日、ラブホテルに連れこまれていた。おそらくそれを見られていたのだろう。いまさらごまかしもきかないし、どうしたものかと思っていると「これでどうだ」と指を三本たてられる。

（三千円か？）

うっすらと、身体を買うと言われているのがわかった。臣は瞬時に計算する。

アパートの家賃が、一万五千円。二カ月ぶんで三万円。そのほか、給食費も必要だ。

「それじゃ足りないよ」

「ドライなやつだなあ。じゃあ、これで」

言って、今度は男は、札入れから現金をだした。五万円。目を瞠る臣に「交渉成立か」と問うてくる。どうしようと迷ううちに、ぐう、と腹が鳴った。男が笑う。

「なんだったら、これ以外にも、めしも食べさせてやるよ」

「……肉、食える？」

そうして商談は決定した。

臣は牛丼くらいを想像していたのに、男が連れていったのは、人気チェーン店のステーキハウスだった。チェーン店と言っても、それなりに値がはる。驚いている臣に「肉って言ったのは自分だろ」と逆に驚かれた。

薄切りでもない肉など、臣は食べたことがなかった。ナイフとフォークの使い方だけは、家庭科の授業で習っていたけれど、おっかなびっくり食べていると「箸使っていいぞ」と言われる。

肉汁の味が、飢えていた身体中に染みいるようだった。がつがつと食べる臣に「食いすぎてできねえとか言うなよ」と男は苦笑しながら煙草を吸っていた。

そのあと、ホテルにいった。奉仕もなにもできない臣に「しょうがねえなあ」と言いながら男は口の使いかたを教えてきた。

いささか強引ではあったが、男は乱暴ではなかった。殴られも殺されもしなかったし、ゴムもつけてくれた。たぶん、その手の趣味の人間のなかでは、ましなほうだったのだと思う。

けれどあとになると、それが却《かえ》っていけなかった。

はじめての売春が「悪くない」結果だったせいで、臣は次を考えてしまったからだ。

ある意味ではすでに、あの教師に『売った』ようなものだった。生きるすべと引き替えに身体を開くことに対してのハードルは、もうとうに、さがりきって見えなかった。

のちに、あの状態でなぜ臣が施設にいれられる相談などされなかったのかと考えたこともあったけれど、おそらく教師がすべてをもみ消していたのだろう。

親の不在について追及されれば、三カ月ほどの淫行が発覚しかねない。不思議なことに、給食費など払ってもいないのに、臣はそれを徴収されることはなかった。それを、あの教師がひっそり肩代わりしてくれたことを知ったのは、もうずいぶんあとになってからだ。

——いい先生よね、感謝しなさいね。

学校の事務員からそう耳打ちされても、感謝などかけらもわいてこなかった。だってそれは三カ月の間、臣が身体で『稼《かせ》いだ』ものだ。後払いみたいなものだな、とひとり勝手に納得して、やたらびくびくしながらこちらを見るくせに、声もかけてこなくなった教師については、忘れることにした。

それからは、似たようなことの繰り返しだった。ふらりふらりと夜の街をさまよって、その気のありそうな男をじっと見つめるだけで、簡単に金は手にはいった。

もっとやさしい男もいたし、ひどい男もいた。

「食べるため」の売春。けれど食べられているのは自分の身体だ。

大きな大人の歯が肉に食いこむ、舌で味わわれる。

ぐちゃり、となぜか、肉を嚙みつぶされるような音が、耳に粘りついた。

ひとくちずつかじりとられていく身体は、いったいいつ、消えてなくなるのか。

(らくになりたい)

そう思ったとたん、「じゃあ、楽にしてやる」男の口が大きく開き、臣の頰の肉へと牙《きば》を剝いて嚙みついてくる。

くろぐろと開いた口腔の奥、そのなかにずるりと自分が引きずりこまれるような気がして、悲鳴は喉奥に引っかかったままだ。

終わる、終わることは楽だろうか。どうして自分はおそろしいと思っているのだろうか。

もうなにも、誰も助けてなどくれないのに、いまさら恐怖を感じて、いったい——。

5.

「……！」

飛び起きた臣は、冷や汗でびしょ濡れだった。全身ががたがたと震えている。思わず頬をさするが、歯形もついていなければ痛みもない。

ずいぶんと今回は、ひどい夢だった。初体験からつづいた、ただただ生きるためだけのセックスを追体験させられ、みぞおちが石でも詰めこまれたような心地になっている。ぜいぜいと息が切れ、心臓もまた破裂しそうに高鳴っていた。

「あー……まいった」

もう完全に忘れていたはずなのに、いまさらこんな夢を見るなどとは。びっしょりに濡れた額を手の甲で拭い、ぶるりと身体を震わせる。

ひどく寒いのは、駐在所の寝室だからだ。自分はひとりで、誰もいない。ほっとしていいはずなのに、どうしようもなく恐ろしくなり、臣はしばらく身をまるめてうずくまった。

それでも震えが止まらず、机のうえに放置している携帯をじっと眺める。

（やめろって、迷惑だろ）

（でも）

（でも怖いんだ、慈英）

さんざん迷ったけれど、けっきょくは手が伸びた。そしてコール二回もしないうちに、慈英は電話にでる。

『どうしました？』

夜中に唐突に電話をするなど、おかしいことくらいわかっているはずなのに、慈英はどこまでもおだやかに声を発した。

「……あ」

なにかを言おうとして、ぱく、と唇が空気を食《は》む。荒れた息づかいに気づいたのか、慈英は『そちらにいきましょうか』と切りだしてきた。

なんでもない、声を聞けたから、そう言うべきなのはわかっているのに、「うん」とだけつぶやいた臣へ『十分でいきます』と告げて電話が切れた。

携帯を握る手が、まだ震えている。慈英が到着するまでにおさまってくれと、臣はきつく自分の身体を抱きしめた。

言葉のとおりきっかり十分であらわれた慈英は、自室のアトリエで絵を描いていたという。

駐在所で出迎えた臣が仕事を中断させて悪いと告げると「それよりどうしたんです」と問い

かけられた。

「また夢ですか?」

「うん、いままでで、最悪の……中学の、ときの」

青ざめたまま唇を嚙む臣を、慈英はきつく抱きしめた。最後まで言わなくても彼にはわかっているはずだ。その当時、臣がどうやって生きてきたのか、すでに知っている。

知られて、なおそれを許されている。そのことに、心底ほっとした。

慈英のきれいな手が、まだ冷や汗にしめっている首筋をやさしく覆い、あたためてくれる。

肺の奥から吐きだすような長い息をついて、臣は震える声を発した。

「あのときの夢見たのって、はじめてだけど。さすがに……きつくて」

「言わなくていいんですよ」

「なんか、変に身体に感触残ってて、気持ち悪くて」

首のうしろはそそけたったままだ。うなじをさすり、背中を、肩を撫でる慈英は、粘り着くようだった夢の名残《なごり》を拭い取ろうとしてくれているらしい。

けれどそれでは足りず、臣はしっかりと彼に抱きつきなおし、唇を求めた。こちらからふれあわせるまえに奪うように吸われて、痛いほど抱きしめてくる力に涙がでそうなくらいの安心をもらう。

——ああ、小山、好きだよ、好きだっ。

耳の奥に残っている、荒い息まじりの声。あれは本当に、あの教師のものかどうか、夢からさめたいまははっきりしていない。いろんな男との記憶が混在して、もうわけがわからなくなっている。

ただひとつだけ理解しているのは、いま自分を抱きしめている男以外、本当の意味で臣を愛してくれた相手などいなかった、それだけだ。

「……助けてもらっていいかなあ」

「もちろん、あなたが望むなら」

その答えに長い息をついて、臣は慈英の広い胸に顔を埋める。

ぎゅっと、広い胸にすがりついた。声も呼吸も平静だけれど、慈英の心臓もすこしはやい。おそらく家から走ってきてくれたのだろうとわかる。それでいて、混乱する臣を落ちつかせるために、いっさいの動揺を顔にも態度にもだささないのだ。

肌がしびれるように嬉しくて、臣はますます慈英にしがみついた。

「ごめん、きてくれてありがと。怖い夢でさ、おまえいなくてちょっと、しんどかったからさ。悪いと思ったけど、ぎゅっとしててくれると嬉しい」

笑いながらそう言うと、慈英はすこし驚いたように顔を覗きこんでくる。

「なに?」

「あ……いいえ。いいえ。その、ぎゅっとしてるだけでいいんですか」

「ええと……んじゃ、寒いから布団、いっしょにはいって」

そしてまた彼は意外そうに目を瞠り、そのあとほっと息をつく。このときは戸惑うような慈英に「へんなの」と臣は笑うだけだった。


二階にある寝室は、もともと仮眠所であったこともあり、ひどく狭い。むろんそこに押しこめている布団も決して広いものとは言えず、慈英の長身とともに寝るとなれば、かなり窮屈な状態だった。

ただおかげでぴったりと密着していられる、そんなふうに喜んでいたのは最初のうちだけで、次第に臣はゆるんでいた眉を寄せはじめた。

（……えーと）

寝直そうとするけれど、寝つけない。抱きあってやさしくあちこちを撫でられているうちに、臣は身体がむずむずしてくる。

「……なあ、慈英」

「はい？」

「ちょっとさわりかたやらしくない？」

「いつものとおりですが」

苦笑する慈英に、んん、と臣は唇を噛みしめる。そして彼の首筋に軽く噛みついて、腰をこすりつけながら言った。

「……ごめん、なんかムラムラしてきた……」

かすれた声で告げると「おれもです」とささやく男の腕が強くなる。

そういえばこのところ、アインに振りまわされていたせいで、夜はあまりいっしょにいられなかった。

しばらく泊まる、と宣言した彼女が浩三の家に宿泊して、もう一週間近くなる。たまに市内のほうへ車でいったかと思えば戻ってくるし、あの離れにはモバイルマシンまで持ちこんで、そこで仕事をしはじめる始末だ。

——ここ、本当に居心地いいんだもの。むろん浩三には、滞在費はお支払いしたわよ。

にっこり微笑んで、日中はあちらこちらを散歩し、臣の駐在所にも顔をだす。慈英と打ちあわせなどもあるらしいから、彼のところをおとなう頻度も高い。

正直、やきもきしている。慈英を信じていないわけではないけれど、あの肉食系美女はいつどんな隙をついて慈英を食らおうとするかわからない。

(不安なのか、おれ)

だからあんな、妙になまなましい夢を見たのだろうか。しかしこうした不安感などいまさらのはずだ。

安寧が、ある日突然消え失せること、そんな経験は山ほどしてきている。慈英が怪我を負ったときのほうが、よほどショックだったと言ってもいい。いまさら、横からかきまわしてくる女性が現れた程度で、こうも混乱するのはおかしい。

（いや、それだけ……じゃ、ねえか）

やはり平気だと言いながらも、明子についての情報を知ったことが、おおきく響いているのだろう。三島に見せられた写真の彼女は、覚えているままの母の姿をしていた。そしてあの、ふくらんだように見えた腹部。

（でも、待てよ）

二十一年前の正月の日付、つまり明子が失踪した年の正月、ということだ。

五月に壱都が生まれた、と言っていた。そして明子が消えたのは、記憶もぼんやりしているけれど、初夏のころだったように思う。

あのころ、母親の腹はふくらんでいただろうか。消える直前、ほとんどろくに顔も見なかったけれど、一度だけハンバーグを食べにいったあのファミレスで、彼女はどんな服を着ていただろう――。

「……臣さん？」

「あ」

首筋に口づけていた慈英に怪訝そうに問われ、臣は物思いから我に返った。

「やっぱり気分が乗りません?」

「いや、違う。あの……」

気になることがある、と言いかけたとき、慈英のおおきな手のひらが胸を撫でた。寒さにぷつんと硬くなった乳首に指先がふれたとたん、鋭い感覚が爪先まで走って、一瞬で思考が霧散する。

ひさびさ、というほどでもないにせよ、全身が過敏になっているのがわかった。反応のよさに気づいた慈英がちいさな乳首をやわらかにすりつぶすようにいじってきて、あっという間に腰が浮き、足先がもじもじとうごめく。

「か、んがえてたこと、あった、んだけど」

「……うん?」

「なんか、いい……してから、で」

考えるのは、そのあとにする。そうつぶやくと、慈英はゆったりと笑いながら臣の唇をふさいだ。


今夜はうんとあまくしてほしいとねだって、抱いてもらった。なぜか背中がずっとざわついているから、抱きしめていてほしいという願いも、慈英はいとわず受けいれてくれた。

「あ……あ」

　横臥したまま片膝を立てるよう言われ、背後からゆっくり動かれる。ひどくはしたない格好になった身体のまえにまわった手でずっとペニスを握られ、根本のふくらみもやわらかく揉まれる。もう片方の手はずっと胸を撫でつづけていて、臣は意味もなくかぶりを振った。

「気持ちいい？」

声もでなくなりながら、かくかくとうなずく。奥までしっかり押しこまれた慈英のそれにつなぎ止められ、背中には彼のあたたかい胸がある。首筋に軽く噛みつきながらあの声でささやかれると、恐怖感と嫌悪しかなかった夢とはまるで違うあまさにとろけた。

「あっあっ、それ……それ」

「うん？」

ぴんと硬くなった乳首を指でこねまわされ、自然と腰がうねった。慈英を締めつけながら不規則に揺れる身体、粘ついたなにかを練るような卑猥な音に、じんじんとしびれが走る。

セックスの快楽は、まるで炭酸の泡のようだ。蓋《ふた》をあけたばかりのボトルのように、ちりりと刺激的な無数の気泡が体内ではじけながらのぼってくる。突き抜けたあとの爽快感と、じわり染みいるような満足感。

でもそれらすべて、うしろにいる男に教わったものだ。

こんなにゆっくりやさしく、臣のためだけの官能をひとつひとつ見つけるやりかたで抱い

てくれるのは慈英だけだ。だからどんなひどい夢を見たところで、この腕のなかにいれば臣は怖くない。

だがその確認は、ちいさな驚きとともにあった。

（おれ……焦ってるわけじゃない）

かつてセックス依存症じみていた理由は、その行為が自分を傷つけることはない、よしんば傷ついても、もう対処できる大人であると確認するためだったのかもしれない。

慈英にも、不安になるたび求めてきた。そのたび、彼は臣がそうしたいならと与えつづけてくれたが、無理をさせていたのではないかといまは思う。

それこそ一年まえ、父親についての件で心みだれたとき、執拗に狂ったように快楽だけを追う臣に、慈英はどこか哀しそうに、それでも愛していることを教えてくれた。

（うん、ぜんぶもう、違う）

身体にまわされた彼の腕、その手首を両方握りしめる。やめたいと言うつもりだと判断したのか、慈英の手が一瞬だけ、気遣うようにこわばった。違うことを知らしめるため、臣は彼を包んだ場所に力をいれて、みだらに腰をくねらせてみせる。

「……臣さん？」

「もっと、慈英」

すこし無理のある体勢で首をねじり、振り返って微笑む。やはりすこし不思議そうな慈英に、「平気だから」とささやいた。

「これ、逃げるためのエッチとかじゃ……ないから。えと、ほんとにムラっとしただけで」

「そうみたいですね」

慈英はぐらかしもせず、「心配しすぎたかな」と苦笑する。その顔を見て、彼もまた変わったのだなあと臣は思った。

「……っ、あ、痛い」

「これくらいが好きでしょう」

つまんだ乳首を引っ張るようにされて、声をあげる。腰の動きに遠慮がなくなり、ぐんと深くなった快感に身体中が汗ばむ。

もうじきに冬で、寒くて、なのに溶鉱炉のように熱くとろけた場所を、慈英のものがかきまわし、えぐる。脚は勝手にさらに開き、爪先がシーツを摑んでこわばる。すると不意に、ぐいっと身体を持ちあげられた。

「うあ、えっ……」

「暴れるといじりにくい」

そう言った慈英は、寝そべった自分の身体のうえに臣を載せたまま、両手を使ってあちこちを手ひどく愛撫してきた。とくに遠慮のない手つきでしごかれる股間は水音がひどくなり、無防備に開ききった身体の卑猥さに気づいたとたん、臣はかあっと熱くなる。

「こ、これ、やっ、やっやっ」

「いつだかは、お気に入りだったじゃないですか」

急に羞恥を覚えたのは、ここに赴任して間もないころ、まだ部屋でするほど開き直れなくてラブホテルにいったときのことを思いだしたからだ。田舎のホテルは前時代的な悪趣味さがあって、天井に大きな鏡があり、そこに写った自分の痴態《ちたい》を眺めては興奮していた。

（いま、ここに、あれがあったら）

想像しただけでぶるりと震える。急にうねりだした内部の動きに慈英は息を呑み、そして意地悪く笑いながら、かたくなった乳首をつまみあげた。

「なに考えたんですか」

「——……！」

大声をあげそうになって、臣は自分の口を手でふさぐ。「まあ想像はつくけど」と喉の奥で笑いを転がして、腰をつかんだ慈英は容赦なく突きあげてきた。

「やっ、だめ、だめだめ……っ！」

「どうして？」

「ああ、だって、ぬけ、抜けちゃうからだめ」

激しすぎて離れてしまう、そう声をあげると、背後の腕が一瞬こわばり、慈英は噴きだした。

「なんだよ、なんで笑うんだよ！」

「い、いや。ほんとに心配しすぎた自分がばかみたいだと思って」

うるさいと抗議して、正面から抱きあうかたちに変わる。けっきょくはこの形がいちばん落ちつくのかもしれない。

「声、すっごいだすと思うから、キスしといて」

「了解」

くっくっと笑いを浮かべたままの唇で嚙みつかれ、同時に思いきり揺さぶられる。喉の奥が痛くなるほどのあまい悲鳴もなにもかも、慈英が吸いとってくれる。腕が、脚が彼に絡みつき、もっと、ほしい、と訴えればそのぶんだけ与えられたし、言葉をねだればそれもまた、望んだとおりのことがかなえられた。


けっきょく最後までひとことも口がきけないほどの長く激しいキスはつづき、そのせいで高まった快楽におぼれきりながらも、臣の胸にあったのはあたたかな安堵だった。

逃避でなく、疵を舐めあうのでもなく、濁らない気持ちで慈英を欲していることを再確認できた気分だった。

（でもおれ、正気でもセックス好きってことなんだよなあ）

ちょっとばかり、それは複雑な自己確認であったけれど、まあそれはお互い折りこみずみだと勘弁してもらうしかない。そもそも、臣の欲しがりにつきあいきれる慈英にしても、けっこうなものだと思うのだ。

行為が終わっても、ぴったりと抱きあったまま臣は恋人の身体を撫でつづけた。広い背中、さっきさんざん臣をいじめてくれた引き締まった腰、そのしたへと手を這わせたところで、いやなことを思いだす。

――すごいセクシーじゃない？　あの顔も、腰も、お尻も。

「……なあ、慈英」

「なんです？」

同じようにして身体を撫でられつつ、慈英の顔をのぞきこむ。ゆったりと満足げに、いまは手のひらで臣をあやしていた恋人は、むっと皺《しわ》の寄った臣の眉間に驚いた顔をする。

だがつづいた言葉に、それはすぐ苦笑へと変わった。

「アインさんに迫られても、ちゃんと逃げてくれよ」

「だからあれは、本気じゃありませんって」

おかしそうに笑う男の暢気な口調に、ため息をつく。執拗なほど、臣に対してなされた宣戦布告。あれのどこが本気でないと言うのか。

「心配しなくても、あなたのことしか好きじゃありません」

むろん、臣とて疑ってはいない。けれどなにしろアインは、底が読めなさすぎる。

「そういう問題じゃない気がするんだよなあ……」

「はいはい。だいじょうぶですから」

本当に気をつけてくれ、と念を押す臣に慈英は笑うばかりだ。あげく、まだ言いつのろうとする臣の唇に指をあて、「それよりさっき、なにか考えていたでしょう」と問いかけてきた。

「真剣な顔で、ずいぶん考えこんでいたようですが」

「え……あ、ああ。うん、じつは――」

いまのいままで忘れかけていたことに自分でちょっと驚きつつ、明子に関して覚えた疑問を臣は口にした。

「――だから、壱都が産まれた時期と、母さんが失踪した時期って、ほぼかぶってるんだよ。ただその当時、どう考えても妊婦っぽい印象はなかったし、なんか引っかかって」

「細い女性なら、ゆったりした服を着ていればわからない可能性はありますが……ふだんから、身体のラインがわかる服を着ていらしたんですよね？」

「うん……ただなにしろ二十一年もまえだろ。おれも記憶が混濁してるとこあるし」

インパクトの強かった服ばかり覚えている可能性はある、と言えば、臣の汗でしめった髪を梳《す》く慈英も「あり得なくはないですね」とつぶやいた。

「ただ、いずれにせよいまさら事実を確認するのはむずかしいでしょう。当時通われていた産婦人科が残っていれば、あるいは、というところですが」

「……そこなんだよなあ」

近年、産婦人科医の不足はなにかと問題視されているし、臣の住まうこの地域でもそれは例外ではない。責任の重たい産婦人科医になりたがる医師が減少しているらしく、かつては産院を営んでいた病院も、跡継ぎがいなくて閉院、あるいは科をなくすという情況で、二十一年もまえの出産記録が残っているかどうかははなはだ怪しい。

なにかの事件性があるならともかく、壱都の出生について多少の疑問点がある、という程度の話では、臣が動きようもない。ましてや、戸籍上の母親いち子はすでに鬼籍にはいり、もしやの疑いのある臣の母親明子については二十一年間行方不明だ。

「ごめん、これ気にしてもしかたないな。忘れることにしとく」

「……そう簡単にいけばいいですが」

「どういうこと？」

臣が目をしばたたかせると「あなたの場合、どこでなんのトラブルを拾ってくるかわからないし」と、肩を撫でながらため息をつく。

「それおまえだろ、あちこちいくたび襲われたりなんたり」

「おれは不可抗力ですよ。飛びこんでいくのは臣さんでしょう」

「いーや、慈英のほうがやばいね。堺さんだって言ってたしね」

「ちょっと……それは、聞き捨てならないんですが」

くだらない言いあいをしつつ、お互いにふれた手は離さない。臣の身体はもう冷えてはおらず、まださきほどまでの情熱の余韻で火照っているくらいだ。

「絶対に臣さんのほうがトラブルに関してはひどいです」

「慈英だね、おれの場合は仕事だからしょうがないけど、おまえ民間人なのに巻きこまれすぎだからね」

思わずにらみあったのち、どちらからともなく、会話の不毛さに笑いだして、もう一度抱きあう。

「……まあどっちでもいいか」

「お互い様かもしれませんしね」

「平和な生活、ほしいなあ……」

ぼんやりとつぶやく臣の唇を吸って「アインはそろそろ帰りますよ」と慈英がささやく。

「え、そうなの？　仕事、区切りついたのか？」

「いえ、おれが帰ってもらうと決めましたので」

なんだそれは、と目をしばたたかせれば、慈英がぎゅうっと臣を胸に閉じこめる。

「ただでさえ渡米まえで、時間がないのに、あなたを動揺させるのは困る」

「おれ、べつに、動揺とか……」

「してない？　ほんとに？」

額をあわせて問われ「してないよ」と臣は苦笑する。

「ただ、うん、……おまえのお尻セクシーとか言われて腹立った」

「なんの話をしてるんだ、あの女は」

うめいて臣の肩口に突っ伏す慈英の尻をわざとたたき、臣はけらけらと笑う。

「おまえアメリカいっても、がんばってここ死守してな？　おれのなんだから」

「……なんというか、若干違う含みも感じますね、それ」

「そりゃ、本場のハードゲイがいるお国柄だしなあ」

わざと言ってやれば、慈英はますます顔をしかめて臣の肩をかじってくる。こら、と咎めたのに、器用な手はまだしびれている腰をすくいあげ、脚を開かせてきた。

「ちょっと、なに、また？」

「あなた以外にどうこうする気も、される気もないってことを証明しておきます」

唸るように言った慈英は、臣の反論をまたずに唇をふさいでくる。じっさい、異論もさしてなかったので、臣もまたその背中につよくしがみついた。

6.

翌日、宣言どおり、お騒がせだったアインは、慈英《じえい》が強引に連れていくかたちで帰らせることとなった。

「いったん市内まで送ってきたら、すぐ戻りますから」

「……うん、まあ、気をつけて」

駐在所まえにわざわざ車をつけたのは、アインがどうしても挨拶《あいさつ》をしたいと言い張ったからだそうだ。

「またね、臣《おみ》。名残《なごり》惜しいわ」

「おわっ」

性懲《しょうこ》りもなく頬《ほお》にキスをしてくるアインの腕を強引に摑《つか》み、慈英は自分の車に乗せる。「乱暴！」とわめくアインに対してはぞんざいな一瞥《いちべつ》をくれたのみで、慈英は臣へと微笑《ほほえ》みかけ、その頬をそっと撫《な》でてきた。

「ついたら連絡します」

「いってらっしゃい。……アインさんも、気をつけて」

「次に会えるときが楽しみだわ。ああ、そうそう、いつでも許可をくれたら慈英と――」

車窓からいらぬことを言いかけたアインに対し、臣がひきつった顔をみせれば、「でるからシートベルトをしておけ」と言い放った慈英がいきなりアクセルを踏みこむ。勢いよく発進した車のなかで、アインの悲鳴が聞こえた気がしたけれども、臣はただひたすら愛想笑いを浮かべて手を振った。

そして黒い車の姿が見えなくなってようやく、笑いをひっこめてため息をつく。

「なんか……無駄に疲れた……」

あのふたりをセットで行動させることは複雑だったが、これからずっと仕事上のパートナーとしてつながっていく相手に対し、やきもきしていては身が保《も》たない。なによりアインのオープンすぎる態度は、本当にどこまで本気なのか、だんだんわからなくなってくる。

（とりあえず、信じておこう。あともうちょっと警戒心持てって言っておこう）

ひとまずこの件はこれで割りきる、と決め、臣が警邏《けいら》にいくべく帽子をかぶり、自転車にまたがろうとしたとき、駐在所の電話が鳴った。

「誰だよ、このタイミングで……はいもしもしっ、駐在所の小山《こやま》です！」

出鼻をくじかれ、ぶつぶつ言いながら受話器をあげた臣の耳に飛びこんできた名前は、ある意味では待ちこがれ、ある意味ではアインという台風のおかげで忘れそうになっていたものだった。

『小山さん、すみません……いま、お忙しかったですか？』

「三島《みしま》!? あ、いや、警邏にいこうとしてただけ。どうした？」

『じつは、先日うかがった話の、新しい情報がはいったので』

「永谷《ながたに》さんの件か」

臣がはっと表情を引き締めると、三島の声もまた重たくなった。

『ちょっと、思っていたよりもややこしいかもしれません。永谷蓉子《ようこ》という女性は新規の信徒とかではなく、もっと縁の深い人物だったようで』

「どういうことだ？」

声をひそめた臣に、三島は『電話ではちょっと……』と言葉を濁した。先日、まだ重田《しげた》残党が狙っているかもしれないという話をしたことから、盗聴を警戒しているのでは、と臣も想像がつく。

『ほかにもいろいろとわかったことがありますので、よろしければきょうにでも、そちらにうかがいたいのですが』

「……千客万来だなあ」

『は？』

「いやこっちの話。いつでもいいよ。……ていうか、あれか？ いまおまえら市内？」

『あ、ええ、そうですが』

「あー、じゃあ小一時間くらい待てる？ 慈英いま、そっちにいるから。そのまま引き返してくるっていうから、乗っけてきてもらえばいいんじゃない？」

驚く三島に「遠慮しなくていいから」と告げ、臣は電話をしながら携帯のメールを起動し、手早く用件を打ちこむ。いまは運転中だし、こうしておけばそのうち連絡がくるだろうと思っていたのだが、突然携帯に着信があって驚いた。

「あれ？　慈英から電話って……ちょっと待ってて三島」

もしもし、と携帯に持ち替えた臣の耳に飛びこんできたのは、意外な人物の声だった。

『Hello?　臣、どうかしたの？』

「どうかしたの……って、それ、慈英の電話、ですよね」

さきほど別れたばかりのアインが、なぜ彼の電話にでる。唖然《あぜん》としていれば、背後から「勝手にひとの電話をいじるな！」という慈英の声と、運転中らしいエンジン音が聞こえてきた。

『慈英は運転中で、手が離せそうにないのよ。三島さんを市内に迎えにいけばいいのね？』

「……メールまで見たんですか」

『見えたんだもの。こういう連絡ははやいほうがよいでしょう？　それで何時にどこ？』

いまさらアイン相手に常識を説いてもどうしようもない。臣はもはや自分の感情を殺し、右の耳に駐在所の電話、左耳に携帯をあてて、アインを中継しながら待ちあわせの場所と時刻を決めた。

あまり出歩くのも三島の身体《からだ》や壱都《ひとつ》の身柄が心配なので、彼らがいまいるマンスリーマンションへ慈英が迎えにいくことになった。

『Okay, ちゃんと慈英に伝えたわ。ちゃんと約束は守らせるから安心してね、臣！』

「あはは……」

ちゅっ、と音高くキスのリップ音を残して、携帯の通話が切れる。どっと疲れた臣が「まあそういうわけなんで……」と三島に言えば、彼もまた戸惑ったような声をだした。

『いまのが、例のエージェントのアイン・ブラックマンですか』

「あー、うん……」

『……小山さんも、心労が絶えませんね』

よもや、かつては心労の種だった男から同情される羽目になろうとは。なんだかよけい疲労感が増して、「とにかく待ってて、気をつけろよ」と念を押したのち、受話器を置く。

「……なんだ、これ」

思わず漏《も》れたつぶやきは、誰に聞かれることもないまま、駐在所のなかでむなしく響いた。

＊　＊　＊

二時間ほどのち、壱都を伴った三島が慈英の車に乗せられて町を訪ねてきた。

「臣！」

「おお、壱都！」

車からぴょんと飛び降りた壱都は、すっかり治った脚で元気に駆けだし、臣の腕のなかに飛びこんできた。

「元気そうだな、ひさしぶり」

「はい、臣も！　浩三《こうぞう》に会いたかったので、またここにこられてとても嬉しい！」

「おいおい、おれらはついでかよ」

苦笑しながら、本当に楽しげな壱都を見てほっとする。むろん彼の体調がよくなったこともだが、つい数時間まえまでアインというエネルギッシュすぎる相手と腹の読めない会話をしていたせいもあるだろう。あけっぴろげな壱都の好意が、ひどく染《し》みる。

（なんかこう、癒《いや》し効果……？）

腕のなかのきゃしゃな身体を思わずぎゅっと抱きしめれば、壱都はあのなにもかもを見透かすような目で臣をじっと見あげてきた。

「……臣は疲れてますね？」

今回の変装は、『男装』らしい。長い髪は三つ編みにしてフードパーカーのなかに隠し、つばのある帽子をかぶっている。案外これはこれで似合っているなと思いつつ、帽子ごしに頭を撫でてやった。

「心配しなくていいよ、たいしたことじゃない」

本当だろうか、という顔で壱都は臣の目を見つめている。嘘《うそ》もつけず、といって壱都相手にこのところの心労の種を打ちあけるわけにもいかない臣があいまいに微笑んでいると、背後から「壱都さま」と声をかけられた。

「そう走っていかれては、三島が追いつけません」

「あっ、ごめんなさい」

若干ゆっくりとした足取りで、車から降りた三島が歩いてくる。そして彼もまた見慣れぬ風体になっていることに驚かされた。

三島は火事の際に髪も焼けてしまったため、ベリーショートに近い短髪とメガネ、そしてあっさりした雰囲気のスーツだ。ネクタイこそしていないけれど、ぱっと見にはどこにでもいるようなサラリーマンふうの好青年、といった雰囲気になっている。

「……おまえら毎回別人になってくるのな？」

「好きでしているわけではないんですけどね」

苦笑する三島は、先日会ったときよりも顔色がいいようだった。だいぶ体重も戻ってきたらしく、頰も痩《こ》けた様子はない。ほっとする臣のかたわらに、車を徐行運転した慈英が近づいてくる。

「ひとまず、駐在所にはいってもらってはどうですか。おれはこれを駐車場にいれてきますので」

「ああ、わかった。じゃあ、あとで」

長距離ドライブに疲れた顔も見せず、ひらりと手を振った慈英が走り去る。そして臣は、ぺったりと自分にくっつく壱都の頭を撫でながら「こっち」と三島に顎《あご》をしゃくった。


「それで、話ってのはいったい？」

こんなものしかないけれど、とティーバッグの煎茶《せんちゃ》を淹《い》れてふたりに椅子《いす》を勧め、臣は切りだした。ちらりと三島が壱都にアイコンタクトをし、壱都もこくりとうなずいたところで、三島が口を開く。

「まず、さきほどの電話で話を控《ひか》えたのは、盗聴の可能性を考えたからです」

「やっぱりか」

「ええ……まだ市内の事務所の片づけに関わっている者が、わたしと壱都さまのゆきさきを探っている人間がいる、と。重田の残党かどうかははっきりしないらしいのですが」

「用心に越したことはないからな……それで？」

壱都に聞かせてだいじょうぶなのか、と目で問えば、三島はうなずいた。

「永谷さんの話はもうご存じです。それで、いろいろと調べてみた結果、少々複雑な事情がわかりました。先日お見せした、小山明子《あきこ》さんの写っている写真なのですが」

「ああ、うん……おれのお袋の、あれ」

若干目が泳いだ臣とは違い、三島はあくまでしらっとした顔をしている。たしかにこの程度の話では壱都の出生に関してのことなどわかりはしないけれど、本人を目のまえにしてまったく顔色も変えない。つくづく肝の太い男だと思った。

「あの写真に、何人かの女性が写っていたと思うのですが、そのなかのひとりが永谷蓉子さんの母親だったそうです」

「え⁉　でも永谷なんて名前じゃあ」

「当時すでに離婚して、旧姓に戻っていたようです。写真に書かれていた名前だと、高坂文《こうさかふ》美《み》さん、ですね。こちらです」

この間見せられた、明子の写った写真、それから臣のほうから渡した永谷蓉子の写真のコピーを並べられる。壱都や臣は母親の血をあきらかに引いているとわかるが、ふくよかな高坂と痩《や》せた永谷の母娘《おやこ》は、それほど似ては見えなかった。

「高坂さんは、光臨会のかなり初期からいたメンバーでした。現在は重田の一件があって以来、彼女もどこかに身を隠しているようで、まだ連絡がつかないのですが、彼女を知る人物からすこし、話を聞くことができました」

「教えてくれ」

「そもそも、永谷さんの父親と高坂さんが離婚したのは、この光臨会――まだ当時は名前もありませんでしたが――の活動がきっかけでもあったようです。というか……ご存じだと思いますが、そもそもいち子《こ》さまのもとに訪れるのは、いまでいうＤＶ被害などに遭った女性が多かったので。民間のＤＶシェルターなども、当時は少なかったでしょうし」

よく見てください、と言われてセピアの写真を眺めれば、高坂文美の顔にはアザらしきものがうっすらと見える。

「けっこう、せっぱ詰まってたのかな」

「そのようです。ただ離婚の際に金銭面が厳しいなどの理由で、蓉子さんを連れてでることはできず、娘さんとの間にはかなりの確執ができてしまったようで、成人するまではほとんど没交渉だったとか」

「まあ、ない話じゃないけど……それがどうして」

「きっかけは先日小山さんからお聞きした、永谷さんの過去の事件です。両親の離婚後、静岡県に移り住んだ彼女はそのまま地元で教師をしていた際、誘拐騒ぎの片棒を担がされた」

自分を乱暴な父のもとに置き去りにした母親に対し、長いこと反発していた蓉子だったが、事件に巻きこまれたストレスから高坂文美に助けを求めた。すでにそのころ父親は他界していたため、まだ学生だった弟ともども逃げこんだのだ。といっても当時は入信するといったことはなく、単純に一時期、山奥のコミューンへと身を潜めていたらしい。

「その後、誘拐事件の話が風化してからは、長野に住まいを移し、ふつうの生活に戻っていたようなのですが……ふたたび彼女が近づく羽目になったのは、やはりどうやら重田が関わっていたようで」

「まさか、過去の話を持ちだされた？」

三島はうなずき、臣は顔をしかめた。

「彼女はとにかく静かな生活を守りたかったらしく、いまの職場に誘拐事件の話をばらされたくなければ――とか、そういう手を使われたようです」

「そこまでして、いったいなにをさせられてたんだ」

「させられた、というか、させられそうになった、というか……未遂だったんですが」

顔を曇らせた三島の肩に、無言で隣にいた壱都が手をかける。その手を握りしめ、うなずいたのちに三島は話を再開した。

「わたしが検察あてに送ったあれらの書類データを、事前に消去するよう命令されていたらしいんです」

「え……な、なんでそんなことまでわかったんだ？」

「現場を見つけて止めたのが、沢村《さわむら》だったからです」

臣ははっと息を呑《の》んだ。

「会えたのか、沢村さん」

「きのうになって、ようやく了承してくれました」

答えたのは壱都で、臣がそちらに目をやると、細い肩を落としてうなだれている。

沢村は当初、重田配下の連中による拷問じみたリンチにより、壱都の居場所を漏らしてしまったことをひどく悔いて、どれほど言っても面会を拒んでいたという。

電話も無理で説得に使ったのは手紙やメール。それも最初は拒否されるほどだったそうだ。

「もうあんなことは起きないから、いっしょにやり直しましょうと言っていたのですが」

ぽつりと、いままで黙っていた壱都がつぶやいた。三島や壱都が困惑するほど、沢村は怯えきり、恐縮しきっていたため、説得は容易でなかったらしい。

「警察に保護されたあと、三島は入院していたから当然だけれど、わたしも会いにいってあげられなかった。見放された気がしてしまったでしょうね」

悔いるような声をだす壱都に、臣は言った。

「しょうがないだろ、それは。壱都だって脚も治りかけで、事情聴取はあったし。なんでもかんでもいっぺんにこなすなんて、無理がある」

なにより、宗教団体の横領事件となれば、地方都市で起きたこととはいえ、全国レベルのニュースになってしまった。騒ぎが引くつい先日まで、マスコミにつきまとわれないよう、壱都はけっきょく臣のいる山間《やまあい》の町に潜伏したままだったのだ。

なにより沢村自身も、三島に同じく長いこと面会謝絶の状態だった。重田残党からの襲撃に備え、警察側で警備するためでもあったが、ほとんど食事を与えられず、栄養失調と脱水症状、そのうえの暴行で、かなりひどい状態だったそうなのだ。

「それでも、お手紙だけでなく時間を作るべきでした。可哀想だった」

しゅんとした壱都になんと声をかければいいか迷っていると、彼は複雑そうに言った。

「ただ、どうしても訊《き》きたいことがあると再三お願いしたら、ようやく電話はできました。それで臣がお話を聞きたいと言っている、と伝えたら、『小山さん』ならよいですと言って、話してくれたんです」

「……なんでおれならいいんだ?」

「入院したばかりのころ、臣の知っている、堺《さかい》さんという方に、とてもよくしていただいたんですって」

「え、そうなの?」

壱都はすこしだけ憂い顔を晴らし、微笑んだ。

「わたしが会いにいけない間じゅう、毎日のように話を聞いてくれて、やさしくしてくれたのだそうです。それから、何度も謝ってくださったのだと」

──すまんかったなあ。おれら警察がもっとしっかりして、あんたのこと見つけて護《まも》ってやれれば、こんな痛い、怖いめに遭わないですんだのになあ。遅くなって、すまんかった。

「あの方はなんにも悪くないのだけれど、そうやって繰り返し言ってくださったので、気持ちがとても落ち着いたと言っていました」

「はは。あのひとらしい」

堺の懐《ふところ》の深さに助けられた人間はひとりやふたりではない。臣もしかりだが、あの柔和な笑顔とおだやかな声で「そうか、そうか」と話を聞いてもらい、肉厚の手で肩をさすられると、大抵の人間は手なずけられてしまう。

ちなみにその対応は、被害者のみならず被疑者にも有効だ。堺と話すうちに泣きながら罪を悔いた人間は数知れず、一部では「落としの堺」と呼ばれているのはそのためだ。

「でも、不思議ですね。沢村と面識があるのであれば、それこそ堺さんが直接お訊きになればよかったのでは」

「あー……逆に、気ぃ遣ってたのかも。つか、そういうことかよ……」

臣のつぶやきに、「どういうこと?」と壱都が小首をかしげた。

「たぶんあのひとは最初から、沢村さんに目星はつけてたんだ」

堺もずいぶん婉曲な手を使ったものだ、と臣は苦笑した。

少々いやらしい話だが、気がふさいでいる人間にやさしくして、必要な情報を引きだすのは刑事のセオリーでもある。だが話を聞くに、もっとも信頼している壱都や三島にすら「顔向けできない」と言って拒んでいた沢村へ、ようやく心を開きかけた堺までもが尋問をはじめれば、本当に完全に閉じきってしまいかねない。

「それからたぶんだけど、おれから三島へ渡りつけろ、って言ったのも、『どうしても訊かなきゃいけない』ってことがあれば、沢村さんも答えないではいられないと思ったんだろ。おまえらが、ただ帰ってくればいいって言ってるだけじゃあ、動けないから」

「動けないって、なぜです？」

三島が不思議そうに問い、おまえにはわからないかな、と臣は苦笑した。

「沢村さんは、おまえらを裏切ってしまったっていう責任と自己嫌悪でがんじがらめになってた。そういうときは、言い訳がいるんだよ。自分みたいなだめな人間でも、役に立てることがあるって、必要とされてるんだって。三島や壱都と口をきいてもいい、言い訳が」

「そんなの、いいのに……」

困惑したような壱都に「心底まで落ちこんでると、そういう気分になるもんだよ」と臣は告げた。

「まあでも、一度話さえすればあとはどうにかなった。だろ？」

こくりと壱都はうなずき、三島も同じく目を伏せた。

「たぶんそこまで狙って話持ってきたんだと思うわ。買いかぶりじゃなくて……あのひとそういうこと、ってかひと動かすの、得意だからな」

ほんとに食えない親爺《おやじ》だ。微笑む臣の目にはあたたかなものしか浮かんでいない。壱都と三島もほっとしたように表情をゆるめた。

「ともあれ永谷さんのことについては、あとは直接小山さんから訊いていただいたほうがいいかもしれません。沢村はほかにもなにか言いたげでしたが、なにしろ警察のかたたちが見ている情況では、あまり突っこんだことは、わたしからは……」

「だな、三島が根掘り葉掘り聞いたりしちゃあ、逆に怪しまれる」

話に限界があったと詫《わ》びる彼に、臣は気にしないでくれと告げ、頭をさげた。

「いろいろ無理言ってごめん、でも助かったよ。とにかく、沢村さんには会ってくる。……おまえらのこと嗅《か》ぎまわってる連中がいるみたいだし、大変なとこ悪かったな」

「いえ、こちらこそ。堺さんについては、あらためてお礼を述べたいと思います」

三島はかぶりを振ってみせ、臣はうなずいた。

「しかし壱都も、大変だな。もうしばらくは身を隠しておかないと……どうするんだ？」

「それはだいじょうぶ、浩三のうちに泊まるから」

けろりと言われた言葉に、臣は「え？」と面食らった。

「三島とふたりでお手伝いをするのです。ね、三島？」

臣が思わず「それでいいのか」という視線を送ると、三島は「壱都さまがなさりたいことは、なんでもなさっていいのです」と、相変わらずの様子だ。

「てか、浩三さんにはOKもらってんの？」

「はい、さきほどメールしたら、ちょうど今朝までお客様がいたけれど、もう帰られたし、ちょうどいいぞって」

ほら、と壱都が携帯電話をかかげる。

「……おまえケータイとか持ってたの？」

「この間三島が買ってくれたのです。やっと操作を覚えました」

年若き、浮世離れした教祖さまと最新電子機器があまりに噛《か》みあわず、なんだか頭がくらくらしてしまう。けれどこれも、壱都がすこしずつふつうの生活になじんでいくための一歩でもあるのだろうか。

彼らの教義や生きかたを、臣は否定するつもりもない。ちいさくおだやかなコミューンで生きるのも、ひとつの選択だとは思う。だがまだ世間を知らない壱都には、いろんなものを見てそのうえで、どう生きていくのかを選んでほしいと思ってもいた。

三島も、そうだろうか。彼はかつてあの教団に入れあげていたときより、ずっと落ちついてずっとたくましくもなった。いまも、壱都を崇拝しているとすら言える。だがそれは教義へ傾倒していたときと、まるで異なる意味を持つような気がするのだ。

「三島、あのさ……」

自分でもまだなにを言えばいいのかわからないまま、彼へと呼びかけた臣の声を、おおきな、けれどのんびりとした声がかき消した。

「おおーい、駐在さぁん！　壱都はもうきてるかい！」

農作業着を着た浩三が、毎度の一輪車を押しての登場だ。壱都は声が聞こえるなりぱあっと顔をあかるくし、駐在所から飛びだして跳《は》ねるようにして近づいていく。

「浩三だ！　おひさしぶりです！」

「おお、壱都！　元気か！」

笑いながら飛びつく壱都を太い腕で抱きあげ、まるで子どものように振りまわす。臣は苦笑いするしかない。

「……浩三さん、壱都の歳だけは知らないんだっけ？」

「知ってても、あのひとは態度が変わらない気がしますけどね」

笑いをかみ殺したような声に臣が振り返ると、駐在所のドアにもたれて慈英が立っていた。

「あれ、おまえいつの間に？」

「だいぶまえからいましたよ。話がかなりこみいっていたので、口を挟まないほうがいいかと思って、そこで待ってました」

「お気遣いドーモ」

説明の手間が省けたのは助かるが、彼がきたことにも気づかないほど話に夢中になっていたのはちょっといただけない。ひっそり反省していると「誰にも聞かれないよう見張ってたんだから、それでいいでしょう」と心を読んだように慈英が言う。

「まあそりゃそうなんだけどさ。……ていうかいまさらだけど、ほんとにおれ、民間人、事件に巻きこみまくってるなあ……」

酒店

「毎度のことをいまさら。それより、このあとの話は、どうします？」

慈英が顎をしゃくって、外を示す。きゃっきゃと笑っている壱都の姿に、臣は顔を引き締め、三島へと目をやった。

「……ひとまず、浩三さんのところに壱都さまを預かっていただいて、そのあとの話にしませんか」

「だな。あいつはたぶん檜風呂《ひのき》にでもいれてもらってれば、ご満悦だろ」

わかった、とうなずき、浩三とはしゃぐ壱都を見守る三島の顔をじっと見つめる。

その真剣な横顔は、病みあがりであることがうかがえないほどの強さに満ちていた。

＊　＊　＊

ひとまず浩三に壱都を預け、三島と臣、慈英の三人は慈英の家へと移動した。

「万が一、ということもありますし、ここならば誰にも話を聞かれる可能性がないので」

「だな。なにしろこの部屋、電波飛ばすタイプの盗聴はまず不可能だし」

壁をたたいて、臣は苦笑した。もともとが蔵として利用されていたこの家の壁は分厚く、とくにアトリエとなっている部屋はテレビや電話すら、有線アンテナを引かなければつながらないほど電波を遮断しきってしまう。

またなにより、慈英の制作には非常によい環境でもあった。絵画には過度の乾燥も湿度も敵となるが、吸湿・加湿を自然とおこなう土壁は、自然の空調機とも言えるからだ。引っ越しに際して慈英がいちばん惜しんでいたのもその部分だ。

「で、壱都をわざわざ浩三さんに預けたってことは、この間の話に絡んでだろ？」

「ええ、壱都さまの出生について、いろいろ思うところもありまして……」

「さきに、おれの話してもいいか？」

ソファに腰かけ、重たい声で語りはじめた三島を制する。彼は一瞬驚いた顔をしたけれど、すぐにうなずいた。

「まず、この間思いだしたことがあるんだ。壱都の誕生日は五月って言ってたよな？　おれの母親の失踪時期ってのが、どんぴしゃなんだ。けど、その直前までおれは母親と顔をあわせてた」

だがその際、およそ妊婦らしい格好もしていた覚えはないし、体型もほぼ変わっていたとは思わない、と臣は告げた。

「そうですか、やはり」

「おまえもそう思った？」

「ええ、先日はいささか惑いましたが、やはり小山さんのお母様が、壱都さまを出産された、とは考えにくい部分もありました。なにより、いち子さまと壱都さまは本当に似ていらしたので」

　ふ、と言葉を切って三島は眉をひそめた。なにか予想外に重たい話があるのでは、と臣は察しをつける。だが次に口を開いたのは、慈英だった。

「……むしろ、上水流《かみずる》親子が実際に母と子だからこそ、面倒があったと考えるべきなんじゃないか？」

　目をしばたたかせた臣と違い、三島は「そうかもしれない」と苦い声でつぶやいた。

「ん？　どういうこと」

「引っかかったのはやはり、いち子さまの妊娠、出産関係の記述があの日誌に徹底してないことです。だというのに、壱都さまがお生まれになったことはとくに秘されることもなかった。そして、いかにもな記念写真のなかに、小山明子さんがいかにも妊婦かのように腹をふくらませ、そしてふだんとまるで違うスタイルで、いち子さまの近くに写っている」

「……誰かに、おれの母親が産んだと誤解させるため、ってことか？」

　だがいったい、なんのために。臣が眉をひそめると、「じつはあのあと日誌をさらに調べていって、わかったことがありました」と三島が言った。

「あの写真が撮られる前後、重田が突然、幹部として現れているんです」

「えっ？　あ、そういえばあのなかには重田は」

「写っていません。ごく初期のメンバーのみ。まだ役付けなどもはっきりしていなかった『光臨会』以前のいち子さまのシンパばかりです。本来なら、そうしたひとびとが活動のメインとして動くはずですし、なんらかの責任を持つのであればやはり、古参がうえに立つのがセオリーだと思います」

しかし、浩三が持っていた山で草木染めをはじめた時期から、市内での勧誘活動やなにかが急激に激しくなり、日誌に書かれていた信徒の数も唐突に増えだしたという。

「そういえば、逮捕された前田《まえだ》が、シゲさん――重田に入信を勧められたのはそれくらいの時期だよな」

壱都を山奥にさらって殺害しようとした前田和夫《かずお》は現行犯逮捕だったこともあり、かなりのスピードで検察へと送致、現在は拘置所にいる。

一時期は浩三の兄とも知りあいであり、その時期に重田から勧誘を受けたことは、取り調べの際にも言っていたそうだ。

臣の言葉にうなずきつつ、三島は「でも」と言った。

「あの男が入会したこと自体がそもそも、おかしいんです。もともと『光臨会』以前のコミューンは女性たちが多く、それもDVやレイプ被害者の会というか、縁切り寺的な部分がおおきかったことはご存じですよね？　いまもその性質はありますが」

「ああ、それは……だから一時期、重田の傘下《さんか》に軟禁みたいにされてて」

うなずきかけた臣は、はたと目を見開いた。

「……たしかに変だな。そんなやばい連中がいるような集まりに、なんで男から逃げたひとたちがくわわろうとするんだ？」

根本的におかしすぎると臣が言えば、三島もうなずいた。

「むろん、重田がろこつな動きをするようになったのは前主査さまがみまかられてから、のことではあります。あの時期コミューンを見張ったり、わたしを監禁したような連中に関しては、本来の会員ですらない、いわば重田の裏の別働隊のようなものではある」

「でもそんなことをする男を、はたして上水流いち子が見抜けなかったのか、という話になってくるな。そもそも女性は暴力や、それをにおわせる威圧的な男に敏感なはずだ」

顎を撫でながら言った慈英に、三島も臣もうなずいた。

「つまり、女性の多い平和的な集まりのなかに、なぜ途中から、重田のようなヤクザまがいの男がはいりこみ、あまつさえ幹部にまでなりあがったのか？　という謎がでてくる」

「……それも壱都さまの出生時期に」

「で、なぜか伏せられているいち子さんの妊娠に関する情報、それからおれの母親の、妙にふくらんだ腹を見せつける写真……欠けたピースは、あからさますぎるな」

三人ともがあえて口にしなかったのは、「壱都は実際誰の子どもであったのか？」という疑問だ。そしておそらく、それこそが鍵なのかもしれない。

（あの重田のことだから、いち子を脅迫していた可能性が高い。いったいどんな事実があるんだ？　まさか重田が力尽くでいち子を……とか？　それで妊娠してしまった？）

そもそもいち子が初代主査である以上、流れとしては壱都が次代を担うことは自然な話だろう。あの組織は世襲制ではない、と三島は言うが、いつの世も閨房《けいぼう》で政治を牛耳ろうとする人間は存在する。ましてや世間から取り残された狭い世界だ。前時代的すぎる権力欲に取り憑《つ》かれた男が考えそうなことなどひとつしかない。

（だとすれば、『それ』のせいで壱都を……なんてことになったら、全力で隠すだろう。他人の産んだ子をいち子が育てているってことにしたほうが、まだマシだ）

あそこまで似通って成長することは計算外だっただろうけれど、すくなくとも生まれた当時には多少のごまかしくらいはできると考えたのかもしれない。

一瞬のうちに最悪のストーリーを思いついて、臣は苦いため息をついた。

「……ごめん、いまものすっごい、いやな想像した」

「おそらく、全員が似たようなものだと思いますから、言わなくてもかまいませんよ」

臣がうめき、慈英がかぶりを振る。三島はひたすら無言で口をつぐんでいた。その拳《こぶし》は真っ白に握られていて、彼の想定している過去も、大差のないものだと知らしめる。

もし、重田が壱都の父親であったとすれば、この夏に起きた事件はさらに重さを増してくる。なにしろあの男は、壱都を監禁してその脚を力まかせに折り、あまつさえ亡き者にすらしようとしたのだ。

「とにかく、先日起きたクーデターの根っこは、二十年まえからすでにあった、ってことはたしかですね」

淡々とした慈英の声に臣はどうにかうなずき、三島も絞《しぼ》りだすような声を発した。

「掘り返していくと、あまりよろしくない事実がでてきそうな気もします」

「……さわらないほうがいいのかもな」

臣はちいさくつぶやいたけれど、ただ、どれほどそっとしておこうとしても、日の目を見てしまう事実もある。まして、現在は警察に拘留、起訴され、検察の調べを受けている重田がいつどこで、なにを言いだすのかわからない状態だ。

おそろしくプライベートな話でもあるから、事件の概要とは違い世間に発表されることこそないだろうが、もしも醜すぎる過去があって、それが壱都の耳にはいったならば。

（さすがに、ショックは受けるだろう）

臣とて、あのきよらかさを集めたような壱都にそんなことを聞かせたくはない。案外と肝の太い子なのは事実だけれど、知らなくていいものは世の中にたしかにあるはずだ。

「もしさ、やばいときには、できるだけおれもフォローする」

「ありがとうございます」

深々と頭をさげる姿は、本当にかつて慈英とトラブルを起こしたころの彼と違いすぎる。ひとというのはこうも変わるものかと、いっそ感心すらしながら臣は笑った。

「まあ、そうは言っても、おれらのまえに三島が全力をかけて護るんだろうけどさ」

臣がそう告げると彼は「それは当然です」ときっぱり言いきった。

「ですが、わたしにもできることの限界はある。お力添えいただくことがあれば、なにとぞお願いします」

「わかってるさ。な、慈英？」

「……まあ、壱都のためというのなら」

あくまで三島など知ったことか、という態度をあからさまにする慈英に、逆に三島のほうが驚いた顔をしていた。

「なんだ、その顔は」

「いや。なんというか秀島《ひでしま》は……ずいぶんと、変わったなと思って」

「ひとのことが言えるか？」

切り返され三島は「たしかに言えはしないが」と苦笑した。

「ただ……なんだろうな。大学時代、おまえがもっといまのようなら、おれもばかなことはしなかったんだろうと、そう思ったよ」

「ひとのせいにする気か？」

「いや、そういうことじゃないんだが……」

ひさしぶりにくだけた口調になった三島の表情は、ひどくおだやかなものだった。臣は口を挟まず、大学時代の同期であり、いろいろと因縁《いんねん》のあったふたりをじっと眺める。

（ひとは、変わるんだな）

数年前、臣が出会ったばかりの三島はもっと視野が狭く荒れていて、慈英は完璧と言ってもいいけれど、なにかを超越したかのような存在だった。臣自身、未熟でもあり弱かった。

それこそ『光臨の導き』に傾倒しすぎていた三島とのトラブルが起きたとき、いまのように話しあい、多少のあてこすりをしていてもどこか余裕のある空気などみじんもなく、二度と口をきくことすらないと、そう思っていた。

ひととの関わりはけっしてやさしいばかりではない。断罪し、悪縁を切ることこそが解決となることもある。だがそっと、むかしのあやまちをゆるやかに風化させて、ときが経ったなりのつながりを持つことも案外、悪くないのかもしれない。

（とはいえ、このふたりが仲よしこよしになることは、ないだろうけどさ）

若干微妙な空気になりかかっているのを察し、臣は口を開いた。

「まあむかしの話はさておき。とにかく、あしたにでも沢村さんと話をしてくるよ」

「……よろしく伝えてください。とにかく身体に気をつけて、こちらは心配するなと」

「了解。で、三島もきょうは浩三さんちにいくのか？」

「ええ、しばらく泊めてくださるそうで……事情も聞かずに」

申し訳ないけれどありがたい。目を伏せてつぶやく三島に「そういうひとなんだよ」と臣は微笑んだ。

　浩三の家までは徒歩で二十分ほどかかる。三島の体調を考え、慈英が送っていこうかと告げたけれど「リハビリがてら歩くよ」と断られ、臣が道案内を買って出た。

「渡米の準備もあるだろうに、きょうも送ってもらって悪かった」

「いや、ついでの話だったから気にするな。……じゃあ、臣さん」

「ああ、またな」

　慈英の家をでて、臣は警邏用の自転車を押しながら三島にあわせて田舎道をゆっくりと歩く。軽く息を切らしているのは痛みがあるというよりも、弱った身体がまだ本調子でないからなのだろう。

　からからと、臣の押す自転車の車輪の音、木々が風に揺れる音、虫の声、そしてふたりぶんの足音以外なにも聞こえない静かな夜だ。

「……まじでだいじょうぶか？　こっからけっこうあるけど」

「かまいません。市内にいる間外にでられなかったのは、体調のせいばかりでもないので。むしろ歩くことができてありがたいほどです」

　暗に、重田残党の襲撃を警戒していたという三島に「そうか」とうなずいた臣は、はたと、三島とふたりきりで会うのはひさしぶりであることに気づいた。

（まあ、まえはわけわかんねえ絡みかたされて、襲われかかったけど）

あれはあくまで下心というより、慈英からなにかを奪いたいための歪《ゆが》んだ執着の発露だった。もともと三島はなにかにいれこみやすい性質で、いまはそれが壱都への献身というかたちになったためか、精神的にも非常に落ちついている。慈英もそれをわかっているから、臣が彼を送ることを許したのだろうし、正直いまの体力の三島は、臣の敵ではない。

だから臣がそわそわするのは、なにも彼を警戒してのことではなかった。

かねてからずっと引っかかっていたことを、訊いてもいいだろうか。むずむずとする口と沈黙に耐えかね、臣はままよと口を開いた。

「なあ、あのさあ、訊きたいことあんだけど」

「なんでしょう」

「その……三島って壱都のこと好きなの？」

「お慕いしておりますが？」

田んぼのあぜ道では街灯などないが、月の明るい夜のおかげで彼の表情はよく見える。なにをいまさら、という顔をされて、臣のほうが居心地が悪くなった。

「えーと、いや。それってラブ方面？　って訊いてるんだけど」

突っこんだ言葉を口にすると、三島はめんくらったような顔をする。一瞬、木々を鳴らして吹き抜ける風すら止んだかのような沈黙が落ちた。

自分がひどく間抜けなことを問うたような羞恥《しゅうち》が襲ってきて、黙ればいいと思うのに、臣の口は勝手にまた言葉を発してしまう。

「いや……たとえばだけどさ。壱都に好きなひと、恋愛って意味でさ、恋人とか、そういう相手ができたら、どうするのかなーって……」

「どうもしませんが。ただ、おそばに居つづけるだけです」

三島の声は動揺のかけらもなく、ただおだやかで、臣は気まずくなった。なぜか敗北感すら味わわされ、自分でもなにを言っているのだろう、と思うのに、やはり言葉が止まらない。

「で、でもいままでどおり、べったりってわけにいかないだろ?」

「ああ。いろいろと面倒なことが起きたので、ここしばらくはいっしょに行動させていただいておりますが、ふだんはあそこまで四六時中、ともに行動しているわけではありませんよ」

「そう……なのか?」

「ええ。あくまでわたしのやることは、壱都さまのサポートですし。あのかたがなんら、心わずらうことのないようにするのが役割ですから。そうですね、民間の会社で言えば、世話役兼秘書だとか、そういうようなものだと考えていただければ理解していただけますか」

淡々と言う三島に、それだけではないだろう、と臣は言いたかった。

「会社の秘書ってのは、命かけてまで相手のこと護ったりしねえだろ」

「まあ、あくまでたとえですので」

くすりと笑って、三島は月を見あげた。

「恋愛的な意味で、あのかたを好いているのかと言われれば、正直、違うとは言いきれない部分もあります。徹底的にいれこんで、執着もあって、そういう感情はたしかに恋としか言いようがないかもしれない。かつて秀島の絵に惚《ほ》れこんだときと近いくらいの強さで、わたしは壱都さまに心を捧《ささ》げているという自覚はあります」

静かなその声に、臣は圧倒された。息を呑む音が聞こえたかのように、三島は微笑む。

「けれど、すくなくとも秀島とあなたのような関係になろうだとか、そういうふうに考えたことはありません」

「な、なんで？」

「なぜ、と言われても。ただ、本当にわたしは、壱都さまがすこやかでいられれば、それでいいので」

「……あいつが離れてっても？」

気づけば、三島は臣をじっと見据《みす》えていた。メガネごしの視線はどこまでもまっすぐで、強く、そのくせやさしいような色をしている。

「それを訊いて、小山さんはなにを知りたいんですか？」

こちらへの理解を示そうとする視線に、ますますいたたまれなくなった。

相手のためを思い、身を引けるのか。そう問うつもりだったのに、三島はきっぱり「なにも変わらない」と言いきった。根本的に、臣が慈英に向けている愛情と彼のなかにあるそれは、質が違うのだと。

（第一、身ぃ引くったって、慈英にはそれをやめろって言われたわけで）

――どれだけいやなことがあって、おれといることがつらくても、お互いがだめになることがあっても、それでも離れないと約束してください。

あんなことまで言われて、さすがに臣とて引く気になれない。

ならばなぜ、わざわざ問いかけようと思ったのだろう。

「ごめん、自分でもなんでそんなこと訊いたんだか、わかんないわ」

三島が捧げる、壱都への無私の愛情とでも言うべきものは、どういう性質なのか訊いてみたかった。しかし、おそらくそれを問いかけたところで、いまの臣が参考にできる話ではないと、最初からわかっていた気がする。

「なにかあったんですか」

「いやうん、なんでもない。変なこと訊いたな、悪かった」

いえ、と三島はかぶりを振り、短い息をついて言った。

「心配しなくても、秀島はあなたから離れるとは思いませんが」

「……とは思うんだけどね」

物理的な距離が開くうえに、慈英を無理やり引っぺがしていきそうな人間がでてきてしまった——などと口にするのはさすがに情けなく、臣はあいまいに笑う。そして自分が思いのほか、あの強烈な金髪美女に関して引っかかっていることに、あらためて気づかされた。

臣のつぶやきに対し、三島はしばらくなにも言わなかった。からからと、臣は自転車を引いて歩く。そして「小山さんがおそれているのは、秀島と別れることですか？」と問われ、一瞬だけ足が止まった。

「かなあ、って思ったりもしたんだけど、ちょっと違うっぽい。たぶん……信じてはいるんだ。そうならないように頑張るつもりでもいる、けど」

「けど？」

「頭で考えてることなんか、現実が蹴散《けち》らしていくんだよなあ。で、ほんと大抵の場合、想定外ってことばっかりが起きるしさ」

ふっと頭をよぎったのは、ある日突然消えてしまった母親。いままで、いくつもあった出会いと別れ。そういえばこの町とも、もうすこしでさようならするのだ。

浩三をはじめとした青年団のひとびと、大月《おおつき》のおばあちゃんや面倒見のいい尚子《なおこ》さん、おなかのおおきくなってきた奈美子《なみこ》さん。

「大事にしないとなあ、って、思うんだよ。それと同時に、おれはどこまで大事にできてたかなあって。それはちゃんと、伝わってるのかなって」

言葉を切り、臣はさきほど三島がしたように月をみあげる。

だめになることがあっても、それでも離れない。そう誓えと言われ、うなずいた。

「……でもやっぱり、だめにしたくはないいんだよなあ」

口にした言葉だけでは脈絡もなく意味もわからないだろうに、三島は静かに笑った。

「なら、そう努力なされればいいのでは。小山さんは猪突猛進《ちょとつもうしん》が信条でしょう」

「なんか微妙にばかにされてない？」

「いいえ。そういうあなただから、壱都さまは小山さんを信頼なさっているし、わたしは壱都さまの考えることに間違いはないと思っている。だから、だいじょうぶでしょう」

「根拠、あるんだか、ないんだか」

それでも三島にとって壱都の名前をだすことは、最大級の『確信』なのだ。

臣は苦笑し、その後はふたりとも浩三の家にたどりつくまで、口を開かなかった。

沈黙は、秋の夜空そのもののようにやさしく、不思議と心が凪《な》いだ。

――十四年前、冬。

明子の失踪宣告の手続きをすませる前夜、臣は古ぼけたアパートで、ひたすら片づけに励んでいた。

「これも、こっちもいらねえな」

ぶつぶつとひとりごとをいいながら、古ぼけたラックから母の服を引っぱりだし、ひたすら大型のゴミ袋へと突っこんでいく。

いちばん多いのは、スリップドレス。ホステスの仕事が長かったせいで、安っぽいこれらの服だけはやたらに量があった。それでももう、どれもこれも時代遅れの代物だ。

衣類なら燃えるゴミでいいのだろうかと思いつつ、金属の飾りのついたものなどは、ひとつひとつはさみで切った。

「どうせ捨てることになるんだから、とっとと処分しちまえばよかったのに。あのころならまだ、ゴミの分別もこんなうるさくなくてさ」

皮肉に嗤《わら》い、臣は作業の手を止める。本当に狭い六畳一間のアパートには、ゴミ袋が散乱していて、こんなちっぽけな場所に無駄な金を払いつづけたものだ、とため息がでた。

――家賃なんざ、微々たるもんだろう。母さんが帰ってきたとき、場所がなくなってたら連絡のとりようもなくなる。

もうずっと主のいない部屋、契約を切ろうとしていたこの場所を残しておけと言ったのは堺だ。当時の臣には家賃も払えないと言ったら、いずれ返してくれればいいと、彼が立て替えてくれた。月に一万五千円、年間十八万円。それを七年ぶん。高校卒業後からは警察学校の給与から臣が自分で負担し、できるだけ返済してもいたけれど、まだ全額返しきれてはいない。

（無駄金だった）

その間、埃《ほこり》をかぶったままになっていた母親の服や荷物、数少ないそれを処分するにあたって、感じるのはむなしさ。そして猛烈な解放感だ。

七年、待っていた。帰ってくる母を、ではなく、失踪宣告が可能となるこの日を。

もう待たなくていい、終わりにできる。

死んだことにできる。

もくもくと作業をすませた臣は、アパートのゴミ捨て場に最後のゴミをだしおえた。大家には、処分料と引き取りについての件もすでに話をつけてある。

掃除を終えて、鍵は言われたとおり、大家の部屋のポストへ投げこむ。不動産屋をとおすことすら面倒くさがり、店子《たなこ》も適当にあしらう相手らしい始末のつけようだ。

――あんたも苦労だったね。まあ、これであと入居者もひとりかふたりだ。そのうち取り壊しにするさ。

おさなかった臣を知る、老齢の大家は、最後にぽつりとそんなことを言った。愛想もなく、けっして親切だったわけではないけれど、親に見捨てられた子どもを本気で部屋から放り出すこともせず、黙って見すごしてくれたことは感謝すべきだろう。

「長いこと、お世話になりました」

ぺこりと頭をさげて、段ボールを抱えた臣は歩きだす。うしろは、振り返らない。


寮に戻った臣は、引き払ってきたアパートから持ってきた、わずかな荷物を片づける。

あすからはこの寮ではなく、警察官らが住まう官舎のほうへ移動するためだ。

高校を卒業して、一年九カ月。警察学校での教養課程と実習をすべて終え、正式な警察官として配属されることになる。

支給された制服を狭い部屋のなかにつるし、新しい自分になると決意する。

瞼裏《まなうら》に浮かぶ、殺風景な西日のきつい部屋。あれはもう過去だ。臣に背中を向け、いつも下着に近い姿で酒を飲んでいた女は、もう、いない。

手元の書類を見つめる。不備はないか、何度も確認した。堺にも、警察学校の先生にまで見てもらって、問題ないと言われたのだからだいじょうぶだろう。

申立書、住民票。必要なそれらをぜんぶ大型の封筒にまとめ、なんとなく棚のうえに置く。

とくに祈る神もないのに、臣はそっと手をあわせた。

「さようなら、かあさん」

つぶやいた色のない声にまじっていたのは、安堵《あんど》以外のなにものでもなかった。

このときからさらに七年が経ち、臣が慈英と出会うまで、簡単にひとが変われないことを、思い知る日々がはじまる。

静かな部屋で臣はどうしようもなく自由で、孤独だった。

7.

数日後、どうにか時間を捻出した臣は市内の警察病院に入院中の沢村のところを訪れた。名目上は捜査ではなく見舞いとしての訪問だったが、意外にすんなりと通されたところをみるに、堺からもなんらかの根回しがあったのかもしれない。

「どうも……小山さんですね」

はじめて顔をあわせる沢村は、実直そうな顔をした男だった。だがやつれがひどい。怪我《けが》のほうはだいぶよくなったらしいが、精神的ショックからか食事もあまりとれず、衰弱もひどかったため、長時間の面会は禁止だと看護師に釘《くぎ》を刺された。

「はじめまして。おかげん、いかがですか」

「おかげさまで、だいぶ……」

臣がベッドサイドの椅子に腰かけたのは、威圧感をあたえないためと、見あげる沢村が疲れないようにとの配慮だ。

どうにか微笑んではみせるが、起きあがる体力はないようだ。この状態に比べると、三島はつくづくタフなのだ、と思わざるを得ない。それとも壱都のために動こうとしているからこそ、無茶もしてみせるのだろうか。

「あの、永谷さんの話を聞かせていただいていいですか?」

どうにか身を起こそうとする沢村に「そのままでけっこうです」と告げれば「すみません」とわずかに首を動かしたのち、ゆっくりと彼は話しはじめた。

「おおよそは、三島さんにお伝えしたとおりです。例のデータを消そうとしている場面をわたしが発見して、彼女を止めた。永谷さん自身、そんなことをしたくはなかったようで、話を打ちあけてくださったんです。わたしは誰にも言わないから、ただ失敗したと言えば重田がなにをするかわからないから、バックアップをとってそのパソコンからだけ削除すればいいだろう、と告げました」

その場では最大限、いい判断だったのだろう。臣はうなずいたが「でもけっきょくは、三島さんが二重三重に手を打っていたことが発覚した」と重い声で沢村は言った。

「重田は捕まったけれど、心配しているのは、前田……あの壱都さまを襲ったやつと仲のよかった男が、まだ捕まっていないんです。実質的に永谷さんにあれこれと指示をしていたのはその男です」

「そいつの名前は?」

「田代純《たしろじゅん》と言っていましたが、本名かどうかわかりません。うちの会員というより、重田や前田の個人的な知りあいだったようです。もしかしたら、彼が永谷さんに、なにかした可能性は高い、と思います」

「なるほど……永谷さんは重田の、というかその田代の言うことをなぜ聞く羽目になったのかとか、話されてましたか？」

沢村はしばらく黙りこんだが、隠している意味はないと踏ん切りをつけたのだろう。

「重田に、なにかしらの件で弱みを握られているようでした。それに……田代と永谷さんは、いわゆる男女の仲になっていたようで」

意外な情報に、臣はぎょっとした。重田に過去の件で脅迫されたのでは、と考えてはいたが、それはさすがに想定外だった。

「じゃあ、なに？　自分の男の言うことを聞かされたみたいな感じなんですか？　でも母親……高坂さんは会員になって長いですよね、田代や重田について注意なんかはされなかったんでしょうか」

「それはむずかしい、と思います」

沢村が言うには、やはり上位幹部、役員のトップクラスと平会員はほとんど接触することがなかったそうだ。三島のようにみずから動き、声をかけてくるタイプであればともかく、重田などはそれこそ会社の重役かのようにふんぞり返り、シンパをぞろぞろと引き連れて示威行動をするのが常で、もともとあまりよくは思われていなかったらしい。

「でも高坂さんって、古参の会員だったんですよね？　それこそ役員だなんだって、なりそうなものだけど」

「高坂さんはあちらのコミューンで、主査……もう、お亡くなりになった、あの方とともにひっそりすごすことがお望みだったようです。それに、近年の幹部はほとんど重田の息がかかった人間ばかりになって、三島さんがひとりでどうにか頑張っていらしたのですが」

法人格代表とまでなった重田には、逆らえる人間はすくなかったということだろう。ましてや高坂文美は、もともと男性の暴力に怯えて逃げてきたのだ。

「……すみません、内部的な事情はともかく、問題は永谷さんですね。やはり、重田の一派にとらえられている可能性が高いと、わたしは思います」

沢村は悔いるように目を伏せ、シーツのうえで拳を握った。

「データ破棄の件があったあと、永谷さんにはすぐに逃げるようにと伝えたんです。なにかあったら、三島さんかわたしに連絡をくれればいいと。だけど……いまだに見つからないってことは、つまり」

殺害されてはいないかと青ざめた顔でほのめかす沢村は、がたがたと震えだした。臣はあわてて「あまり悪いようには考えないでください」と口早に言う。

「結論の決めつけもいけない。じっさいに逃げているからこそ、連絡がないのかもしれない」

「そう……でしょうか」

目を伏せた彼の表情は暗い。身体の傷こそ三島より軽傷だったが、心のほうはずいぶんとぼろぼろのようだ。もともと、信じるもの、その対象を必死に求める人間が、そう鈍くも強くもないことを臣は知っている。

「そうですよ。それから、本日お話しいただいたことで、だいぶ手がかりも増えました。事件性があるなら警察も捜索に本腰をいれることができます」

ただの民間人の失踪であれば手のつけようがないけれど、横領事件の関係者が行方不明、それも脅迫されていたとなれば、話はべつだ。臣の言葉に、沢村は「本当ですか」と目をうるませた。

「私の話で、すこしはお役にたったでしょうか。永谷さんは救えるでしょうか。壱都さまに会わせる顔がないと思っていましたが……あの方に、許していただけるんでしょうか」

もちろん、と臣はうなずいた。

「おれはさ、あなたみたいに壱都と長いことつきあいがあるわけでもないし、あなたたちの言うかみさまってやつも、よくわかんないけど、これだけは言えると思うよ。壱都は、ひとを許さないやつじゃない。三島だってそうです」

「それは、わかっています。わかっているから苦しいんです」

自分で自分を許せず、どうしたらいいかわからない。うめく沢村に、臣はふと浮かんだ言葉をそのまま告げた。

「だからこそ、壱都に許してもらえばいいんじゃないですか?」

はっとしたように沢村が顔をあげる。臣はその目をじっと見つめた。

「自分のこと許せないって気持ち、おれ、すごいわかるんですよ。でも、だからこそ、そこは……大事なひとに、頼ってもいいんじゃないのかなって」

「……」

「そうはいっても、割りきれないのもこれまた、わかっちゃうんだけどさ」

沢村はきつく目を閉じ、無言で考えこんでいた。まだきっと彼のなかには葛藤があるのだろう。いまだ三島と壱都にはあわせる顔がないと感じているからこそ、臣にならばと面会を許可した。

暴力を受けるというのは、ただ単に身体が痛めつけられるだけではない。自分の無力さに打ちのめされ、ひととしての尊厳やプライドが踏みにじられるのだ。まして、そこから逃れるために自分の大事な相手を危険にさらしたとなれば、自責の念に耐えかねるのは当然。

沢村の心が落ちつくまで、もうしばらくはかかるだろう。それでもこの日、なにかの、誰かの役に立つのならと彼が口を開いてくれたことはおおきな一歩だと思う。

「体調悪いのに、いろいろすみませんでした。またなにか思いだしたことでもあれば、教えてください」

こくり、と沢村はうなずいた。臣は腰をあげ、去り際につぶやく。

「そうだ。三島からの伝言です。身体に気をつけろ、なにも気にするなと」

ひゅ、と息を呑む音がした。あるいは涙をこらえるそれだったのかもしれない。振り返らずドアに手をかけた臣の耳に、ちいさな声が届けられた。

「……刑事さん」

「はい」

「壱都さまに、身体が治ったら会いにいくと伝えていただけますか……？」

沢村の涙声に振り返らずうなずいて、臣はその場をあとにした。

＊　＊　＊

沢村の証言をうけ、永谷蓉子の件は失踪ではなく誘拐・拉致《らち》監禁の気配が濃厚だとされ、県警に通達。正式に事件として扱われることが決定した。

捜査開始のまえに、裏付けをとるため前田の取り調べを、という話になったのだが、すでに逮捕から二カ月が経過しており、現在は余罪の追及もあって身柄を拘束されている彼はひたすら黙秘をつづけ、警察を手こずらせていた。

だが、その重たい口を開かせたのは、意外な人物だった。

「前田。おまえ、ばかやったなあ」

「な、なんであんたが、ここに」

拘置所の面会室で臣とともに現れた浩三と向きあったとき、前田はひどく驚いていた。見るからにやつれ、弱々しい表情をする前田はあの山奥で向きあったときとは別人かのようにも思えた。

「まあちょっと縁があってさ。おまえ、だーれも身柄引受人、いねえんだって？」

安いパイプ椅子からはみだしそうな体軀《たいく》を腰かけさせた浩三は、おだやかに問う。前田はうつむいたままいたけれど、「だからおれがなってやるわ」という浩三の言葉に驚いて顔をあげた。

「なってやる、て、なんでだ。そんなもんになったって、どうせおれは長いこと、保釈なんかされねえし」

前田の声はかすれきっていて、本当に長いこと彼が言葉を発しようとしなかったことがうかがえる。浩三は背もたれに広い背中をもたせかけ、ぎしりとパイプ椅子が鳴った。

「そんでも仮出所だなんだのときは、見てやる人間くらい必要だろ」

「な……？」

ますます前田は目を見開き、浩三はため息をついた。

「おまえが殺しかけた壱都なあ、おれは夏の間、面倒みてたんだわ。正直おれは壱都がかわいいからな。おまえには腹もたってるよ。現場も見ちまったし、ぶん殴ったくらいじゃ足りねえとも思ったさ」

彼の逮捕の際、浩三もあの場にいたことを前田ははじめて知ったらしい。

「けどな、たしかにおまえはむかしから阿呆《あほう》だったけど、あんなことまでするほどじゃあなかった。いったいなにがあって、あんな細っこい子どもに手ぇかけようとした？」

ことと次第によっちゃ、本気で容赦《ようしゃ》しない。そんな目で見つめる浩三に対し、前田は長い沈黙を保っていた。だが「なんとか言え」と浩三はうながす。

「だんまりつづけてたって、おまえひとりにおっかぶせられるだけのこったぞ」

浩三がうながすと、歯がみしながら前田はうめいた。

「重田先生は……あれはおれが勝手にやったことだとか、言ってんだって聞いた。でもそんなの嘘だって思った。先生、むかしはあんなひとじゃなかったんだ。おれにやさしくしてくれたから信じたたし、言うこと聞いたのに……」

けれどすべては、自分を手駒《てごま》として使うための方便だった。それもうすうすわかってはいたけれど、身よりもなく友人すらいない前田には、重田以外信じる者はいなかった。浩三はひととおりの話を聞いたのち「ばかが」とつぶやいた。

「いつまであの、シゲさんたらいう詐欺師《さぎし》の言うこと信じてばか見るつもりだ」

「詐欺……？」

「そうだろうが。適当にうまいこと言って、きたねえ仕事はひとにやらして、自分は金貯《た》めこんで。そういうの詐欺師以外のなんだっつうんだよ」

「けど、重田先生は、おれの話も聞いてくれて……」

「いま、おまえの話聞いてんのは、おれと、この駐在さんだぞ」

目をさませ、と浩三が静かに、だが重く叱咤《しった》する。前田はまた黙りこんだのち、うなだれながら「あのときは、そうするのがいいって思いこんでた」と大柄な体軀を縮こまらせた。

「重田先生が、それが正しいって言ったんだ。あの『ヒトツさま』はニセモノで、悪いやつだって……でも」

「でも、なんだ」

言ってみろ、と顎をしゃくった浩三に、前田はおずおずと懐から手紙をだした。

「……なあ、なんで重田先生はおれを見捨てたのに、壱都さまのほうがこんな手紙くれるんだろう」

その事実は臣も知らず、浩三と顔を見あわせて目を瞠《みは》る。前田が拘留されてからすぐ、壱都はこの手紙を、警察をとおして渡してきたのだそうだ。見てもいいのか、と浩三が臣に問いかけ、立ち会いの警察官に臣が確認すると、許可はおりているとうなずかれた。

手紙は、さほど長いものではなかった。要約すれば『あのときの件については、なにかおおきな間違いがあったのだと思う。勉強の際にも一生懸命だった前田を自分は知っている。だから、あなたのしたことを許したいと思う』と、いかにも壱都らしい内容だった。

読み終えたそれを前田に返す。何度も何度も読み返したのだろう手紙はすでにしわくちゃで、前田はそれを額へ押し戴くように摑み、うめいた。

「おかしいだろ。おれは壱都さまを殺そうとしたのに、なんであのひとは『身体に気をつけて』なんて書いてくるんだ。ばかじゃねえのか」

「それが壱都だからだろ」

臣がぽつりと口を挟めば、前田は白くなるほど拳を握りしめる。

「おれは、ばかだから、なんもわかってなくて……壱都さまにも、申し訳のないことを……なのに、おれを許すって言ってくださったんだ。あんな目にあわせたのに、なんでやさしくしてくれるんだ？　そんなかたに、おれはなにしたんだ？」

混乱したように、前田は目を泳がせていた。

前田はある意味では、素直すぎるほど素直な男のようだと臣は感じた。おそらく取り調べを受けるうち、重田から思いこまされていた話が嘘ばかりだったこと、誰が自分を利用し、誰が本当に自分のことを考えてくれたのか、前田なりに気づいたのだろう。

しばらく黙りこんでいた浩三は、重いため息をついて「ほんとにばかだなあ」と言った。

「おれだっておまえに何度も色々、言ったじゃねえか。ひとに迷惑かけちゃだめだ、ちゃんとしろって。けどおまえは、シゲさんたらいう、よくわかんねえやつがうまいこと言うのに乗せられちまった」

「……あんたには、きらわれてると思ってたからよ」

説教ばっかりされて、疎《うと》まれていると思っていた。うなだれたままの前田に「だからばかだって言うんだよ」と浩三はあきれたように言った。

「だまされたにしたって、おまえがいままでしてきたことは、許されるこっちゃねえぞ。重田に従うのを決めたのはおまえ自身だからな。頭使わねえで他人の言うこと聞いてりゃ、楽だが無責任だ。いい歳こいて、誰かのせいにはできねえってことくらい、わかってなきゃ」

浩三の低い重い声に、前田はだまってうなずいた。

「居場所がねえから、重田たらいうのにすがって、わけわかんねえことになるんだろ。おまえが本気でやりなおしたいなら、それでちゃんとそれを、世間さまに証明できたら、うちの畑くらいは貸してやる」

はっと前田は顔をあげ「おれが引受人になってやると言っただろう」と浩三はうなずいてみせた。

「おまえがおれの小言に耐えられるなら、責任もって面倒みてやるよ。だからな、刑事さんの言うことちゃんと聞いて、反省しておつとめしてこいや」

「浩三さん……」

のんびりした口調ながら、「でてきたら酒くらいおごってやる」という浩三の言葉に前田はまるで子どものように泣いた。

担当の刑事に挨拶をしたのち、臣は浩三とともに拘置所をでた。

「浩三さんも、堺さんに匹敵するなあ……」

「なにがです?」

「ずーっとだんまりだった前田、あっさり口割らせちゃうし。おれらの立場がないかも」

「いやいや。半分は、壱都の手紙のおかげでしょうよ」

「それでもすごいですよ」

感嘆ともつかない複雑なぼやきをする臣に、浩三は苦笑いした。

「すごいことはないですよ。ただね、ばかなやつだからって、切り捨ててばっかじゃあ、寂しいことになるでしょう」

「そうですね」

「おれもひとのこと、偉そうに言える人間じゃあないですからね。ただ兄貴みたいに、どこの誰やらわからなくなるまえに、立ち直れる機会があるならさ、手ぇ貸してやるのもひとつかもしれんなと思ってね」

懐のおおきさは、さすが地主の跡取りと言うべきなのかもしれない。むかしは、ああいうちいさな田舎町の有力者といえば、それこそ裁判官と同じ役割を果たしてもいた。

むろん現在では、犯罪者や厄介《やっかい》ごとの解決は司法の手にゆだねられるけれど、この一年、ちいさな諍《いさか》い程度ならば浩三が解決してくるのを臣は見てきた。

生まれながらのリーダー、という人間はいるものだと、浩三を見ていればしみじみ思う。

「……やっぱ浩三さん、町長さんになるべきじゃない?」

「おれがなるっつってなるもんでもないでしょうよ」

苦笑いを浮かべ、浩三は顔をあげた。

わざわざ前田のために市内まで訪れた浩三は、「街はひさびさだ」とビル街を眺め、しみじみつぶやく。

「おれはやっぱ、こういうところは性にあわねえな。山が見えねえと落ち着かねえよ」

「はは、らしいですね」

「でも、駐在さんと先生の場所は、たぶんこっちなんでしょうなあ」

「……浩三さん」

「堺さんに聞きました。春の異動、決まったんでしょう」

何度かあの田舎町を訪れた堺と浩三は、酒飲み同士でうちとけ、友人になっていた。個人的にも連絡をとりあっているらしく、そちらから聞いたという浩三に臣は目を伏せる。

「寂しくなるけどさ、たまには遊びにきてくれよ」

「もちろんです。必ず。……って、まださきですけどね」

「はは、それもそうだ。正月には、また餅《もち》つきしような」

かかと笑いながら、浩三は帰っていく。

大きな背中を見送り「ご協力ありがとうございました」と敬礼した臣は、刑事の顔に戻るとふたたび警察署へ戻っていった。

＊　＊　＊

臣自身は担当することがなかったけれど、浩三が帰ったあとの前田はいままでの反抗的な態度を翻し、驚くほど素直に供述をした。

「おれは、その永谷とかって女についちゃ、あまり知らない。でも田代がそうやって女使って、いろいろやってたのはあると思う」

犯人はやはり、重田の息がかかった人物、田代だろうと前田は言った。蓉子が失敗したことによって重田から叱責された場面を目撃したそうだ。

「あのときの田代は相当キレた顔になってた」

自暴自棄になって彼女を監禁、暴行している可能性があるかと問えば「やってるだろう」と前田は言った。

組織が大きくなるに連れ、本来は心弱い、『上水流ヒトツ』をよすがとするひとびとが集っていたはずの教団は、歪みを増していった。むろんそこには、そもそもから教義を信じているかどうか怪しい重田と、そして彼の息がかかった者たちの暗躍があった。

「あいつは……田代とか及川《おいかわ》は、おれなんかよりずっと、やばかった。正直、先生を信じてるわけでも、ヒトツさまを信じてるわけでもなんでもなくて、都合よく隠れていられる場所と……畑がほしかっただけだ」

畑とはどういうことだ、と取調官が問えば、前田はさらなる秘密を暴露した。

「及川は、山奥の敷地で大麻を栽培してた。もともと自生してたのをあいつが見つけて、増やしたんだ。ヒトツさまたちには、ただの麻だって嘘をついて栽培の許可もらってた。草木染めのほかに、麻糸や麻布づくりもやってみればいいとか、そんなふうにだまして」

重田の片腕であり、三島への暴行に対する主犯としてすでに逮捕拘留されている及川は、薬学部出身のため、当然ながら麻薬の知識もあったそうだ。

「及川がハッパに加工して、それをさばいてたのが田代だ。田代は、ぱっと見はそこそこの色男だった。もともとホスト崩れで、女をだますのがうまいんだ。たぶん、永谷ってひと以外にも何人かイロはいた。キャバとかクラブとかの」

覚えている限り店の名前を列挙した前田は「あいつの女はそれを買わされてるか、売るのを手伝うよう言われてるはずだ」とも言った。

「ただ、永谷ってのは葉っぱには手ぇだしちゃいないと思う。会員の連中は、そんなに金も持ってねえし、重田先生にも面識があるし、なんか手伝わせてたってんなら、ラリって失敗するような真似はさせねえだろう……けど」

裏工作の失敗で、利用価値をなくしたとなれば、なにをするかわからない。

「おれもたいがいだが、田代のやつは本気でやばい。自分でもクスリやってるくらいだから、はやく見つけねえと、女が殺されるだけじゃすまねえかもしれねえ」

＊　＊　＊

県警は『光臨の導き』コミューン内部で栽培されていたという大麻の捜索にかかった。はたして前田の供述どおり敷地のはずれにある畑の一部には大麻が群生しており、売買を目的とした栽培なのはあからさまだったという。

おまけに一部の大麻はすでに収穫されており、及川を追及したところ、すでに長きにわたる取り調べで観念しきっていた彼は素直に罪状を認めた。

――ただ、収穫から乾燥、精製まではわたしが請け負いましたが、そのさきについては田代にしかわかりません。

あくまで及川は『乾燥大麻を作っただけ』であり、その後の販売ルート等については田代に一任していたそうだ。

結果、田代にはいくつかの容疑で指名手配がかけられ、永谷蓉子は彼からの拉致被害者として公表された。長野市内にあるクラブやキャバクラなど、田代の女がつとめている店に対して、いっせいに捜査の手が伸びた。常連客などに乾燥大麻を密売していたことが発覚した店もあり、事態は長野県一帯にはびこる違法薬物の一斉摘発へと発展していった。

そのことにより、三島と壱都もあらためて事情聴取を受けることとなった。だが大麻の件は重田ですら把握しておらず、また実質的な主犯である田代が『光臨の導き』の信徒ですらなかったこと、なによりそれらの連中に暴行を受けた事実と、検察へ密告したのが三島であったこともあって、あくまで利用された被害者に対する情況の確認、というスタンスだった。

「……なんか、とんでもないことになってきましたね」

新聞から顔をあげた慈英に、臣はため息をついてうなずく。昼下がりの駐在所で、慈英の作ってくれた弁当をつついていた臣は、顔をしかめる。

「三島も壱都も、今回はさすがにショック受けちまってるしさぁ……とくに三島」

「大麻の栽培がはじまった時期が、ものの見事にあいつが暗躍してた時期ですからね」

天候などにもよるが、大麻の栽培から収穫はおよそ六月初旬から十月ごろまでとされている。上水流いち子が亡くなったのがちょうど六月ごろで、横領の証拠を集めつつ幹部役員らに根回しをし、密葬の手はずを整え、壱都の身の安全を確保して――と、八面六臂《はちめんろっぴ》の活躍をしていた三島は、コミューン内部でひっそりと栽培されていた麻薬の原材料にまで気がまわるわけがなかった。

「ただ幸い、その時期ほとんど壱都も三島もコミューンにいなかったことだけは証明されてしまっていますから」

「だな、せっせと及川が大麻育ててる間中、あいつらは逃亡生活だったわけだし」

あの時期重田の配下――もっと言うなれば及川の手下たちが山奥のコミューンにとどまっていた理由は、女性たちを軟禁して人質にするためだけでなく、大麻栽培に関しての秘密が漏れないようにという理由もあったらしい。

『次の話題です。長野県山間部の新宗教〈光臨の導き〉敷地内で、大麻が発見され――』

休憩時間なのでとつけたテレビのワイドショーでは、ちょうどこの件についての報道がなされていた。横領と暴力事件で事実上解散した新宗教のコミューン敷地内で、麻薬が製造されていたというショッキングなニュースは、あっという間に全国規模のものになってしまった。ましてその犯人とおぼしき男が女性を連れて逃走中の可能性があるとなれば、お茶の間にはもってこいの刺激的内容だ。

『――では、容疑者は信者ではなかったということですか？』

『はい。あくまで信者の女性に言いより、山奥にあるコミューンに出入りしていたようで』

『でもどうなのかなあ、ほんとに教団のえらいひとって、この事実知らなかったわけ？』

なにしろ宗教が絡んだ事件のため、警察が発表できることも、報道できることも案外すくない。そのせいでか、ワイドショーなどでは必要以上におどろおどろしい演出をしたり、無責任なコメンテーターが邪推まじりで『組織的に大麻を使って信者を操っていたのでは』などと言ってのけたりする。

胸が悪くなり、臣はせっかくの食事も砂を嚙むような心地で咀嚼《そしゃく》していた。慈英がため息をつき、テレビを消す。

「コミューンに残っていたひとたちは、どうなるんでしょうか」

「まあ、大半はこの間の事件で逃げだしちまってるけど、あそこにしか居場所のないひともいるだろうしなあ……」

重田の逮捕後も、あの山奥でひっそりと暮らしていたのはほとんどが高齢の女性ばかりだった。しばらく身を隠していた永谷蓉子の母親、高坂文美も戻ってきたのだが、事件の心労にくわえ、娘が行方不明とあって、ついに倒れてしまったという。

「もともといち子が亡くなったあとから弱ってたらしいんだけど、完全に寝こんじまったって。高坂さん自身はどっちの事件についても本当になにも知らなかったらしくて、堺さんの話じゃかなり取り乱してたらしいし」

七十をすぎた女性には重すぎるストレスだったのだろう。若いころには夫の暴力に耐え、逃げだして静かな生活を手にいれたはずが、長年心の支えであった教祖を亡くし、事件に次ぐ事件、どうにか助けてやれたはずの娘の生死も不明。気の毒だとしか言いようがない。

「三島と壱都も、そばにいってやりたいとは言ってるけど……」

「まだ田代が見つかっていない以上、彼ら自身が危険ですからね」

重田が逮捕されたため、残党とも言える連中にはもはやなんの活路もない。まして田代のように本来、『光臨の導き』に対して思い入れもない男など、関係がないと言い切れればよかったのだが。

「にしても……クーデターは失敗したってのに、いまだに三島たちを嗅ぎまわってる理由がわからなかったんだけど、これですこし理解できた」

「おそらく、三島たちがどこまで大麻の件を把握しているのか確認したかった、あるいは脅迫して、警察に嗅ぎつけられるまえに処分、ないし回収したかった、というところですかね」

慈英の口にした推察に「その線が妥当だな」と臣はうなずく。

「ただ、ことがあかるみにでたから安心、ってわけにいかないよな」

「……逆恨みの報復をくわだてる可能性は、あるでしょうね。追いつめられているうえに薬物が絡んでいるのも危険だ。理性的な思考なんてないに等しい」

「おまけに田代と及川の栽培してた大麻の量がなあ……」

畑の一角といえど、山ひとつというだだっ広い土地を使ってのそれは、あきらかに輸出可能な栽培量だったそうで、たまに検挙されるような個人売買のレベルではなかった。もはや県警をあげてあたる大事件となっている。

「あーっ、もう、どんだけ根が深いんだよこの事件！」

次から次に芋づる式で問題が発覚し、しかもことの重大さがどんどんひどいことになっていく。新宗教の組織内部抗争から、法人格剝奪レベルの暴行監禁・横領事件と発展したあげく、違法薬物の販売流通までもが関わってきた。今後発覚するであろう流通ルートの規模にもよるとはいえ、警察どころか麻薬取締官の出番になるのは間違いなく、ここまでくると完全に臣の手にあまる。

そもそも、三島と関わりがあったがために巻きこまれたかたちになったが、『光臨の導き』のクーデター関連ですら、現在は駐在所づとめの臣の業務からはかなりはずれた話だったわけだが、麻薬絡みまでとなれば、捜査そのものに関わることはほぼなくなる。

そのうち人海戦術の検問や山狩りの要請があれば、協力はむろんすることになるだろうが。

「なにかしたいのに、できることがないってのも、なかなかじれったいでしょう?」

「そりゃ……」

静かに問われ、振り返った臣は、なぜか苦笑している慈英に気づいた。

「なに、その顔」

「ようやく臣さんも、おれの気持ちが多少はわかるかな、と思いまして」

臣にできた反撃は、彼の手にある新聞を奪ってまるめ、棒状にし「こっちの台詞《せりふ》だ！」と殴りつけてやることだけだ。慈英は、ひどい、と言いながら笑ったあと、真顔になった。

「それでも、隣で心配していられるうちはいいんですよ」

思いのほか重たい声に、臣は虚を衝《つ》かれる。その手から新聞を奪い返し、デスクのうえにおいた慈英は臣の指を握りしめた。

指のさきだけを軽くつかみ、揉《も》むようにしていじりながら彼は言う。

「今度こそ、渡米の日程が決まりました。なにごともなければ、十一月のなかばに十日、下見にいってきます」

「……うん」

いよいよか、と目を伏せれば、慈英はおだやかに笑った。

「こっちの家はもう、その時期には引き払うから。年内は戻ってきても別々の行動になります。どちらにせよ、支度やなにかであわただしいし、ほとんど東京にいることになると思う」

うん、と臣はうなずいた。

「その間、無茶はしないでくださいね」

「ひとのこと、言えるかよ。あっちでうっかり強盗にあったり記憶飛ばすなよ」

表情も笑ったまま、軽口のふりで互いへの心配を口にする。けれどすべての指を絡めあわせて握りあって、ぎゅっと締めつけるような強さ、この軽い痛みが本音だ。

「ところで、アインさんってまだ日本にいるのか？」

「ええ、東京にしばらく滞在するそうです。御崎《みさき》さんからの引き継ぎもありますし」

もしかすると、渡米の日程もあわせるつもりかもしれない、と臣は思う。微妙な気分は顔に表れたらしく、慈英が「なにか」と目をしばたたかせた。

「いや、うん。おまえのその、ふだん鋭いくせに、ある部分においてだけ異常に鈍いところは、変わらないでよかったのかな、って」

「はい？」

いきなりなんだ、という顔をする慈英は、あれだけ真正面からアインに口説《くど》かれていても、まったく受けいれるという発想がない。彼女が本気で迫ってきていることがわからないわけではないようだが、おそらく無意識のまま、シャットアウトしているのだろう。

それがいいことなのか、悪いことなのか、いまの臣にはわからない。三島に言ったとおり、あれこれと気に病んで妄想したところで、現実はその斜め上をあっさりとゆく。

「なあ慈英。アメリカ行っても、浮気、すんなよ」

いままで、何度も言ったようでいて、じつは一度も言ったことのない言葉を口にした。慈英は驚いたように目を瞠る。

「めずらしいですね、臣さんがそんなこと言うなんて」

「はは、そうだっけ」

笑って見せながら、そのとおりだとわかっていた。

臣はどれほど不安になっても、慈英に対して浮気の心配をしたことなど一度としてなかった。信頼していた、それも事実だが、彼がもし違う誰かを選ぶとなれば、それは本気にしかほかならないからだと、そう思っていた。

重たがられるのがいやだった、というのもある。だがもう、それこそなりふりかまっている場合ではなくなるのだ。

渡米が決まってから、臣は長野からニューヨークまでの距離を調べたことがある。直線にして、一万八百二十三キロメートル。時差は十四時間、飛行機のフライト時間だけでも平均して十四時間。

生まれてこのかた、県外にでることすらめったになかった臣にとって、もはや遠いのかなんなのかわからない距離だ。宇宙にいく、と言われるのと同じくらいに現実味がない。

「……信じられないですか?」

「いや、信じてるよ」

握る手にちからをこめて、臣はおだやかに言った。慈英はなぜだか嬉しそうで、おそらく臣が言うまえから、気持ちをわかっていたのだと思う。

「たぶん、信じてるし、これからも信じてたいから、言えるんだと思うんだ。だから『浮気』すんなよ」

おまえの本気はすべてここに置いていけと言外に告げて、わざと額をぶつける。慈英はくすくすと笑った。

「浮つくような余裕は、おれにはずっとありませんよ。あっちにいったらたぶん、寝る間もないくらい忙しい」

「まあ、仕事だしな。……ただ、肉食系女史には、ほんと注意な」

「わかりました」

慈英のほうからも、額をぶつけ返された。そのあとこっそり、駐在所の外をうかがって、あわただしいキスを一度だけ。

「あとは、夜」

「……うん」

逢瀬《おうせ》の約束を交わし、まだ荷造りがあるという慈英を見送って、臣は駐在所へと引き返す。しんと静かな空間には、もう石油ストーブが設置されていた。まだ十月だけれど、夕方をすぎると、ほとんど冬かのような冷えこみが襲ってくる。

その冬を、臣はおそらくひとりで迎えるのだ。想像しただけで指のさきがじんと痛んだ。

＊　　＊　　＊

前田が浩三と面会してから二週間が経過し、田代の息がかかっていた女たちはほとんどが逮捕され、販売ルートとなっていた店の摘発も完了した。

田代が逃亡する以前に暮らしていたアパートからは、出荷まえのものであろう、段ボールに詰めこまれた乾燥大麻も押収されて、あとは犯人の足取りをひたすら追う日々がつづいていたある日、駐在所の臣のもとへ堺からの『永谷蓉子が保護された』という連絡がはいった。

「……無事ですか！」

『ああ、なんとかな。だがかなり衰弱してる。……三島さんほどじゃないにせよ、暴力を受けてはいたらしい』

やはり、と臣は唇を噛んだ。それこそがいちばん気がかりだった点なのだ。前回の事件と主犯格は違えど、あの前田が「やばい」というくらいの男が関わっているとなれば、さらわれた彼女が無傷でいることはあり得ない。

「ダメージは、ひどいですか」

『相当な。あいつら、とにかく食べさせずに弱らせるっていうのはセオリーらしい。正直、田代のやり口はそのへんのやくざよりえげつないな』

堺の声にも怒気が満ちている。

永谷蓉子は、長野市内にある取り壊しの決まったテナントビルの空き部屋で発見されたそうだ。深夜に徘徊《はいかい》していたホームレスがねぐらをさがして鍵の開いている部屋を見つけ、そこで縛られたままぐったりしている蓉子に出くわしたのだという。

『現場には、残飯や煙草《たばこ》の吸い殻だとか、あきらかに男がいた気配があった。おそらく指名手配されたことで、田代は動けなくなった永谷さんを捨てて逃げたんだろう』

そのまま発見が遅れれば命は危なかったが、ホームレスは死にかけている女に驚いて通報したのち、助けがくるまでの間に脱水症状を起こしている彼女に水を飲ませ、発熱していた身体を段ボールで覆って暖をとらせるなど、介抱までしてくれていたそうだ。

「それはまた、ずいぶん親切なひとだったんですね」

『本来なら発見者も住居侵入罪が問われるところなんだが、今回はお咎《とが》めナシになった。喜ぶどころか、留置所にはいれなくて残念そうにしてたのは、閉口したが』

「……とか言いつつ、小遣いでもやったんでしょう」

臣が苦笑すれば、堺は『さあな』と空とぼける。だがすぐに声を厳しくした。

『ともあれ、永谷さんの回復を待って事情を聞くしかない。田代に関しては、ビル内の様子からここ一日、二日まえまでいたことはわかってる。検問もいっそう厳しくするから、応援要請もでるだろう』

「わかりました。しかし、県外にでた可能性は？」

『まだわからん。が、気になることがある』

「なんです？」

『田代のアパートから押収された乾燥大麻だが、あのコミューンで収穫された量に比べて、少なすぎるんだ』

「……ほかにも隠し場所がある、ということですか」

臣は思わず腰を浮かせた。堺は重たい声で『可能性は高い』と言う。

『すでに売りさばいたのかと思ったが、まだ〝商品〟にしてから日が浅い。今回摘発された連中が受けとったのはいわゆる試供品って状態で、本格的な販路を拡《ひろ》げるまえだった。金にもなっちゃおらん。そして田代は重田の一件からこの二カ月、逃亡生活を送っていた。銀行のカード類は押さえてあるが、引き落とした記録もない』

つまりこれ以上の逃走資金、すくなくとも現金は底を突いているだろう。となれば残りの大麻について、どうでも取りに行くはずだ。

『いま、あちこちの倉庫なんかをしらみつぶしにしちゃいるが、手がかりがなさすぎてどうしようもない』

あとはとにかく地道な捜索だと言う堺に、できることがあればなんでも協力する、と臣は告げた。

『それから、三島さんと壱都さんのことだが』

「なにか、ありましたか」

『いや、今回の捜査上に、おそらく重田の残党とおぼしき連中はほぼあがってこなかった。

前田や及川なんかにも、あらためて話を聞いてみたんだが、大麻の件も、なんだかんだとエリート崩れで頭でっかちな及川は、田代の口車に乗せられただけで、栽培から商品化に至ったあとについちゃ、取り分すら決めてなかったようだ。前田にいたってはただただ重田の命令を聞いていただけらしい』

あそこの連中は、妙なところばかり世間知らずだと堺はあきれたように言った。

『監禁してた連中も、金で雇われたちんぴらが大半で、金の切れ目が縁の切れ目ってやつだ。そんなわけで、いま彼らに害意を持った、あるいはそうする可能性があるとすれば、田代のみだろう。だがそれも、大麻の件がばれたのはニュースで流れまくってる以上――』

「三島たちにちょっかいをだす余裕はないでしょうね」

『ひどい騒ぎにもなったし、いまは警察が敷地内をうろうろして落ち着かないだろうが、田代が捕まりさえすれば、あの山にも帰れる。マスコミもじきに飽きるだろうし、騒ぎがおさまれば静かに暮らすぶんには、問題ないはずだ』

「……よかった」

ほっとした心地で臣はつぶやく。『まだ油断はできないがな』と堺も心なしか声をやわらげた。

『とにかく、ひとつずつ片づけていくだけだ。おまえも、三島さんたちには気をつけてやってくれ』

わかりました、とうなずいて臣は電話を終えた。受話器を置いたとたん、ため息がでるのはしかたがない。どんなかたちであれ、女性が暴力を振るわれたという事件は苦手だ。男ならいい、という意味ではなく、自分よりちからないはずのものをいたぶるような精神状態の輩《やから》がいる、ということだけで、臣には充分に胸くそ悪い。

堺の口ぶりでは、性的暴力はなさそうで、それだけは安心した。おそらく田代は大麻を常用しているのかもしれない。あれは性欲の減退も効果としてある。ただし精神錯乱からくる残虐さについては、本人の資質次第、といったところだ。

「はあ……」

頭のなかでどうしても浮かぶのは、殴られて泣いていた明子の姿だ。細い肩を震わせ、理不尽さに対して「なんでよ」としゃくりあげていたうしろ姿は忘れられない――そう思ったとき、はたと臣は気づいた。

（……そういや最近、夢、見ないな）

かなり頻々と見ていたのに、このところはさっぱりだ。先日はついに、失踪宣告をした際の夢まで見てしまったから、あれで区切りがついたということだろうか。

よくわからないけれど、あれがもう終わったというのならそのほうがいい。

追体験をしながら臣が感じていたのは、現実に母、明子を見ていたときよりもずっと、夢のなかの母が頼りなく、幼いほどだった、ということだ。

じっさいに閉めだしを食らったり、放っておかれていたときには哀《かな》しかった――ような気もするけれど、いまとなっては当時なにを考えていたかなど、覚えていない。

なにより夢のなかの明子は、おそらくいまの臣と同じかへたをすれば年下で、まるっきり客観的に彼女を見た場合、本当にどこにでもよくいる、若くて男にだまされやすい、ばかで哀れな女、という感じだった。

（それに〝おとうさん〟の夢まで、見たしなあ……）

襲ってくる男を殴る方法を教えてくれたあれは、まる一年ほどまえにこの町で起きた事件の関係者かと思われた男――戸籍を売り、名前をなくし、名無しの権兵衛《ごんべえ》をもじって『権《ごん》藤《どう》』という偽名のままひっそりと死んでいった、明子のかつての恋人であり、臣が唯一〝おとうさん〟と呼ぶことを許された彼。

夢のなかではくっきり見えていた顔も、目がさめればやはりあいまいに薄れてしまった。それでもほんの一瞬とはいえ大事にやさしくされた記憶はあたたかく、救いでもあった。

過去を追体験するなか、ひどい場面のほうがずっと長くあったし現実でもそうだったのに、くっきりと覚えているのは〝おとうさん〟の膝に乗せられてあやされていた時間というのが不思議な気もした。

だが、それでいいのかもしれない。

――夢ってのはな、脳の、記憶の整理のために見るもんだとも言われてる。内容が突飛だったりするのは、部屋を片づけるとき、一時的にむしろ散らかったりするだろう。あの状態だという説があるんだ。

堺の言葉にも、一理ある気がした。ひとにおり味わった痛みは、夢として終わり、覚えていたい大事なものだけが臣のなかに残っている。

なにより目覚めればいつも、慈英のいる世界が臣を待っていた。その瞬間隣にいようといまいと、彼がいることは自分のなによりのちからになっている。

「……うん」

うなずいて、臣はぱしんと自分の頬を両手でたたいた。

いまはとにかく、三島や壱都たちのために、現実でこの瞬間も苦しんでいるだろう永谷蓉子のために、なにができるか考えなければ。

8.

数日後、衰弱は激しかったが一命を取り留めた蓉子は、自分をさらい、暴行していたのは田代だと証言した。

当初は重田たちのしでかしたこと、そして自分が犯罪に荷担させられようとしたことに対し、蓉子は反発したのだそうだ。いままで甘言を弄して彼女を言いなりにしようとしていた田代は逆上し、本性をあらわにして暴力を振るった。

恐ろしくなり逃げだそうとしたところで重田や及川らが逮捕され、コミューンにあった乾燥大麻は直前で市内のアパートに移動させていたものの、関係者たちを探す検問は厳しく、おいそれと県外にでることもできなくなった。

ますます追いつめられた田代は、最悪の場合の人質として蓉子を拉致し、逃亡生活を送っていたことまでが、彼女の把握している情況だった。

「まだ、田代の足取りは摑めないのでしょうか」

陰鬱《いんうつ》な顔でため息をついたのは、三島だ。体調には気をつけつつも、のんびりと浩三のもとで静養していたせいか、顔色もだいぶよくなった。畑仕事を手伝う壱都を近くで見守っているため、日焼けしたのもあるのだろう。

見回りがてら三島と壱都の様子見をしにきた臣は、彼の畑でとれた大根の漬け物とお茶をだされ、広い浩三の家の縁側に腰かけていた。

浩三の家のお手伝いさんがきれいな水色に煎《せん》じた茶をすすり「まだだ」と渋面をつくる。

「及川の一派には、田代の持っていた麻薬につられた人間もいたらしい。ホストくずれの田代はやくざともつながりがあって、過去にひとを殺していた可能性もあるようなことを、永谷さんにほのめかしていたそうだ……つくづくそういう男に引っかかる、運のわるいひとだな」

「いまさらわたしたちに接触してくるとは思えないのですが」

「たしかに、あくまで田代はコミューンを利用してただけで、おまえらには関連が薄い。ただ自分でも大麻をやってたらしいし、理屈のとおった行動をとるかどうかわからないから」

もうすこしの間、ここでじっとしているしかないと三島に釘を刺せば「厄介ですね」と彼はため息をついた。

「とは言えもうぼちぼち、田代も息切れするころだとは思うんだけど……問題は残りの乾燥大麻がまだ見つかってないことなんだよな」

後ろ盾をなくし、自暴自棄になっている田代が絶対に『お宝』をあきらめるわけがない。

永谷蓉子が発見されたテナントビルについては、かつてそこにあった雀荘《ジャンそう》で田代が一時期バイトをしていたことがわかった。すでに閉店してひさしく、なにもとられるものはないからと放置されていたため、変えられていなかった鍵で不法侵入し、身を潜めていたのだ。

「同じ発想で、むかしの職場なんかに忍びこんで隠したとか、そういう可能性もあたってみたんだけど……大抵は今回の摘発で引っかかった店だった」

逃亡犯の田代に対しては当然警備網が張られ、県内全域の検問態勢に、臣も駆りだされた。蓉子の証言で、田代は逃走時に車を使っていたことまではわかっている。むろん、足のつくような自分の車ではなくレンタカーや、ときには盗難車を乗り継いでいたが、彼女をあの廃ビルに見捨てていって以後は、移動の足になにを使っているのかはわからない。

他県に逃げる可能性もふまえ、ルートのひとつであるこの町に近い山道を応援の人員とともにチェックしているが、一向に見つからない。数日を徒労に費やし、警察にも焦りと疲労が募ってきている。

「人海戦術っつっても、限界あるしなあ……早いとこ見つかってくれれば」

検問については体力と忍耐力の勝負でもあるため、各地域ごとにローテーションが組まれた。ことに手薄な山間部は応援要員も大量に訪れ、臣はここ数日、検問配備からは解放されている。駐在所の仕事は基本的にのんびりとしたもので、むろんこの町に気を配るのがいま現在の臣の仕事だと重々承知しているが。

「じっとしているだけ、というのも、もどかしいものですね」

それは三島とて同じだとは思うが、まず彼は被害者であるし怪我人だ。「おまえの仕事はおとなしくして療養することな」と釘を刺す。

「そもそも、おまえばっかりがあそこまでの離れ業《わざ》をやってみせる必要あったのか？　もうちょっと公権力をうまく利用しろよ」

「最終的にはそうさせていただきましたけどね。こちらにはこちらの事情もあったので」

三島は肩をすくめてみせたのち、ちらりと臣を見た。

「でも小山さんこそ、待機もりっぱなお仕事じゃないですか。勇み足については、あなたにだけは言われたくないのですが」

「う……」

ブーメランで返ってきた言葉に目を泳がせていれば「もっと言ってやってくれ」と、頭上からため息まじりの声がした。

「慈英！　なんでここに」

「なんでここに、じゃないわ、ばかもの」

「堺さんまで？」意外な人物が次々顔をだし、臣はますます目を丸くした。

「どうしたんです、こんなとこまで」

「交代の引き継ぎついでに、休みをとってな。おまえの顔見にきたんだよ。どうせ手持ちぶさただしな」

ふんと鼻を鳴らす堺も、いささか不服そうな顔をしていた。大麻栽培の件が発覚し、田代が暴行傷害のみならず違法薬物についても立件されたため、堺は事件の責任者ではなくなってしまった。どころか、ニュースにまでなるような大型案件のために案の定警察と厚生局麻薬取締部での手柄の取り合いになり、県警に設けられた対策本部は微妙な空気だそうだ。

臣が検問配備の任を解かれ、駐在所の仕事に戻るよう命じられたのも、どうやらその絡みらしい。代わりにその任務についたのは何度か交代を請け負っている後輩の嶋木《しまき》だ。

「縄張り争いなんぞ、してる場合じゃないだろうに、まったく……」

「えらいひとの考えることは、よくわかんないですね」

苦笑いしてみせる臣だったが、隣にいる三島はなぜか表情をこわばらせている。どうした、と問うよりはやく、彼が口を開いた。

「……もしかして、あなたや小山さんがわたしどもに関わったことも、なにか関係していますか」

ふっとその場の空気が凍りつく。慈英は眉をひそめ、臣はなにも言えずに口をつぐんだ。

「なぜ、そう思われます？」

「堺さんは、沢村にも大変よくしてくださったと聞いています。いま、わたしや壱都さまがこの場にいることについても、おそらく黙認、あるいは小山さんの監視下にあるという名目で、放っておいてくださっているのではないかと」

いくら、田代や及川が大麻を売りさばくための画策をしている当時、三島や壱都が逃亡生活を送っていたとはいえ、それはあくまで『こちら側の理由』だ。本来ならばあの集団の責任者として、自分たちはもっと追及されてもおかしくない、と三島は言った。

「法人格代表者だった重田が現時点では最大の容疑者なのはわかっています。それにしてもわたしたちについての捜査が手ぬるすぎる気はしていた。むろん、潔白を証明しろと言われればどうとでもするつもりはありましたが……内部事情で身が危険だとしても、こうまで自由を許されているのは、不思議でした」

言葉を切って、三島は堺を見つめる。

彼がいま口にしたことは、臣自身もいささか疑問だった点だ。大麻の件について、本来であればもっと執拗《しつよう》な取り調べがあってもおかしくないはずなのに、三島らは最低限の事情聴取を受けたのみで、以後は浩三の家で静養することを黙認されている。

「わたしたちの自由について、堺さんが、なにかしてくださったのではないですか」

「はは、どうだろうねえ？　おれがわかってるのは、あなたは単なる被害者で、悪いやつにひどい目に遭わされたってことだけですよ」

「横領については、そうです。だが、大麻に関しては疑惑を持たれてもしかたない立場だというのは理解しています」

「けど、事実ではない。すくなくとも三島さんは命がけで、間違いを正そうとした。検察に提出された書類については、よくもあそこまで見事な証拠を揃えた、と知りあいの検察官が感心していました。穿《うが》った見方をするなら、大麻の件との相殺《そうさい》を狙ったと受けとることもできるでしょうが、日本では司法取引は認められていませんからな。それくらい、あなたほどの知識があるひとならご存じでしょう。……それに」

堺はちらりと臣を見やり、わずかにうなずいてみせた。それはむかしながらの、いろんなものを呑みこみながらも自分が保護すると決めた相手に対しては徹底的に護ってみせる、堺の決意を秘めた目だ。

「あなたと上水流壱都さんについては、小山が問題ないとして判断している。そうでないなら、自分の管轄区域にあなたがたをかくまおうなどとこいつが考えるわけがないし、ならばわたしはその判断を信じるだけです。じっさいにお会いして、それは間違っていなかったといま、思ってもいます」

「……堺さん」

「あまりよけいなことは考えんことです。身体に悪い。次から次に面倒ごとが起きちゃいるが、落ちついたらまた静かに暮らせるようになりますよ」

静かに告げて、堺はやわらかに三島の肩へ手をかけた。目礼する彼にうなずいてみせたのち、「ところで浩三さんは？」と表情を変える。

「まだ壱都といっしょに畑仕事してますが……さっきから気になってましたけど、それ」

「ふはは。いいのが手にはいったんだ」

にやりと笑った堺は、どっしりした酒瓶《さかびん》のはいった紙袋を掲げている。なかを覗《のぞ》きこめば、なぜかラベルもなにも貼《は》られていない。

「ブランド酒じゃなくてな、知りあいが蔵元の杜氏《とうじ》から直接、瓶詰めして譲ってもらったやつだ。できたての新酒だぞ。これの味がわかるのは浩三さんを置いてほかにないからな」

一連の話を無言で聞いていた慈英は「本当にお好きですねえ」と苦笑した。

なにを暢気《のんき》な、と臣はめまいを起こしそうになったけれど、これが堺なのだ。どれだけ気を張った事件の合間にも、ひととして楽しみ、笑うことは忘れない。

（逆を言えば、そんだけ行き詰まってるのかもな）

警察という縦割り組織で、中間管理職の堺の苦労は計り知れないものがある。そうした点を臣をはじめとした部下たちにいっさい見せようとしない堺だからこそ、たまに羽目をはずしたくもなるのだろう。

――おまえだって、ずるずる駐在所にいたいわけじゃないだろう。

三島の件だけでなく、自分はどれだけこの上司に面倒をかけているのだろうか。問うたところで堺は答えないだろうし、追及すればいっそ怒るだけだ。

ため息をついて、臣は考えをやめた。

「浩三さんと飲むのはいいですけど、今回は公民館での宴会はなしですよ。おれは非番じゃないんですし、慈英だって暇じゃないし」

「おお。そういえば出立はいつになったんです？」

「あと二週間ほどですね。もうおおむねの準備はすんだので、引っ越しの片づけと、向こうで必要なものを揃えることくらいですかね。……ニューヨークのほうはエージェントに任せてますけど、なにしろ三軒ぶんまとめて荷物を動かしているので」

そうですか、と堺はほんのすこし声をひそめた。

「寂しくなりますなあ」

「そんな。いったりきたりですし、期間的にはたいしたことないですから。いままで仕事で東京にいってたのと大差はないですよ」

「ま、そりゃそうなんでしょうがね」

慈英は、誰もに言うのと同じ説明を繰り返す。臣は口を挟まず、ぬるくなった茶をすすった。

日を追って、本当に慈英が遠くへいくのだな、という実感がわいてくる。それはむしろ、自分に対してニューヨークいきを宣言されたときより、こうして浩三や堺など第三者の口から「寂しい」という言葉を告げられるようになってからむしろ強くなったように思う。

だが同時に、ほんのりとあたたかな気持ちになるのだ。

かつて東京からこの地へと移り住む際、慈英は本当に身ひとつでやってきた。絵筆さえあればどこにいてもいいし、臣さえいればいいとなんの未練もなく、こんな田舎町まで。

あの当時も、照映や御崎など、いきなりどうしたと彼に対して驚いた人間はいた。だが慈英自身の認識としては、そのふたり以外になんら義理をたてる相手はいないといった雰囲気で――そのころからすでに鎌倉の実家とは疎遠気味でもあったから――本当にあっさりしたものだった。

（でも今回は、それじゃ済まないんだよな）

慈英の引っ越しはもうすでに、この町中の人間が知っている。引っ越しの準備が、と言うけれど、そのじつ大半の時間は代わる代わる別れを惜しむひとたちと挨拶をすることに割かれて、実作業としてはあまり進んでいないのも臣は知っていた。

昼間はそうして町のひとたちとすごし、夜は――ほとんどの時間をともにしている。

荷物のすくなくなった慈英のあの、蔵を改造した家で、あるいは狭苦しい駐在所の二階の寝室で。越してきた当初は泊まりあうことすら遠慮がちでいたのに、もうすっかり互いの家を往《ゆ》き来《き》するのは周囲の知るところで、とくに咎められることもない。

セックスをする日もあれば、ただ手をつないで抱きあい、眠るだけの夜もあった。

最近、臣があの夢を見ないのは夜に必ず彼がいてくれるからかもしれない。あるいは、こしばらくずっとうなされつづけている臣のために、慈英はそばにいるのかもしれない。

どちらにせよ、こうした時間ももうあとわずかだ。春になれば臣は市内に戻るし、慈英はおそらくそのころ、本格的に日本とアメリカでの二重生活に突入する。慣れるまでには、だいぶかかるだろう。

ひとりの夜も、これからはきっともっと長く、多くなるのだ。

「……臣さん？」

「ん？」

無言のままでいる臣を気遣うように、慈英が覗きこんでくる。なんでもない、と微笑んでかぶりを振り、臣は腰をあげ、制帽をかぶりなおした。

「さて、おれは警邏に戻ります。堺さんと慈英はゆっくりしてけば。ぼちぼち浩三さんも戻ってくるだろうし」

「おお。夜はおまえも参加するか？」

これ、と掲げられた酒瓶に「まあすこしだけなら」と臣は苦笑した。

「三島も、まだ治りきってねえんだから気をつけろよ」

「ありがとうございます」

それじゃ、と会釈して自転車にまたがろうとした瞬間、臣はふと、堺に問いかけた。

「堺さん、田代についてては、まだ山狩りとかまではいってないんですっけ」

「ああ、そっちは山岳救助隊の出番になってくるしな。足取りがまったくわからん以上、いたずらに範囲ばかり拡げてもしょうがないだろう」

なにしろ広大な山岳地帯を誇る県なのだ。公道を押さえるだけならともかく、県の外域をぐるりと囲む山々を、しらみつぶしに当たっていてはきりがない。

渋い顔になる堺は「まあさすがに、軽装で山越えするようなばかだとは思わんが」とつぶやき、臣は首をかしげた。

「ちょっと思ったんですけど、前田の知りあいってことは、このあたりの山に隠れてる可能性はないですかね?」

「……なに?」

「いや、ほら。このへんって狩猟用の山小屋けっこうあるでしょう。以前、前田もそんなような場所に住んでたって話だし」

かつては、浩三の兄が隠れ住んでいた小屋。彼とつながりのあった前田は当然この場所を知っていただろうし、田代がその話を聞いていたとしてもおかしくはない。

「だから、追いこまれた田代があてにする可能性もあるかなって」

思いつきを口にしたとたん、堺と慈英がすさまじい形相で口を揃え、「やめろ」「やめてください」と臣に向かって言いはなった。

「やめろってなにが——」

「スタンドプレーも、いいかげんにしろ。危険すぎる」

「またあなたは無茶をする気ですか。相手はいままでの比じゃない凶悪犯ですよ」

「え、いや、おれべつになにも言ってないし——」

「どの口が言うか！」

「あなたがそういうことを思いついたときは、ろくなことしないでしょう！」

「このあたり一帯の捜索をするなら、あすにでもそれなりの手配をする。もう夕方だし、この時間からの山狩りなんぞ、慣れた人間でも危ないんだ」

ふたりがかりで説教を受け、臣は「べつにそんなつもりは」と顔をしかめる。だが通じるような堺ではなく、じろりと睨みつけられた。

「いいな臣、ぜったいに勝手なことをするなよ」

「……わかってますってば」

それこそいままで何度も『前科』のある身だ。神妙な顔をするしかない、とうつむいて目を伏せていれば、三島にまでため息をつかれてしまった。

「小山さんは無茶なさいますからねえ……」

おまえにだけは言われたくない、と臣をはじめとする誰もが思っただろうけれど、その場でツッコミをいれられる空気でもなく、警邏を理由に臣はその場を逃げだすしかなかった。

＊　＊　＊

その日の夜、浩三の家ではやはり宴会が開かれた。

町をあげて、とまではいかないが、青年団の面々や近所のひとびとが押しかけ、けっこうなにぎわいになる。

山菜の煮物に、狩猟が解禁となってすぐに浩三が山でしとめたという鹿肉の料理。あっさりしたローストから甘辛く煮たもの、塩麹《しおこうじ》で炒《いた》めたものなど味のバラエティもゆたかで、ジビエならではの野趣あふれる味を堪能した。

「どんどん食ってくれよ、おかわりはたくさんあるからさ」

なにしろ一頭ぶんの肉が貯蔵されているため、次から次へと料理が饗される。はじめて鹿肉を食べるという壱都も、常らしからぬ食欲を発揮して浩三と三島を喜ばせていた。

臣もごちそうに舌鼓《したつづみ》を打った。が、酒については軽く味見をする程度に留め、すすめられても苦笑して辞退した。

「なんだい駐在さん。もう飲まないのか?」

「一応はまだ警戒態勢でいないとね。おれまで酔いつぶれるわけにいかないですよ」

もうすこししたら駐在所に戻るという臣に、慈英は気遣わしげな視線を向けてきた。その目がなにかをいぶかっている気がしてぎくりとしたが、すぐに浩三のおおきな声にかき消される。

「つまんねえなあ。先生は飲むだろ? な?」

「いえ、おれももう」

「なんだあ、遠慮すんなよ。もうあと何回、こういう場にいられるかわかんないだろ」

大柄な浩三に、心底がっかりしたように言われては断りきれなかったのだろう。困った顔をしつつも「じゃあ、もうすこしだけ」とコップをかたむける。

なんだかんだ言いながら、浩三に弱い慈英を見つめて臣は笑いをこらえた。その姿を眺め、三島のほうが驚いている。

「なんだよその顔」

「いや……だいぶわかってはいたんですが、ひとの気遣いを無下にできなくて困る秀島、というのが、なんとも新鮮で」

そういうのはあなた限定だと思っていました。ぽかんとしたまま言う三島も、浩三に酒を勧められていた。怪我がだいぶよくなってきたとはいえ、まだ体調を整えなければならない彼はごく控えめな酒量だったが、それでも口はなめらかになるらしい。

「ひとは変わるんだって、おまえがいちばんよくわかってるだろ」

「……まあ、それは、そうなんですが」

妙な気分だ、と首をかしげる三島の膝では、壱都がすうすうと眠っている。どうも誰かがおもしろ半分に酒を飲ませたらしい。

「こいつの実年齢知ってるからいいけどさあ。間違いなくあのおっちゃんら、子どもに飲ませる感覚でやっただろ」

「壱都さまは、あまりお酒に強くないので……それに疲れたんでしょう。近ごろは毎日、畑仕事をしているから」

秋口でも紫外線は強く、昼日中はずっと農作業だという壱都はすっかり日焼けしていた。夏休みの子どものようだと目を細めつつも、臣はほんのわずかにほっとしていた。

（正直、こいつがいちばん怖いとこあるからなあ……）

ちらりと視線を動かしたさき、慈英は町のひとびとと堺に囲まれて身動きがとれなくなっている。目があえば『助けて』というように合図されたが、臣は満面の笑みを浮かべてうなずいてみせた。

（思うさま、みんなに愛されてることを堪能するといいぞ！）

たとえそれがコップからあふれそうな酒をつぎつぎ注《つ》がれ、食べきれないほどの料理を勧められて胃が破裂しそうな思いをすることであっても。

助け船など望むべくもないと知った慈英はほんのすこし嘆息し、それから照れたように笑っていた。

＊　＊　＊

数時間後、制服のうえから防寒具を着こんだ臣は、ひとりで山道を歩いていた。

「ほんの一瞬、見てたしかめてくるだけ……見回り、見回り」

これも警邏の一環だと、誰に言っても咎め立てされるだろう言い訳をぶつぶつ口にする。

今晩、堺は浩三の部屋へ泊まることになっていた。引き留められたけれど、宿直が基本だからと駐在所へ戻った臣は、慈英のしつこい念押しをやりすごしたあと、夜半になってから山へとこっそり出かけていた。

田代が潜伏先にこの山を選ぶといった保証は、そもそもない。むしろ空振りになる確率のほうが高く、無駄骨だったと肩を落とすのが関の山だろう。

だが、どうにも胸騒ぎがおさまらない。

それこそカンでしかないけれど、なぜかこの一晩が、リミットな気がするのだ。

(って、思いついちゃったからじっとしてらんねえだけだけどな、たぶん)

堺と違い、臣には正しい『刑事のカン』があるわけではない、と思っている。無茶も無鉄砲もむかしからで、次々体当たりするしか方法を知らないから、勝手にトラブルへとぶちあたるだけなのだ。

(そういえば熊がでる、とか脅されたりしたっけな)

一年まえの記憶をたどりつつ、わさわさと足下を鳴らす野草、いく手を阻む木々を払い、なるべく足音を立てないように夜の山道を歩くのにもう慣れた。ふくろうの声や不意の物音にびくつくこともなくなり、肝が太くなったのかもしれない、と自分で笑う。

あるいは、あの時期よりももっと恐ろしいものも知ったし、腹も据わったのかもしれない。こうして無鉄砲に飛びだしていくところだけは、変わりようがない。大半は徒労に終わるし、ばかをやったとそれこそ自分であきれることも多い、けれど——。

「でもたまに、アタリ引いちまうんだよなあ……」

思わず、といったつぶやきが漏れる。

真っ暗な山道を照らすのは、手にした懐中電灯以外なにもないはずだった。今夜は浩三の狩猟仲間たちも全員、あの広い家で宴会をしていて、なのに——無人のはずの山小屋から、ちいさな灯《あか》りが漏れている。

（おいおい、ビンゴだよ）

ごくりと喉《のど》を鳴らした臣は、懐中電灯のスイッチをオフにした。そうして太めの樹に寄りかかり、数メートルさきの山小屋を睨む。念のため、警棒を手にしてじりじりと近づき、空気取りの小窓からなかを覗きこんでみた。

（……いない？）

室内を照らすのは、天井からつるされた充電式の携帯ランプだ。ごくちいさな小窓からでもさほど広くはない小屋を見通すには充分で、誰の姿もないことを確認したのち、臣は身がまえながらなかへと踏みこむ。

目的のものは、五秒とかからず発見できた。部屋の隅に積まれた段ボールの中身は乾燥大麻を小分けしたビニール袋がぎっしりとつまっており、それればかりか部屋のまんなかで、それらをくだき、煙草のようにして紙に巻いてあるものや吸い殻などがいくつも見つかった。

田代の姿はない。だが大麻を吸っていたとおぼしき残骸の隣には、ペットボトルや携帯食料などの残骸が転がっている。この小屋にはトイレがない。大麻、マリファナの副作用に尿意が頻繁に襲ってくるというものがある。

(外で用足しでもしてるんだな)

いまのうちにと急いで携帯を取りだし、写真を撮った臣はその画像を保存しながら無線機を使って、現在も検問配備中の県警へと連絡をいれた。

「こちら、——町駐在所の小山。逃亡犯とおぼしき男が山小屋に大麻を残しているのを発見しました」

『小山さん⁉　なにやってるんですか！』

応答したのは、顔なじみでもある嶋木だ。取り乱した声の彼に「声がでかい！」とたしなめる。

『声がでかいじゃないですよ、さっき堺さんから連絡あって、そっちに小山さんいないかって訊かれて』

もうばれたのか。思わず舌打ちをした臣に『ちっ、じゃないでしょ！』と嶋木が怒鳴りつけてくる。

『とにかくすぐに戻ってください、皆さん探してますから』

「説教はあとでな。ここでの確保はむずかしいと思われるので、このまま待機を――」

声をひそめて通信している途中で、ポケットにいれたままの携帯電話が着信音を響かせた。静かな山の奥、デジタルな音は異様なほどに響きわたる。

「なっ……」

写真を撮るのに夢中で、音を消すのを忘れていたのか。焦りながら電話を切ろうとした臣は、画面に映し出された通知記録に慈英の名前を見た。大あわてで無線と携帯の通話を切ったが、がさりという足音を耳にして外へと飛びだす。

果たして、そこには痩せて色あせた茶髪の男が、薄汚れたジーンズのファスナーをあげながらぽかんと立ちつくしていた。

（ああもう、まったく）

つくづくと自分はこういう場面にぶちあたるのが得意だ。知らず臣は口の端をつりあげる。

「誰だ、てめえ」

「どうもこんばんは。そちらこそどなたで？　この小屋の持ち主は、丸山浩三さんのはずなんですが」

携帯ランプの明かりを背にし、防寒具のヤッケを着こんでいる臣が警察官だととっさにはわからなかったのだろう。

逃げるより殺したほうが得策だと踏んだのか、無言のまま答えない男は、ポケットからだしたサバイバルナイフを手にした。異様なほど目を光らせ、周囲を見まわしている。

「質問の答えがないようですが」

「……関係ねえだろ、やばい目に遭いたくなきゃ、どけ」

田代は逃げる気配はない。ちらちらとうかがっているのは山小屋で、なかに残している『お宝』を引き取らずには消えられないのだろう。となれば、彼の持っているナイフの意味は明白だ。

(脅しじゃない、殺す気でくる)

臣は腰の拳銃を抜き、かまえた。ひゅ、と男が息を呑む。

「ちょ……待て、なんだてめえは!」

「田代だな。周辺は包囲されている。おとなしく投降しなさい」

サツかよ、とうめいた田代だったが、すぐにはっとしたようにあたりを見まわし、吠える。

「ふざけんな、てめえひとりしかいねえだろうが!」

はったりは一瞬で見破られ、臣はこめかみに汗がつたうのを感じた。

「……こんなんばっかだな、クソ」

どうして田舎町にきてからのほうが、派手な立ち回りが増えているのか。この数カ月で銃を抜くのは二度目になる。あらためて田代にねらいを定め、臣も叫んだ。

「田代純、手をあげておとなしくしろ！」

「脅しはきかねえよ。警察ってのは相手がなにかしなきゃあ、撃てねえもんだろ」

ふてぶてしく笑った田代の目は濁りきっていた。大麻を吸ったばかりというだけでなく、かなり常用してもいるのだろう。中毒か。通常の説得はきかないと悟った臣は、あてにならないと浩三に笑われた銃ではなく、警棒をかまえる。

にらみあっていた均衡は、一瞬で崩れた。

ぱきりと、足下で小枝の踏み折れる音がした。次の瞬間、ひゅっと音を立ててなにかが投げつけられる。とっさに腕で顔をかばうと、石つぶてがばらばらとぶつかってきた。

一瞬の隙に近づいてきた田代が、やみくもにナイフを振りかぶってくる。身を躱《かわ》し、警棒でナイフをはじくが、田代はさらにべつの手に土塊を握っていた。

飛び散った土が目にはいり、視界が閉ざされる。痛む目をこらし、警棒を構えようとするけれど足下がおぼつかなくなった臣は思わずよろける。咆吼《ほうこう》する田代が迫る。

（しまった――）

それは、ほんの短い間のできごとだった。とっさに覚悟を決めた次の瞬間、臣は強いちからで突き飛ばされ、地面に倒れる。

「……え」

泥《どろ》に汚れた目が、生理的な涙で開いた。痛みはなく、ただ目のまえが大きな黒いものでふさがれている。

まさか、あり得ない。ただそれだけが脳内で繰り返される。

「うそ、だ」

いるわけがない、こんな場所に、この男が。現実を認識したくなくて無意味にかぶりを振っていれば、濁った笑い声がすぐ近くで聞こえた。

「ほら……だから言ったじゃ、ないですか。無茶すると、危ないですよ、て」

ずるりと大きな身体が崩れ落ちる。呆然とする臣のうえへと、脂汗《あぶらあせ》をかいた彼が覆い被さるようにしている。

「あなたは、本当に……言うことを、きか、な」

声を途切れさせた慈英は、ひきつった顔で嗤うなり、目を閉じる。ずるり、とその身体が崩れ、地面へへたりこんでいた自分の隣へと倒れてくるのが、まるでスローモーションのように臣の目に映った。

「じえ、い？」

月明かりに、真っ白な慈英の顔が浮かびあがった。その腹部になにか、光るものが突き立てられている。そこから流れる、真っ黒ななにか。

「なに？　慈英？」

「……臣、ばかもんが！　なにを……」

数人ぶんの足音がした。息を切らして追いかけてきたのは堺と浩三だった。情況を見て顔色を変え、なにかを言いながらこちらへと走ってくる。

だが、臣にはなにも聞こえず、見えない。まばたきを忘れ、限界まで開ききった目で、いま自分の目のまえにいる犯罪者だけをじっと見つめた。

「ひはは、死んだ？　なあ死んだ？」

田代はガタガタ震えながら「やった、やった」と引きつった笑いを浮かべている。

濁った目の男を見据えたまま、臣はゆらりと立ちあがった。全身からアドレナリンが噴きだしている。視野が一気に狭くなり、勝手に口が開いた。

「――……！」

その喉からほとばしったのは、まるで獣の咆吼だった。自分でもなにをしたのかわからないまま、血に染まった男の胸ぐらを掴み、膝で腹を蹴りつける。よろけたところで足を払い、覆い被さってさらに殴った。

見る間に田代の顔と臣の拳が赤く腫れ、血がしぶく。まったく感覚はなかった。ただ誰かに何度か、うしろへ引き戻されるような真似をされて振り払った。

なんだこれは。

なにが起きた。なにが起きている。おれはなにをしている。慈英にいったいなにがあった。

この男は、慈英になにをした――！

「ばかもんが、臣！　正気に戻らんか！」

聞き慣れた怒声とともに、思いきり頰を殴られた。ぜいぜいと息を切らしながら獣の目のままに見あげると、怒り狂った堺がいる。

「なにをキレてる。そんな場合か、このばかったれが！」

「……あ」

ぎしりと首を動かすと、倒れた慈英の身体に布を当て、きつく押さえている浩三の姿があった。

慈英は動かない。まるで静かなまま、眠っているかのように。

「とにかく病院まで運ばないと、どうしようもない。小屋には応急手当の道具があるはずだから、止血だけして……」

「救助隊を呼ぶわけには……担架を、青年団に……」

途切れ途切れにはいってくる音が、なにも意味をなさない。

近づきたい。けれど震えて立てない。なにもできない。

ぐったりと動かない慈英の腹に、浩三がなにか布のようなものを巻きつけている。そばで動いているのは青年団の面々だろう。あっという間に、山小屋に装備されていた緊急用の担架を組んで、慈英の身体を乗せる。

「じ、えい……？」

神経が引きちぎられてしまったかのように痛い、同時に、なにも感じない。立ちつくすだけの臣の頬を、堺がもう一度張った。

「しゃんとその目で見ろ」

「……あ」

「おまえのやったことだ。おまえの浅慮がこれを引き起こしたんだ。わかるか臣、おまえがいままでやってきたことは、こういうことだ！」

厳しい堺の声に、臣はその場でうずくまった。

世界が、終わった気がした。

＊　＊　＊

夜半とあって救急車を呼ぶよりもはやいと、慈英は浩三のトラックに乗せられて市内の病院へと運ばれた。搬送先の病院では緊急手術となったが、医師はむずかしい顔をしていた。

——とにかく手は尽くしますが、出血も多いし傷《きず》も深い。万が一のこともあり得るので、覚悟をしておいてください。

（覚悟って、なに？）

言われている意味が、わからない。まるで水のなかでぼんやりとした音を聞いているかのようだ。

手術室のまえにあるベンチに腰かけ、臣は自分の手を見おろした。臣も田代を殴った際に拳を怪我していた。誰かが手当をしてくれたような気がするけれど、よく覚えていない。

(手術って同意書がないとだめなんじゃなかったっけ)

手続きはいったい誰がしたのだろう。堺だろうか。そういえば何度も電話ボックスのあるほうに走っていっては、医者と話をしていた。

病院は、好きじゃない。ほんのすこし以前、都内の病院に通いつめていたときのことを思いだして、臣はうつろに目をしばたたかせる。あのときはもっと、おしゃれな内装だった。こんなに消毒薬のにおいが鼻につくこともない、いかにもな灰色のリノリウムの床もなかった。殴られて、記憶も飛んで、さんざん冷たくもされたけれど、すくなくとも慈英は元気そうに見えた。

(……血、いっぱいでてた)

見おろした自分の防寒着には、べっとりと赤いものがついている。こんなに血が流れたら大変だよな、と、どこか遠い意識で思う。そういえば慈英って血液型なんだっけ。ＡＢだっけ。あれって血の量すくないんじゃなかったっけ。

「……堺さん」

「ん?」

気づけば隣にいる上司に、臣はぼうっとした声をかけた。

「AB型の輸血ってわりといつも不足してるんですよね。足りますかね」

「……臣」

「おれO型だったと思うんだけど、血ぃやれないのかな」

無表情にぶつぶつと言う臣に対して、堺はため息をついただけだった。山での大喝《だいかつ》以後、強く叱責することもなく、彼はひたすらおだやかだった。

「いまはとりあえず、身体だけでも休ませておけ。ご親戚には手術の同意書の件もあったから、おれから連絡しておいた。照映さんは、朝いちの新幹線でいらっしゃるそうだ」

「わかりました」

「……今回の件について、おまえの責任は重い。処分は追ってくだすことになる。訓告ですむとは思わないほうがいい」

「了解しました」

事務的なことを言われていれば、理解はできる。上司がやめろといったことに逆らい、あまつさえ民間人を巻きこんで重傷を負わせたとなれば、場合によっては懲戒免職、停職も充分あり得ることだ。それらについて、臣は異様なくらい冷静に考えていた。

もうなにがどうなってもしかたがない。ただ――。

(慈英、だけは)

いままでの人生すべて棒に振るような失敗をした。仕事をなくすのもしかたない。だがこの瞬間の臣にはそれこそ、そんなこと、どうだっていい。責任はとる。謝罪もする。なんでもするから、だから。

（じえいだけは、たすけて）

見あげる、手術中のランプはあかくともったまま、もうずっと消えないままだ。両手に巻かれた包帯を眺め、臣は、なぜここも同じあかなのだろう、とぼんやりと思う。

血の色を示す赤は、出血すれば死につながる人間にとって本能的に危険な色だと言われている。ならばなぜ、あの赤いランプは消えないままなんだろう？

臣はただ、とりとめもなく考える。ほかにできることはなにもない。

＊　　＊　　＊

翌朝、泣くことすらできないまま一晩を明かした臣のもとへ、照映とともに、御崎、アインもまた、病院に駆けつけてきた。

「いったい、どういうことなんだよ」

「おれが巻きこみました。本当に申し訳ありません」

ＩＣＵ専用の待合室でつめよられ、礼儀どおり深々と頭をさげた臣に「巻きこんでって、どういうことだ」と照映はかすれた声で言う。臣は直立の体勢に戻って、淡々と、報告書でも読みあげるように、情況を告げた。

「本職が山中に潜んだ逃亡犯を捕まえようとした際、秀島慈英さんはこちらをかばって、腹部を刺されました」

「本職……って、おい臣、おまえ」

臣は自分が単独で捜査にでたこと、身を案じた慈英が追ってきて、自分を助ける代わりに刺されたことを告げた。

「……なにやってんだ、おまえらは」

「申し訳ありません」

いい、というように照映は手を振った。彼は起きたことについてくだくだと言うことはしない男だ。顔を手で覆った照映の代わりに問いかけたのは、御崎だった。

「それで、秀島くんの容態はどうなんだ?」

「手術は、一応成功したそうです。幸い、内臓に損傷はありませんでしたが、出血が……ひどくて。まだ意識不明です」

無表情に説明する臣に、照映はなにか言いつのろうとする。だが声も顔も平静な臣が包帯を巻かれた拳を異様なほど震わせているのに気づき、舌打ちして口をつぐんだ。

「申し訳ありません」

「だから、おまえが謝っても……あー、もう」

照映が絶句したのは、おそらくその話の内容だけでなく、臣の出で立ちのせいだろう。徹夜明けというだけでなく、目は充血して赤い。泥だらけのヤッケは、ショック症状のせいか寒くて脱げなかった。そのせいで飛び散った血は大量にこびりついたままになっている。むろん顔や手にもそれらは付着しているけれど、そのいっさいをかまわずにいる臣に、照映はどさりと待合いの椅子に腰をおろし、ため息をついた。

「おまえと病院で顔をあわせるのはもう、これっきりにしてくれよ、本当に」

いつもよりかげりの濃い顔をさすった照映に、ひたすら臣は頭をさげた。詫びの言葉を、彼はほしがってはいない。おそらくこれ以上謝れば怒鳴りつけるだけだろう。

男たちが沈黙するなか、さえざえとした声で問いかけてきたのはアインだった。

「それで、回復の見こみは？」

「いまは、まだ、なんとも」

正直いって臣は、アインの反応がいちばん気がかりだった。あと二週間ほどで渡米の予定だったのに、慈英がこの状態では彼女の仕事にも差し障《さわ》る。むろんのこと慈英のエージェントとしては冗談ではない話だろう。

しかし、この場でもっとも怒り狂うべきアインは、臣を一瞥して「そう」とうなずくのみだった。

「いずれにしろ、結果がでるまではもうすこしかかるってことね。……御崎さん、だったらあなたはホテルで休まれていたほうがいいわ。ここじゃ、寒いもの」

「しかし、アイン」

「無理をしていらしたのだから。慈英が起きたら、却って心配をかけてしまったと気にするわよ。ね、大丈夫だから、ちょっとゆっくりしていらして」

心臓の悪い御崎をいたわり、見たこともないほどやさしい顔で微笑むアインに臣は驚いた。

「わたしが送っていく？　それとも照映——」

「おれが送っていくよ。すこししたら戻る。会社に連絡もいれないとならんし」

立ちあがり、精悍《せいかん》な頬に険しい表情を貼りつけた照映が臣を見おろす。ぎくりと身体がこわばりそうになり、それでも目を逸らさずにいた臣の手に、照映はちいさな包みをすべりこませた。

「まえから頼まれてたやつだ。ついでに持ってきた。急いでたから、梱包もなんもしてねえけど」

手のひらに握りしめられそうな程度の、紙包みをビニール袋にいれただけのそれを、ぎゅっと握りしめて臣は無言でうなずく。

「じゃあ、御崎さん。いきましょう」

「あ、ああ……小山さん、それじゃあ」

顔を青ざめさせた御崎を連れて、照映はでていった。よろよろする老齢の御崎をしっかりと支える彼も、なにか役割があったほうがいいのだろう。

（ほんとに、ごめん）

慈英が入院したのは、たった数カ月まえだ。そうでなくとも、数年まえにも照映は、事件に巻きこまれたいとこを案じてあれこれ手を尽くしてくれた。むろんそれらは臣のせいではなく、慈英が一方的に巻きこまれたことではあるけれど、今回ばかりは訳が違う。いったいどこまで面倒をかけるのかと、今度こそあきれているだろう。

（いや……そんな余裕はないか）

あの直情な照映が、声を荒らげることもなかった。なんだかんだとありながら、慈英は生死の境をさまようような怪我だけはしたことがなかった。受けたショックのおおきさに、反応しきれないのだろう。

誰にも責められないことがいっそ苦しく、ただうなだれるしかない臣の耳に、涼やかな声が飛びこんできた。

「ねえ、臣。あなたはなぜ、ここにいるの」

その口調は責めるでもなく、ただただ不思議そうな響きだった。顔をあげると、声に同じくすこし怪訝《けげん》そうな、だが平静な顔のアインがいて、臣は戸惑い口ごもる。

「なぜ、とは、どういう意味でしょうか」

「照映のように家族でもないし、わたしや御崎氏のように仕事の関係者でもない。おまけに事件を捜査している刑事のはずよね？　なのになぜ、ここにいるの」

「……いまは、待機を命じられているので」

処分を待っている、というほうが正しいが、民間人相手に言っていい話ではない。それしか答える言葉を持たない自分に歯がみし、臣が拳を握りしめると、アインはさらに言った。

「待てと言われて素直に待つの？　こんなことを起こしておいてずいぶん、受け身なのね」

これもまた、責める口調ではない。ただただ「あなたは矛盾しているわ」と突きつけられ、臣はひゅっと息を呑んだ。

「受け身、とかではなく……できる、ことが、ないんです」

「Hum?」

どういう意味だと見据えてくる紫の目に、臣は絞りだすような声を発した。

「事後処理は同僚と上司がしてくれています。慈英の手術も一応は成功した。あとは回復するかどうか、時間の経過で見るしかない」

ひとことひとことを口にするのも、喉が絞られているようにきつい。それでも臣は言った。

「結果から見れば犯人は……捕まった。でもおれはいま現在、処遇についてうえで論じられている状態です。これ以上ことを起こしたら却って、周囲の迷惑になるだけだ」

「そういうことを、なにかするまえに考えつかなかったの？」

それきり、お互いの口が閉ざされた。痛いほどの沈黙に頬がひりつく。ぐうの音もでない、とはこのことだ。けれどいっそ、アインの冷静な断罪は胸がすいた。いま、この件に関わっている誰よりも冷静な女に、臣は思わず口走る。

「別れろ、とか、言わないんですか」

「それで私が悪者になるの？　ごめんだわ」

震えた声に対して、彼女は一蹴した。意外な言葉に顔をあげると、アインは肩をすくめている。

「言ったでしょう？　べつにあなたと彼が別れても別れなくてもかまわないって。まあ身を引いてくれれば慈英もフットワークが軽くなるとは思うけれどね」

場に似つかわしくないほどあかるい声に、臣は目を瞠った。

「そもそも慈英が死ねば、別れるも別れないもないじゃない」

「そ……そんな言いかたはっ」

「どう言いつくろっても、いま彼が死ぬか生きるかを決めるのはわたしたちじゃない。かみさまってやつでしょう」

アインはそう言って、ガラス張りの壁へと顔を向けた。目のまえには集中治療室のドアがあり、そのなかでは慈英と医師らが懸命に死と戦っている。

「彼に生きていてくれるように、願うしかできないわ」

知らせを聞いてすぐ病院にかけつけた彼女は、ほんのわずかに結いあげた髪がほつれていた。それでもみずからを鎧《よろ》うように、ぴったりと身体にあったスーツを身につけ、化粧も隙がない。

（このひとは、強い）

こうまではっきりと「相手にしていない」と意思表示されたことに、そしてなにひとつ言い訳のできない自分にこそ、臣は打ちのめされた。

振り向いてじっと臣を見つめたアインは、うなだれる男にため息をつく。

「仕事があるんでしょう、いきなさい」

「え、……」

さきほど事情は説明した、いまは処分待ちの身だ。できることはなにもない。そう言おうとしてなぜだか言い訳めいている気がした臣は、口をつぐむ。たたみかけるように、アインは言った。

「日本の司法のことはよくわからないけれど、たぶん責任はとらされるはずよね。こんなことをしでかしたんだから。でもその処分を受けることも含めて、あなたの仕事ではないの。恋人のそばにいることを許されているのは、待機ではなく温情だわ」

きっぱりとしたアインの声に、臣ははっとした。

「あなたが慈英を振りまわしながら護ってたものは、恋人が寝転がってる程度で放り投げられるものなの？」

ぎしりと、すさまじい圧力になにかが軋《きし》んだ。血が滲《にじ》むほど唇を嚙みしめ、臣はかぶりを振る。

「いいえ。そんなものじゃありません」

「だったらどうすればいいのかは、自分がいちばんよくわかってるでしょう。彼にとって最善だと思うことを、自分で考えなさい」

臣には、返す言葉もなかった。ぎこちなくこわばる身体を動かし、どうにか立ちあがる。まだ萎《な》えている足、それでも動ける。

「署に、戻ります」

ひとこと告げて、アインに背を向ける。彼女は「そう」とうなずいて、それ以上はなにも言わなかった。

救急搬送を受け入れている病院とはいえ、泥と血まみれの異様な風体の臣はひと目をひいた。それにすら気づかないまま、ただまっすぐに臣は歩く。

外に出ると、冷え切った空気が肺を刺すようだった。少しはやい雪が、ちらちらと舞い落ちてくる。

誰でもない自分への憤りを抱え、臣は立ちつくした。

9.

臣にくだされた処分は訓告、つまり口頭での注意と、五日間の停職、二カ月の減俸だった。駐在所には嶋木が代行としてはいり、臣は市内の自宅で謹慎となった。

「軽すぎは、しませんか」

慈英が荷物を運びだしたため、ますますがらんとしたリビングにたたずみ、臣は処分を通達しにきた堺へとつぶやいた。

「懲戒免職のほうが、おまえの気はすんだかもしれんな」

田代の件で勝手な捜査をし、あげく民間人を巻きこんだわけだが、あくまで現場に駆けつけた慈英が自発的に臣をかばったということ、また結果として田代を確保したこともあり、これ以上の処分はできないと判断されたそうだ。

むろんそこには「処分を厳しくして外聞の悪い話を漏らしたくない」という思惑が働いていることも、重々承知のうえだ。

「おまえはな、ここんとこすこしばかり、目ぇつけられてるんだよ」

「公安、ですか」

それもしかたがない、と臣は思う。裏オークション、『光臨の導き』内部クーデター。一介の平刑事、いまは田舎町の駐在所担当者が関わるには、きな臭すぎる事件ばかりだ。

「はっきり言ってしまえば、知りすぎちまってるんだ。だからおとなしくさえしていれば、おいそれとは処分されない」

「免職にしたあと、民間人のおれがどこになにを暴露するのかわからないから？」

その問いに、堺は答えなかった。臣もまた追及をやめた。上司を困らせるだけで答えのないことを追ってもしかたがない。

「とにかく、しばらくは謹慎だ。じっとおとなしくしとけ。たまには……おれの言うことも、聞いてくれ」

頼む、と疲れた声で堺に言われたことが、叱られるよりなによりこたえた。

処分の軽さについて、堺の裁量が大きかったのは言うまでもないことだ。けっしてこの上司が漏らさない、胸に秘められたいくつもの事実のなかで、どれほどの迷惑をかけているのだろうか。

けっきょく、今回の件は臣の傲《おご》りが招いたことなのだ。いままでもさんざん、危ないだのなんだのと言われつつ、いくつかの事件を自分の手で解決に持っていけた。まだたった一年しか暮らしていないくせに、あの山を自分のホームとすら考えるようになっていて、だから今回もどうにかなると、そんなうぬぼれがあったのだ。

「その顔は、もうわかっとるだろうから。なにもおれは言わん。……それに、秀島さんの見舞いにいけないのが、おまえにとっていちばんの罰だろう」

それは事実だった。実質の処分以上にこたえたのは、その間、臣は誰からの連絡を受けることも、むろんこちらから連絡することも禁止されたことだった。

つまりは慈英の容態を聞くこともできず、ただ待つだけの日々を送れ、ということだ。

「あの、せめてっ……」

「秀島さんになにかあったら一報はいれる。だがそれまでは、なにもするな」

わかっている、とうなずいて、上司はでていった。

外出も禁止とされたため、食料などの差し入れは堺の娘、和恵《かずえ》が請け負ってくれた。

「いくらろくに生えないからって、すこしは鬚《ひげ》そりなよ。汚いだけだから」

数日の間で和恵が小言を言ったのは、ただそれのみ。聡《さと》い彼女はそのほかいっさいよけいなことを言わず、ただ料理を運んできては臣が食べるまで見張り、帰っていくだけだった。

おそらく、必要以上に長くいるなと堺から――ひいては警察上層部から、注意を受けているのだろう。

そうしてまた、夢を見るようになった。することもないから寝るしかないのだけれど、眠りは浅く、いつでも悪夢ばかりだった。

この間までは幼いころから二十歳《はたち》をすぎるまで、幼少期のトラウマを掘り返すようなものばかりだったが、それにくわえて成人してから慈英に出会うまでの、本当にろくでもなかった男との遊び、みっともなく情けない自分の姿を執拗に追体験させられた。

不思議なことに、夢は、慈英と出会ってからのものをほとんど見ることはなかった。顔も見られず声も聞けない、どころか無事かどうかもわからないままの情況がつづくなかで、それはいっそ、自分が自分に科した罰なのではないかとすら思えた。

そのくせ、慈英が刺されたときの場面だけは、執拗によみがえってくるのだ。

現実以上にひどいありさまになるのは、これまでの刑事生活で幾度か見かけた死体の記憶がまじりあっているからだろう。

物言わぬ姿に変わった彼らは、一様に冷たい。生きて動いていたのが嘘のように、身じろぎひとつできない『物体』のようなものに変わってしまう。

そういう慈英を、臣は繰り返し夢に見た。

しゃべらない、動けない、こちらを見てはくれない、ただただ顔色を失った人形のように、赤い血だまりのなか倒れている慈英を、幼い臣が揺すっている、という夢だ。

——ねえ、じえい、おきて。

——ねえどうしてなにも言わないの。

——どうして冷たいの？　なんでまっかなの？

繰り返すあどけない声が胸に突き刺さって、大抵は悲鳴をあげて夢からさめる。

悪夢を見て目覚め、冷や汗をびっしょりかいて飛び起きても、冷えきった部屋のなかには誰もいない。

ひさしぶりの、完璧な孤独だった。自己嫌悪に苛《さいな》まれる臣には、ある意味ふさわしい処遇だったのかもしれない
——ん～、ん、ん～……。

ふと、へたくそなハミングが聞こえた気がした。調子っぱずれの鼻歌。そばにいるのに、誰も見ていない母親の、だらしない、それでもきれいな横顔。

あの遠くを見る目の意味を、いまならわかる。

孤独と、絶望だ。血を分けた我が子がいてすら、明子のなかにある闇は埋まらなかった。

それを臣は知っていた気がする。

(ほんと、そっくりだな、母さん)

きっと自分はあのときの明子と同じ顔をしているだろう。冷たい寝室のなかで膝を抱え、臣は唇を嚙みしめる。

ひとりの夜は、どこまでも長かった。

＊　＊　＊

五日後、謹慎が解かれるなり、臣は病院に向かった。

心臓はざわざわと落ちつかず、果たして顔を見てもなにを言えばいいのかと緊張していた。

謹慎中の間、けっきょく誰からもなんの連絡もないままだった。急変したときだけは必ず教えると言われていたから、つまり慈英は生きているし、問題はないはずだ。

みぞおちはもうずっと冷たいまま、体温すら失われきった臣の顔色はしろい。いったいなにが怖いのかすらわからなくなりながら、看護師に言われた病室へと向かう。

一歩進むごとにめまいがするようだった。そのくせ頭のなかはまっしろで、妙に空虚な気分でもある。病室のドアにかけた手がすべり、取っ手を掴み損ねる。深呼吸をして、臣は引き戸を引いた。

「……っ」

ベッドに横たわったままの慈英と、それに寄り添うようなアインの姿がそこにはあった。

意識を取り戻したのか、顔色は悪いながら、低い声でぽつぽつとなにか語る慈英に対し、傍《かたわ》らに置かれた椅子に腰かけたアインは小言めいたことを言ったり、かぶりを振ったりしている。

「……喉が渇《かわ》いたんじゃない？」

「水を」

うなずいたアインが吸い口のある水差しを慈英の口元に運ぶ。もう経口摂取ができるようにはなったのだな、と、ほっとしつつ、動けない彼をかいがいしく世話するアインの姿に、麻痺《まひ》したようになっていた心臓が鋭く痛んだ。

病室の扉よりはるかに高くそびえるような、見えない壁を感じて臣はたちすくむ。

(おれは、いいのか)

(このなかにはいっていって、本当にいいのか。そんな資格がまだあるのか)

いままで、自分のなかで勝手に覚えていた引け目などとは比べものにならない、猛烈な罪悪感と自己嫌悪に全身が震えた。

落ちこむなどというものではない、これはもはや恐怖だ。背筋に、べったりと恐怖が貼りついている。がたがたと足が震え、見てわかるほどに手がわななないている。内臓という内臓が氷を詰めこまれたように冷たくなり、自分の身体と意識がともすると乖離《かいり》しそうにもなる。

すがるものを求めて、拳をきつく握った。硬い包みはもう、臣の体温を移してぬるまっている。手のなかにあるもの、これ以外もう本当に、彼に捧げられるものはない。

もはや捧げたところで困らせるだけなのかもしれないけれど。

「……あ」

そのとき、病室のなかにいる慈英と目があった。静かな表情をした彼のまなざしに、臣はようやくはっきりと、彼がかつて突きつけてきた『覚悟』の意味を知った。

たぶんいま、この一歩を踏み出さなければ終わるのだ。

ぬくぬくと彼に護られ、なにひとつ見ようとしなかったころの自分に戻っていく。

頭に浮かんだのは、母の失踪宣告をだそうとしたあの日。書類にサインする指が冷たく凍えていたそのときの記憶。

ひとひとりを、この世にいないものとした瞬間と同じほどの『覚悟』——失うもの、欲するもの、対局にあるけれども臣にとって等しく重たい人間のための、それは、思いだ。

「こ、んにちは」

かすれてはいたけれど、声がでた。ふっと振り返ったアインは、紫の目でこちらを見る。相変わらず、おだやかで読めない笑顔を向けられ、緊張はいや増した。

「ハイ、臣。謹慎処分は終わったの」

「おかげさまで。……ところでアインさん、ちょっとおれ、慈英に話があるんです」

「今度は背中のほうから刺すのかしら？」

「アイン！」

咎める声を発した慈英に、臣はかぶりを振った。

笑ったアインの痛烈な皮肉にも、不思議と心は動じなかった。むしろ真っ向から挑まれたほうが納得がいく。臣は似たような笑みを返し、「そんなことはしません」と言った。

「ただ、ここからさきはおれと彼だけの問題なので、あなたはいないでほしいんです」

「あら、言うようになったのね」

でも悪くはないわ。挑むような言葉になぜかさらりと微笑み、アインは立ちあがる。やけにあっさりしている、と思ったけれど、やはりアインだった。

「そういうことなら、わたしは席をはずします。ゆっくり休むのよ、慈英」

横たわる慈英の頬——というかほとんど唇——にしっかりと口づける。慈英もいやそうな顔をしているものの、いまの状態ではよけるによけられなかったのだろう。

「じゃあね、臣。慈英、またあとで」

「はやくいってくれ」

慈英のうんざりした声にもめげることはなく、アインはあざやかなウインクを残して部屋をでていった。

静かな音をたてて病室のドアが閉まると、臣はぶるりと震えた。

自分の呼吸の音ばかりが耳につく。口のなかはからからだ。それでも言わなければと、どうにか発した声はかすれていた。

「いつ、目がさめたんだ」

「おとといです」

まだ失血から立ち直りきっていないのだろう。青ざめた慈英の声はふだんよりも力ない。

「本当にごめん。また怪我させて」

「……いえ」

病院のベッドで慈英を見るのはもう、これで何度目だろう。臣の心臓がざわざわとさざめく。後悔も苦しさもいままでの比ではない。それでも自分はここに、慈英のまえにひとり、立つと決めたのだ。萎えそうな足を踏ん張って一歩近づき、臣は声を絞りだす。

「おまえさ、ひとの心配するわりには、入院するよなしょっちゅう。まだあれから、三カ月も経ってねえんだぞ……」

語尾がかすれ、臣は深呼吸を繰り返した。そしてかぶりを振る。いま言いたいのは繰り言でも、なじる言葉でもないのだ。

「まずは、ごめん。本当に、どこから謝ればいいのかおれは、わからない。完全におれの慢心と油断のせいだった。ことを舐《な》めてたんだ」

指先にまで心臓があるかのように、どくどくと脈打っている。身体中の神経がささくれだち、慈英のかすかな呼吸の音すら耳が拾う。

深々と頭をさげ、床に視線を落としたまま、とにかく声が途切れるまえにと臣は口早に言った。

「秀島慈英さん。本当に、申し訳ありませんでした。おれを許さなくていいです。なにか、もしもあなたの今後に影響がでるようなら、責任はとるし償《つぐな》うつもりです」

「……そんなことをしてほしいわけでは」

「ごめん、ごめんいまはおれにぜんぶ、とにかく、話させて」

あえぐように呼吸して、臣は何度も乾いた喉を鳴らし、つばをのみこんだ。床にさげたままの頭に血がのぼってくる。がんがんと、こめかみが痛んだ。

「今回ばっかりはもう本当に、慈英とは別れたほうがいいのかもって、正直思った」

「臣さん……」

「だっておれおまえにプラスのこととかなんにもない。むしろ面倒に巻きこんでばっかりだし。あげくのはてに、おれのせいで死にかけた」

「臣さん、それは」

「聞けって！　……おれは、もういいから。いままでありがとうって言って、おまえはおまえのいる世界に戻っていけって言うべきなんだろう。それがたぶん、正しいんだ」

慈英は、静かに息を呑んだ。それでも臣が口を挟むなとかぶりを振れば、彼はじっと待っていてくれる。

臣は、何度も息を整えて顔をあげる。おそらく目は真っ赤になっているだろう、けれど涙はない。強いものを放つそれに、慈英が目を瞠った。

「……って、いままでだったら言ってたよ。ぜったい。おれが慈英を傷つけたって事実に負けて逃げてた。おまえのためとか言って」

「臣さん？」

「あのな慈英、おれは、おれだってすごい勝手なんだ」

声は震えているが、気丈に張りを保っていた。おそらく、表情もしっかりしているはずだ。

そうやって取りつくろっている、はずだ。けれど手だけはごまかしきれず、がたがた震えるまま、臣は慈英のベッドに近づき、その手をとった。

ここまでが、本当に遠かった。

「ここでおれが手を離したら、本当にアインさんがおまえを連れてっちゃうよな。あのひとがさっき、余裕だったのってそういうことなんだろうな」

慈英は、黙して答えなかった。言うまでもないことだと言葉なく告げられ、臣はまた喉を鳴らした。

「次はさ、……次とかないけど、ないようにするけどぜったい、ぜったいおれが護るから」

言いながら乾いた嗤いが漏れた。この言葉を何度自分は繰り返し、そのたびに果たせずきただろうか。護られていたのはどちらだっただろうか。

与えられたものばかりで、ひとつも返せなくて――それでも、彼は言ったのだ。

――どれだけいやなことがあって、おれといることがつらくても、お互いがだめになることがあっても、それでも離れないと約束してください。

「慈英、お願いだ。お願いがある」

いままで何度となく目のまえの男が繰り返してくれたように、彼を請う。

「おれと別れないで、おれをおまえのものにして。ぜんぶ、そうして」

祈るように臣は床へと跪《ひざまず》いた。そしてその手に額を押しつけ、絞りだすような声で言った。

「なあ、おれと結婚してください」

そのときはじめて、慈英が倒れてからはじめて、臣の目に涙が浮かんだ。指を、まだ払われてはいない。それだけにすがりながら、繰り返す。

「慈英、ほんとに、なあ。おれのこと、おまえのにして。もうこういう目にあわせたり、しないから……おれほんとにだめな人間だけどそれでも、おまえだけ、あきらめらんないから」

ひとつ落ちたらもうだめだった。ぐずりと床に溶けこむように身体が崩れ落ち、慈英の手に指を食いこませて臣は泣きすがる。それでもここにくるまでに用意していたものだけは、どうしても渡さなければと、こわばるほどにちからをこめていた手のなかにある包みを探った。

本当はちゃんと小箱にいれて、きれいに包装して渡すつもりだった。チャック式のビニール袋のなか、緩衝材はティッシュのみ、すこしがさがさする紙に包まれたそれは本当に、照映が工房で製作を終えるなり、ひっつかんできたという事実を物語っている。

怒っているくせに、着替えすらろくに持ってきていなかったのに、あの男は臣にこれを渡すためだけに東京から運んできた。たぶんラストチャンスだと、背中を押してくれたのがわかった。

だから、これを、だめにするわけにいかないのだ。

「お願いだ。お願いします……これ、受け取って。おれと結婚してください」

じっと動かずにいた慈英の手が、わずかにぴくりとした。そして臣の手からするりと抜き出され、ちいさな金属を受け取る。

「……これは？」

「照映にずっと、まえから、頼んであった」

シンプルなプラチナのペアリング。意味はわかるだろう。「なるほど」と妙に平坦な声でため息をついた慈英に、臣はびくりとした。どういう意味のため息なのかわからず硬直していると、慈英はちいさく笑う。

「そのせいで、あのひとはいくらおれが言っても、リングの発注は受け付けないと言い張ってたわけですね」

「……え？」

「同じこと考えてたってことです。まさか、あなたにさきを越されるとは思わなかったけれど……臣さん、立って。おれはこれじゃ、届かないから」

まだ起きあがるのは無理だと言われ、臣はあわてて床に崩れ落ちていた身体を立ちあげる。

「左手、はい」

手のひらを差しだされ、さきほどまでとは違う意味で震えながら手を載せると、なにも言わないまま、慈英は臣の薬指にそれをすべらせた。

「臣さんも」

同じようにしろと言われ、何度も取り落としそうになりながら、長い指にリングをはめる。あっさり、拒否することなどなにもにおわされず受けとられたことに呆然としていると「なんて顔してるんですか」と彼は笑った。

「退院したら、とにかくどこの役所でもいいから書類提出しますよ」

「……うん」

「いいですか、今回は臣さんがお願いしたんですから。今度こそ言質《げんち》はとりましたから。撤回はなしですからね」

うん、うん、と臣は赤くなった鼻で、くしゃくしゃの顔でうなずく。

「おれはあなたに一生護ってもらいますので、責任はとってくれますね」

「は、い……っ」

「じゃあ、誓いのキスをしてください」

どうぞ、と困ったように——出会ったころから、これだけは変わらない、やさしくおだやかな笑みを浮かべた慈英に、臣はがくがくと震える身体で、涙で塩辛い唇で、不器用にもほどがある口づけをした。

「じ、え……」

「愛してますよ。なにがあっても変わりませんし、……まあ、また言うことを聞かなかったのは怒ってますけど、それは退院してからお説教です」

「ごめ……ごめん、仕事、また、じゃまして、ごめん、なさい」

「そんなのはどうにでもなる。……あなたが怪我をしなくてよかった」

たいしたことなど、なにも起きていない。そう言ってリングのはまった手で頬を撫でられ、ついに臣はベッドに突っ伏し、号泣した。

いままで彼のまえで泣いたことは何度もあった。けれどもう、これはいままでのものと意味が違った。安堵と、感謝と、謝罪と、とにかくいろんな感情がすべて入り交じり、腹の奥から絞りだすような涙に、臣自身が圧倒されていた。

その左手を握りしめ、慈英はそっと唇を押し当てる。

「人前式ってことで、証人になってくれるか？　アイン」

「……あなたって本当に、臣とわたしには態度が違うわね、慈英」

身も世もなく泣き崩れていた臣は、その言葉にびくっと身体を跳ねさせた。

「え、あ、え……？」

ため息をついたアインは近づいてくるなり、あまいにおいのするプレスされたハンカチで臣の顔を拭《ぬぐ》った。

「ひどい顔。美貌が台無しじゃないの臣。慈英のミューズがそういうことじゃ困るわ」

子どもにするかのように「ほら鼻かみなさい」と言われ、臣はわけもわからず従ってしまう。真っ赤になった頬をきれいな指で撫でられ、まだ涙の引っかかった長いまつげをしばたたかせた。

「ア、アインさん、あの……っ。おれ、慈英は、おれの、だから」

「はいはい。そういう独占欲はどうでもいいって言ったでしょう？」

肩をすくめる美女に、臣はそれでもふるふるとかぶりを振ってみせる。

「おれは、どうでもよくない。この男はおれのだから、ぜったい、ほかのひとにはさわらせたくないんです。だからもう、挨拶でもキスとか、やめてください」

情けない泣き顔でも、きっぱりと告げた――つもりだった。しかしアインは、どこまでもアインだった。

「うーん……ちょっと味見するのもだめ？」

むう、と顔をしかめ、腕を組んで顎に手をやったまま、いかにも残念そうに言った。

「だめです」

臣が睨みつけると「ケチねえ」とまるでこちらが狭量かのように嘆息する。こうまであっけらかんとされてしまえばもう、腹も立たない。だが無理なものは無理だ。

「ケチでもなんでも、とにかくだめです、いやです」

強情に言い張れば、ついに規格外の女は規格外な提案までしはじめる。

「ああ、そうだ。見てないところでするのがだめ？　だったらべつに、わたし慈英と寝られればそれでいいんだし。むしろ慈英がその気になるなら、臣がそこにいてもかまわないし。

混ざりたいなら混ざってもいいわよ」

「なに、そん……とにかくしませんってば！　見てても見てなくてもだめですし混ざりませんし、させませんし！」

「……臣さん、だから、本気でとりあわないように」

吠える臣に、アインはころころと笑う。今度は慈英がため息をつき、臣はまた不安になる。

（だってこのひと本気なんだよ。本気でおまえの身体ほしがってるよ）

胃の奥がじりじりするような嫉妬に身を焦がしつつ、臣は彼女からかばうように慈英のまえへ立ちはだかる。アインはきれいな爪を唇のまえに立て、あざやかなウインクをした。

「うーん……そうだ。じゃあせめて、あなたたちのプライベートセックス、見せてくれるだけでもいいわよ？　だめ？」

「却下だ」

切って捨てたのは、今度は慈英のほうだった。「なにそれつまらない」と口を尖らせたアインに、臣は得体の知れないものを感じる。

果たしてアメリカについていかせて、本当に大丈夫なのだろうか。

この入院でしばらく渡米は延びるだろうから、その間に慈英に言い含めないとまずい気がする。臣は、あらためて慈英のほうへ向き直り、その手をしっかりと握りしめた。

「なあ慈英。籍、退院とか言ってないで速攻でいれてもいいぞ？　書類あるんだよな、おれ、きょうにでも手続きしてくるから。戸籍変わっちゃうからパスポートとかいろいろとりなおしになっちゃうかもだけど、いい？」

「かまいませんよ。なんでも臣さんの好きなようにしてくれれば」

嬉しそうに微笑み、自分しか目にはいっていないという顔をする男を、とにかく信じるほかないと思いながら、臣は指輪のはまった指を握りしめた。

10

けっきょく、慈英の入院期間は二週間、通院しなくてよくなるまで一カ月がかかった。傷は深かったものの内臓までには至っておらず、危篤状態に陥ったのはあくまで失血のせいだったため、あとはとにかくゆっくりと療養すること、と医師に念を押されていた。

気づけばすっかり年の瀬となり、臣には正式な辞令も降りた。時期については未確定と言われていたそれが決定したのは、今回の処罰が響いた部分もあるのだと苦い顔で言ったのは堺だ。

「おまえをひとりで駐在所においておくと、勝手に暴走するかもしれんからな。おれの監視下でしっかり管理しろというお達しを受けた。三月になったらすぐに異動だ。……本当なら年内でって話もあったが、後任がまだ決まらん」

そちらもなるべくはやいうちに選出するので、引き継ぎをしろと言い渡された。おそらく嶋木あたりではないかと臣は目星をつけていたが、決まるかどうかはわからない。

田代は逮捕後、しばらくは錯乱状態であったらしい。グッドトリップとバッドトリップの繰り返しのせいで取り調べはすこし難航したが、慈英に対する傷害の現行犯逮捕、ならびに永谷蓉子の証言もあって、実刑はほぼ確定だ。それ以外にも、かつて彼が蓉子にほのめかしたという殺人について、トリップ中にかなりのことを漏らしたらしく、余罪の追及はこれからだということだった。

慈英のほうは、事件をきっかけに、予定よりはやく町を去ることにした。たまにやってきた絵画教室のほうも終了となり、惜しむひとたち——町のほとんどのひとたちにより、『先生と駐在さん』の送別会が行われた。きょうは無礼講だ、ということで、またもや町をあげての宴会になってしまった。

「またおいでよ」

「祭りがあるときは、うちに泊まればいい」

「寂しくなるねえ」

口々に言われながら、臣は「おれはまだ三月までいるんですが」と苦笑する。

「そのときはそのときで宴会するんだよ」

酔っぱらいのあふれる公民館で、かかと笑った浩三に「飲みたいだけでしょう」と釘を刺してみせる。「そう言うなって」とおおきな手でばしばしと肩をたたかれ、臣はむせた。

「実家だと思って、帰ってくればいいさ。この町は、あんたらの町でもある。忘れなさんな」

「……ええ」

「そう思ってます」

心から、自分の町だと思える場所だ。うなずいた臣の目が赤らんでいる。それをじっと見つめ、浩三はそっと声のトーンを落とした。

「三島さんと壱都は、もうすこしの間預かっとくよ。……なんだか、いろいろ大変そうだしな」

ぽそりと耳打ちされた、その対象である彼らは今夜の宴会にはいない。田代の件で再度確認があるということで、しばらくは警察への捜査に協力するため、市内のホテルに泊まっている。

「そうやって浩三さん、なんでもかんでも受けいれちゃって、だいじょうぶなんですか」

「おれはべつに平気だが。……これで嫁がきてくれりゃあなあ、言うことないんだけど」

やたらにひとが集まってくるのに、それればかりは縁がないと肩を落とす彼に「そういえばテレビ番組はどうなりました?」と問いかける。

「まだ審査中なんだとさ。いつになるかわからんっていうから、婚活サークルにでもはいろうかと思ってんだけどねえ。インターネットで募集してるようだし」

浩三の口からインターネット、などと聞くと驚いてしまう。だが考えてみれば、農作物の管理や農協関連のデータ編集やなにかで彼はけっこう高度なソフトを使いこなしているのだ。

「今度、堺さんとこの和恵さんが、おともだち連れて農業体験ツアーに遊びにくるっていうからさ。うちの若い衆には、まだ二十代のもいるし、ひとりくらい農家の嫁やってていいってのはいないかねえ」

「……どうですかねえ」

正直いって、その可能性がいちばんありそうなのは和恵だと臣は思う。まだ若いのに、堺や臣という仕事柄トラブルだらけの人間を見てきたせいか腹も据わっているし気だてもいいし働きものでもある。

（それにあいつ、じつはファザコンだしなあ）

案外、浩三と引き合わせたらうまくいくんではないだろうか。そんなことを考えて、ちょっとだけ臣は楽しくなった。

＊　＊　＊

宴もたけなわだったが、病みあがりの慈英を送っていくという名目で酒宴の主賓ふたりははやめにその場を辞した。

田んぼのつづく田舎道を歩き、ちらちらと舞う雪を眺めながら、ぽつりぽつりと話した。

「ここ、こうやって歩くのも、慈英はもうあと何日もなくなるんだな」

「のんびり田舎暮らしのはずが、ずいぶんあわただしい一年でしたよね」

本当に、と苦笑する。慈英の歩みはもう危なげないが、すこしだけゆっくりだ。怪我が治ったばかりということも考慮して、酒は口をしめらせる程度にしていたが、楽しい宴だったのだろう。いつもよりすこし、笑みが深い気がした。

じっとその横顔を眺めながら、臣は問いかけた。

「ところで慈英」

「はい？」

「小山さんになったわけですが。気分はその、どうですか」

「はは。幸福を噛みしめてますよ」

この日の朝、ふたりは揃って長野市の市役所まで出向いて、籍を入れた。拍子抜けするほどあっさりと受理されて、なんだか妙な気分だった。

「ほんとはあの日、やるつもりだったのに」

「しかたないですよ、ばたばたしてたし」

アインの脅威をまのあたりにした臣は、病院で宣言したとおり、速攻で入籍するつもりだった。けれど忙しい慈英の代わりに渡米の手配をしていたアインが養子縁組のために揃えた書類をニューヨークいきの荷物のなかにつめこんでしまい、それを返送させるのにすったもんだして、けっきょくは退院して落ちついたら、ということになってしまった。

（あれ若干わざとって気がするんだけどなー……）

いまさら反対する気はない、などと言っていたけれど、それなりに妨害くらいはしてやるという意思表示なのかもしれない。

「まあでも負けねえし」

「なにがです?」

相変わらずわかっているのかいないのか、慈英はアインのアプローチについて無頓着だ。苦笑いして、臣はかぶりを振ってみせる。

ここしばらく、さりげなくお互いの指にはめられていた指輪について、あれだけ騒がしい田舎町の面々は、誰ひとり詮索をしてこなかった。

ふたりの間に流れていた濃密なものに、おそらく、うっすらと気づいていたのだろうと思う。ちょっと閉鎖的でむずかしいところもあるけれど、おおらかで、やさしいひとたちだ。

——知らなくていいことなら、知らんでいいんだろ。

かつて壱都の素性を明かそうか迷ったとき、浩三はそんな言葉でさらりと流した。それと同じく、『先生と駐在さん』がじっさいにはどういう関係であろうと、知らぬことは知らぬこと、というスタンスを貫いてくれている。

懐深い、不思議な町。山に住むというかみさま。

きっとそのうちにまた、ここを訪れる日もくるだろう。けれど、いつまでもとどまりつづけることはできないのだ。

「ところであのさ、慈英」

「はい?」

「入籍しましたね」

「はい」

妙な丁寧語になっている臣に、慈英は笑いをかみ殺してうなずく。このさき言う言葉がわかっているくせに、案外と意地悪な反応をする。軽く脇腹を小突くと「傷が」とわざとらしく騒がれたので、長い脚を蹴ってやった。

「……まあ、その、今夜は初夜なんですが、どっちのうちにいきましょうか」

なんとなく赤くなりながら誘うと、ん、と首をかしげた慈英は「じゃあ、おれの家で」と言った。

「さすがに駐在所ではね、酔っぱらいに押しかけられても困りますし」

「……だな」

ひっそりと微笑みあって、誰もいない夜道で手をつなぐ。

臣の右手に絡んだ慈英の左手、薬指の硬質な感触が、しあわせだった。


手をつないだまま家にはいり、「ただいま」と無意識につぶやく。

蔵作りの自宅は、いよいよ荷物のあらかたを運びだしたため、空っぽに近い状態だった。家主のほうは「どうせろくに借り手もいないから、ゆっくりでもいい」と鷹揚《おうよう》なことを言ってくれていたらしいけれど、予定が二度三度と狂った慈英からすれば、もはや猶予《ゆうよ》はない状態だった。

風呂のお湯がたまるまで、冷えた身体をあたたかなお茶でゆるめて、順番に湯船につかった。

さきに慈英が、あとから臣がはいったのだが、風呂をでたところで、見慣れない白いパジャマが置かれていたのを知る。袖《そで》をとおした感じで、シルクのようだと悟った。

「どうしたのこれ。見たことないんだけど」

着替えて寝室に向かい、ベッドに腰かけていた慈英に声をかけると、意外な返事があった。

「きょう届いた、アインからのプレゼントです。臣に似合うと思う、だそうで。ちなみにこれもおそろいだとか」

同じデザインで色違いの、黒いパジャマを身につけた男は「たしかに似合いますね」となんだか楽しげに目を細めた。けれど臣としては、肌ざわりのいいパジャマの出所を知って微妙な気分だ。

「……あのひと、まだあきらめてないのかなあ」

「だから、彼女のブラックジョークを真に受けるのはやめてくださいって」

どうしてもその点についてだけは認めない男に顔をしかめ、臣は慈英の膝にのりあがる。

「なあ、傷見せて」

「いいですよ」

あっさりと言って、慈英は癒えたばかりの傷を見せるために上着を脱いだ。もうあとすこしずれれば腎臓を傷つけ、取り返しのつかないことになっていた――と医師に言われたその場所の縫合痕を眺め、全身に冷や水を浴びせられたような感覚に震える。

右腕の傷、こめかみの傷、そして腹部。出会ってからいったいどれだけ、この男は危ない目にあいつづけてきただろう。

「心配、心配っていつも言って、大怪我するのはいっつも、慈英のほうだな」

「はは」

「はは、じゃないって」

力なく言って、臣は慈英を軽く押してベッドに寝かせた。ひとつひとつの傷を指でなぞり、覆い被さって傷口に口づける。

こみあげてくるものがあって、鎖骨の真ん中に額をつけた。もう傷つけない、もうこんな目にあわせないと誓ったくせして、けっきょく護れないまま傷を増やしつづけている、のびやかできれいな身体。

「たぶんさ」

「はい？」

「これからもおれは、おまえのこと傷つけるんだな。それすっごい怖かったよ。わかってたんだ。なにをどうやったって、無傷でいさせてはいられないんだって」

でも目をつぶっていたかった。そうして数年の間は、まどろむような時間にたゆたっていられた。あのあまい繭《まゆ》のなかはとても居心地がよかったけれど、だからこそ怯えていた。

お互いにぶつかって、理想と違う現実も知って、みっともない自分をさらけだして「ほしい」と言いきれるまで、こんなにも時間がかかったのが、滑稽《こっけい》だ。

それでも、惑いつつ迷いつつ、行きつ戻りつしながらすごしてきた日々は、なにも無駄ではないはずだ。

臣は滲んだ涙を、目をしばたたかせて払い、そろりと恋人の肌に手を這《は》わせる。乾いてなめらかな手触り。もうなじみきった身体のかたち。だが年月とともに、すこしずつ、それすらも変わっている。

恋人の身体が変化していく、その様を知っている。それがこんなにもいとおしくせつない。

「愛してるよ、慈英」

「ええ」

「浮気したらぶっ殺す」

くっくっと、慈英は腹筋を震わせた。

「しませんよ。アイン相手じゃ勃《た》ちません。おそろしくて」

「おま……それって」

鈍いふりをして、やはりあれが本気のアプローチとわかっていたのか。臣が顔をあげると

「ひとまえであれですよ」と慈英が臣の身体を抱きしめ、上下をいれかえてくる。

「わっ」

「仕事中、ふたりきりでいるときなんか、もっとろこつですからね。ただあそこまであっけらかんとしていると、躱すのも簡単です」

「ろ、ろこつってなにされた」

慈英は笑って答えない。おそらく、言葉のみならずボディタッチ——それも相当にきわどいものを仕掛けられたのだろうことは、想像にかたくなく、臣はむらむらと腹がたってきた。

「そんなんで、入院中も世話焼かせてたのか」

「だって誰かさんは、目がさめたときも顔見せてくれませんでしたしね」

ぐっと臣は言葉につまる。いくらなんでもそのことを責められてはどうしようもない。

「すみません、意地悪を言いました」

「……いや。あれはおれが悪いから」

「そうですね。これに懲りたら、無茶は本当にやめてください」

「おまえに言われたくないっつの」

涙声になった臣の頭を、慈英は何度もやさしく撫でる。やがてその手は首筋にまわり、力のこもった肩をほぐすように撫でさすり、後頭部を摑んで引き寄せる動きに変わる。

口づけながら、手触りのいいパジャマを脱がされた。はだけた広い胸に顔を伏せた臣は、慈英の肌に何度も口づけ、色の違う部分を舌で撫でては腰をこすりつける。

円を描くように動く尻を慈英の手が摑み、とろりとした布地のうえから指を食いこませてきた。その力の強さに感じ入ると同時に、彼の体力が戻ったことに心底安堵する。

「臣さん、キスを」

「うん」

指をぜんぶ絡めながら、何度も口づけあう。下唇を噛んで軽く引っ張られ、思わず笑うとがぶりと食らいつくように覆われ、舌が奥へと忍んでくる。

硬い歯、なめらかな舌。混じりあう唾液《だえき》を飲みこみ、お互いの髪をまさぐる。ボトムを腰までずらすと、膝を使ってひきおろし、蹴るようにして脱いだ。

素肌はしっとりと汗ばんで、外の雪が嘘のように火照《ほて》った体温が、神経をあまくしびれさせる。

「重くない？」

「平気です」

彼が請うたので、慈英のうえにふたたび覆い被さり、シーツに腕をついた体勢のまま、首筋から鎖骨、胸までを舐められる。臣の肌の味わいは、彼にとってどんなものだろうか。自分がそうしたときのように、なににも代え難いと感じてくれているだろうか。いまさらにそんなことを思いながら、かたちよい頭を抱きしめた。

ひらいた脚で慈英の腰を挟んでいると、奥まった場所を求めるように彼のペニスが伸び上がるのがわかった。キスを交わしながら「口で？」と問えば、唇は微笑んだままに彼がかぶりを振る。

「きょうはずっと顔を見ていたい」

「……ん」

頬を撫でながらの言葉に微笑み返して、ならばはやく、と腰を揺らした。

「濡らして、はやく、いれて」

「もう？」

「ずっとつながってたい」

肩にすがりついてせがむと、長い腕を伸ばした慈英がベッドサイドの定位置からローションのボトルを手にとった。

ぬるついた液体を垂らされ、指を忍ばされる。もう何十回繰り返したかしれない手順で、それでも飽かず求める臣に応《こた》えてくれる、奇跡のような恋人だ。

指で軽く撫でられただけで、そこは従順にひらいた。一本、二本、侵入してくる指が増えるたびに息が乱れ、鼓動が激しくなる。それをなだめるように胸に口づけられ、頭を抱えこむと乳首を噛まれた。

「あ、あ、あ」

息を切らして、くせのある髪をくしゃくしゃとかき混ぜる。ろくにふれられもしなかったのに、臣のペニスはもう期待に濡れて勃ちあがり、慈英の腹にこすれては震えていた。

(はやく、はやく)

願う言葉が聞こえたように、うしろをいじる指が大胆になる。粘ついた音、しびれたような快感、ぜんぶこの男でなければ味わわせてもらえないものばかりだ。

外に雪が降っている。どこまでも静かな夜、衣擦《きぬず》れと、口づけと、互いの肌がふれあう音だけが響いている。

ほころび、さらなる刺激を求める粘膜から指を抜かれ、てっきり横たわらされると思っていた臣は、またがった状態のまま腰を支えられて驚いた。

「このまま?」

「ええ」

「腹、痛くねえの」

治ったばかりじゃ、という視線を傷口に向ければ「平気ですよ」と笑われた。

「心配なら、臣さんがかげんしながらいれてください」

からかうように言われ、そんなかげんができると思うか、と睨みつける。けれどほかならぬ慈英の『おねだり』を聞かないわけにもいかない。体重を背中側にかければ、腹部にまともに衝撃をあたえることもないだろう。

「……じっとして」

肩に手を置き、腰を支えられながら彼の楔《くさび》のうえへと沈んでいく。このままつながれてひとつになりたいと、何度となく願った身体を抱きしめながら、ゆるやかに腰を揺らした。

とん、とん、と浅くやさしく突くのは、激しくするさきぶれだ。この太さに慣れたか、と言葉でなく訊ねている。喉までいっぱいに詰めこまれているような苦しさは呼吸をあやうくさせ、無意識につめていた息をはあっと吐きだした。

ゆるゆるとふくらんだ胸がしぼんで、身体の力が抜けていく。内圧が、ふわっとゆるんだ。

(あ、くる)

思った瞬間、伸びあがるようにして奥まで満たされた。

「は、あ……っ」

充溢感《じゅういつかん》に、思わず声が漏れる。しっかりとしがみついた身体はたくましく熱い。一時期は失血のせいで青白いほどになっていたから、健康な心音と熱量がこれ以上なく臣を安堵させる。

「平気?」

問いかけに、こくこくとうなずく。「あ」のかたちに開いた唇から、喉に引っかかってだせない声の代わりにこわばった舌が突きだされる。上体を曲げた男はその先端に自分の舌をあわせ、はじくように愛撫した。同時に、みっちりとはめこんだそれでぐりぐりと粘膜をいじめにかかる。腰を摑んで小刻みに揺らして、みずからもあの長いものをスライドさせる。

「あう、あ、あ、やだ」

「んん？」

いや？　という響きの喉声があまい。卑怯な声だと思う。耳からはいりこんで脳をとろかし、逆らえなくする。いたずらするように突きあわせていた舌は、彼の唇にくわえられていた。丈夫な歯で嚙んで固定して、内側に引きこんだ部分をいやらしくなぶってくる。引っ張られた舌の根がすこし痛いし、苦しくてたまらない、なのにもっともっと、舐められていたい。逆流してくる唾液を飲んだ瞬間、「ぁふ」と声がでた。信じられないくらいあまったるい。あまったれて、預けて、なんでもしてほしいしされたい、そういう声だ。

ぐらりと身体が揺れて、崩れそうになった臣はとっさに慈英にすがるのではなく、彼の伸ばした膝のうえに手をついた。前方に倒れると傷口にさわるという配慮からだったが、おかげで開いた脚の間を彼にさらしたまま、はしたなく腰を振るような大胆なポーズになってしまった。

「……ぜんぶ見えてる」

「あ、あ、うんっ……あぁ、あ！　だめ、だって、ちょっ……」

つながっている場所が丸見えになって、慈英の興奮も誘ったらしい。腰の動きが激しくなって、臣は汗にしめった髪を打ち振るう。

「そ、んな激しく、したら、あ、あ、傷……っ」

「平気だって言ってるでしょう?」

信用ないみたいだから、証明してみせます。うっそりと笑った慈英は、臣がもうなにをどうされているのかわからないほど複雑に腰を揺らしてみせて、防音のきいた蔵作りの部屋からも、外に聞こえてしまうのではないかというくらいの声をあげさせた。

(おおきい、きもち、いい……っ)

慈英が、なかにいる。でこぼこしていて、熱くて、硬くて、なのにやわらかい。段差のあるところで粘膜を引っかかれると全身に鳥肌がたつほどいい。皮膚《ひふ》のしたで、気泡がはじけるような感じがする。ざわざわ、とどこからともなく細やかな波が押し寄せてきて、快楽という泡で包みこむ。

その泡が寄り集まって、おおきくなって、ぐんっと臣の腰を浮力で持ちあげる。このまま空まで浮かびそうだと、そんな気分になる。でも重力に引き戻されて、またのぼらされて――気づけば慈英の動きにあわせ、うねるように腰を振っていた。

「あ、も……だ、め、だめ」

限界を訴え、膝を摑んでいた手を、救いを求めるように伸ばした。すぐにそれは捕まえられ、指をすべて絡めるようにつながれる。薬指に、硬い、リングの感触。

（あ）

目を開けると、慈英は臣の狂態をじっと見つめていた。視線に犯されて、脳がしびれた。心臓が破裂寸前まで高鳴って、下腹部につうんという感覚が走る。針の先をそっと指に押し当て、突き刺さる手前のあのくすぐったい搔痒感《そうようかん》に似た、危うくてあまい痛みだ。そのままとろりとろりと腰に流れ落ち、わだかまって、もうあとちょっとであふれる、となったところを、慈英のペニスがいきなり動いた。

「あ、ぁあああ！」

やさしくたたいていた奥からずるりと引き抜かれ、たたきつけるように押しこまれる。目を見開き、舌を突きだして叫んだ身体のしなりを、強い腕でたぐりよせられる。尻の肉を両方、指がめりこむほどに摑まれ、もみくちゃにされながら激しくだしいれされて、粘膜が勝手にうねる。くねる。慎《つつし》みのない声があふれだす。

「い、う、いく、も、いく……なあ……っ」

「ええ、おれも」

ぐいと引き寄せられ、だめだと言うのに最後は彼のうえにのしかかったまま、唇を深く奪われた。絶頂の悲鳴は口腔《こうこう》に吸いとられ、舌を混ぜあう音にまじり、とける。ぶるぶると震えながら精を吐きだすと、身体の奥もまた同じように熱くなった。

「ふ、あ……」

息苦しさにキスをほどくと、ぬめった唾液が糸をひき、吐息に揺られて切れた。どっと脱力感が襲い「ばか」と言いながら彼の肩に額を乗せる。

「ばかって、ひどいな」

「体重かけないようにしてたのに、最後の最後で、もー……」

文句を言いながらも、ぐりぐりと臣は彼の肩へなつき、あまえる。

爪先《つまさき》から、あたたかな湯につかったときのような安堵と快さが満ちていく。そして臣はちいさく笑った。

「なんです」

「ん？　……うん。こうしてるのがな、なんか……」

すこし汗ばんだ慈英の髪を指で梳《す》いた。その手には銀色に光るリングがある。

「なんかな、変な言いかただけど、嬉しくて、楽しい」

「……そう」

慈英もまた、同じように左手で臣の前髪をかきあげる。額に唇を落とした男は、静かに問いかけた。

「臣さん、幸せですか」

「うん」

手を掴み、頬に押し当て、手のひらに口づける。その身体をもう一度、ゆらりと揺らされた。

「もっかい？」

「ちょっとひさびさで余裕がなかったので。もうすこしゆっくり」

うん、と臣はうなずく。激しいのもきらいではない。けれどこんなふうにあまいだけの感覚を共有するのもまた、たまらない。

ゆるくぬるい快楽。急ぎたくない、長く、ゆるやかに味わうこんなセックスはきっと、慈英としかかなわない。

「はは、なんかさ、とりあえず」

「はい？」

「……末永くよろしくお願いします」

はい、と応えた慈英の声が、ほんのすこし潤んでいる気がした。それは涙ぐんでいる臣の錯覚かもしれないし、実際に、わかちあう感動が生んだものかもしれない。

どちらにせよ、静かに結ぶ夜だ。

雪は静かに降りつづけ、外の物音をすべて吸いこんでいく。しかしふたりだけの寝室は、吐息がすべてを溶かしつくすように熱かった。

11.

慈英が渡米してからしばらくが経ったころ、『光臨の導き』に絡んだすべての事件は、実行犯ら全員が起訴され、実刑がくだされたことで収束を迎えた。

同時に、あの山奥のコミューンからも警察が撤退し、三島と壱都も本来の居場所に戻っていった。

事件以後ちりぢりになっていた、沢村をはじめとする本来の会員——信徒たちもすこしずつ戻ってきているそうだ。

とはいえ重田一派に与《くみ》した顔ぶれはその大半が逮捕され、そのことにおそれをなして完全に脱会、あるいは行方をくらませるかたちで消えていったものも多く、規模としては二十年まえに、いち子がはじめた『光臨会』と大差がないくらいにちいさなものとなったらしい。

「それでも、これでよかったのだと思っています」

そう微笑んだのは、ひととおりの捜査が終わり、事情聴取やなにかから解放された壱都だ。もう姿を変える必要もなく、はじめて出会ったときと同じ、エキゾチックな雰囲気のチュニックに身を包んでいる。とはいえ季節も寒くなったため、厚手のケープのような防寒具もしっかり着こんでいた。

この日は、世話になった浩三や町のひとへのお礼だということで、コミューンでできた草木染めの織物を持って、三島とともに町へと訪れていた。

そのついで――毎度ながら臣は浩三のついでらしい――に、「尚子さんたちからお菓子いただきました」と、黒糖でできた田舎らしい焼き菓子を手に駐在所へ顔をだしたのだ。夏の一時期をこの町ですごした壱都はすっかりアイドル扱いで、浩三の家から駐在所までの道程を歩いていただけで「壱都ちゃん、壱都ちゃん」とかわいがられ、目的地にたどりつくころには両手いっぱいの食べ物を持っているありさまだ。

「もう、法人の申請はしないのか？」

「しません。名前も、変えます。ただそこにいたいというひとたちと、静かに暮らしていきたいと思っていますけど、帰りたい場所があるのなら、それもいいと思う」

ひとつひとつ、言葉を選びながら自分のなかにあるものを伝えようとする壱都は、まっすぐな目をして臣に言った。

「だからね、コミューンとして生活するのはそのままだけれど、……あの集まりを、ちゃんとした会社にしようと思う」

「へえ⁉」

「もともと、草木染めの評判はよかったから、買い手はちゃんとついてくれている。でも、お金儲《もう》けをして、どんどんおおきくするとかそういうことではなくて、『お仕事』としてみんなに役割を持ってもらいたいと思ったから」

　この数カ月、今後をいったいどうすべきかと三島とともに考え抜いた結論がそれだと壱都は言った。

「先代主査が、ああした集まりを作ったときには、それはそれで必要があったと思う。けれどわたしが生きてきたぶんだけの時間が経って、きっともとのかたちとは違ってしまった。重田の件は、そういう長い年月のぶんの膿《うみ》がでてしまったのだと思う」

　じっさい、晩年のいち子は何年も床についたままで、ほとんど重田のやりたい放題だったそうだ。壱都もまたぎりぎり未成年で、なにをどうすることもできなかったと、めずらしくもすこし悔しげに言った。

「臣と慈英は、わたしにもっと違う世界を見なくていいのかと言ってくれたでしょう。そしてできる限り、いろいろ見せてくれようとした。浩三も、お仕事のことをたくさん教えてくれた」

　それがおそらくいちばんおおきかったのだろう。壱都は「感銘を受けました」ときらきらした目で言った。

「浩三は、たくさんのひとの面倒を見ている。土地を貸して、もちろんその見返りにお金をもらうけれど、そうして『責任』を相手に与えるのも大事なのだって教わりました」

「……うん、仕事ってそういう面もあるな」

強制され、縛られると感じる部分もあるだろうけれど、社会的な立場がはっきりしているというのはよりどころにもなる。前田が浩三と話して泣いたのは、おそらくその足場を彼が保証すると言ってくれたからなのだ。

「それに、お給料をもらえるようになれば、違う生きかたを選ぼうと思ったとき、選択肢が増えるでしょう。……以前はそれをすべて重田が握ってしまって、逃げられなくなるひともいたようだから」

この半年近くで、自分が把握しきれていなかった重い事実を正面から受けとめた壱都は、以前よりも力強い表情になっていた。

救いを求めてきたひとびとを、ただすがらせるのではなく、立ち直る手伝いがしたい。要はそのために、もうすこし社会に近づこうと壱都は決めたようだった。

(まあ、こういう壱都のそばから離れようとする人間が、何人いるかってことだけど)

むしろ以前より信者が増えるのではないかと苦笑を呑みこみ、「じゃあ壱都は今後は社長さんになるのか?」と臣は問いかけた。

「ううん。社長は三島」

「え、そうなの?」

「だってわたしは経営のことなんかわからないもの。ええとだから、……顧問? というのになります。民間の会社でも、相談役とかいう立場のひとがいるでしょう。そういう感じ」

若干意味するところが違う気はするけれど、臣は口をださなかった。

（まあ、最近の企業じゃカウンセリング室を設けてるとこもすくなくないし）

そこの役割がかなりおおきな会社だと思えば違和感もないのかもしれない。

「大変だろうけど、がんばれよ」

「がんばります。浩三も、もっといろいろなことを教えてくれると言っていたし。畑も……大麻を作られていたところはつぶして、土を使わないハウス栽培をやってみるのもいいって」

自然の植物だから汚染などの問題はないけれど、気分的に微妙だと言っていたら浩三がそう提案してくれたそうだ。

「もともとは浩三の持っていた山だから、土がなにに向いているだとか、いろいろと詳しいし。お仕事がうまくいくようになったら、提携してなにかやってみようって」

「そっか」

単に避難所として隠れ住んでいただけでなく、しっかりと将来を見据えた話をしていたらしい。つくづくと壱都は転んでもただでは起きない、と感心していた臣に、にこにこと微笑んで今後の展望を語っていた壱都が、ふとまっすぐな目を向けた。

「それでね、臣。きょうはちょっと、あなたに聞きたいことがあった」

「お？　なんだ？」

ちいさな口でかじっていた黒糖の焼き菓子を食べ終え、臣の淹れた煎茶で口をさっぱりさせた壱都は、意外なことを言った。

「高坂文美さんから、小山明子さんのお話を聞くつもりは、ありますか?」

＊　＊　＊

高坂文美との対面を臣が果たしたのは、それから十日ほどを要した。

いま現在の彼女は、まだ事件の余波で入院中の永谷蓉子を看病しながら、コミューンの立て直しに尽力している状態で、臣もまた春の異動に向けての引き継ぎ書類の作成などがあり、なかなか時間が噛みあわなかったからだ。

また同時に、それはお互いに顔をあわせる覚悟をつけるための時間だったのかもしれない。

「……刑事さんには、いろいろとお世話になりました」

落ちあったのは市内の、蓉子が入院している病院の近くにある、寂れた喫茶店だった。型どおりの挨拶をし、名刺を渡したとたん、セピア色の写真で見たよりも時間の経った、けれど面影のある女性に深々と頭をさげられ、臣は恐縮した。

「そんな、わたしはなにも」

「それでも、娘をあんな目に遭わせた犯人を捕まえてくださった。おともだちも巻きこまれて怪我をしてしまったそうで、本当になんとお詫びしたらいいか」

涙を滲ませ、ありがとうございますと何度も何度も頭をさげる文美を落ちつかせるのに苦心した。どうにか泣きやんでもらい、あらためて向かいあって席につく。

「それで……お話というのは、いったい？　母の情報であれば、三島か壱都に言づけていただいてもかまわなかったのですが」

ここにたどりつくまで、いささか腑《ふ》に落ちなかった点を問いかければ、文美はきゅっと唇を結び「あのかたがたには、言うべきではないかと思いましたので」と低い声で言った。

「これは、わたしが二十年も胸にしまっておいたことです。墓まできっと持っていくのだと、そう思っていました。けれど今回、娘を助けてくださった刑事さんが、明子さんの息子さんだと……そして、彼女がいなくなったことで、ひとかたならぬご苦労をなさったとうかがって、せめても、お話をすべきかと思って、まいりました」

想定外になにか重たい話をされるらしい。臣もまた、その真剣な表情に居住まいを正す。

「ただお願いがございます。この件を、けっして、刑事さん以外には誰にも、口外なさらずにいていただきたいのです」

「わかりました」

臣がうなずくと、文美はごくりと喉を鳴らした。わずかにその唇は震えていたが、覚悟を決めたような目は強かった。

「三島補佐……いえ、三島さんから、小山明子さんについてなにか知らないか、と訊ねられたとき、おおまかに、あのかたとあなたがたの立てた推論は聞かせていただきました。結論から申しあげまして、明子さんは壱都さまの母親ではありません。また、代理出産などを請け負われたわけでも、ありません」

「……やっぱりそうですか」

疑念のひとつが晴れて、臣はうなずく。記憶のなかにあった母が、一度として妊婦のような体型をしていたことはなく、そこについては納得がいった。だが文美のつづけた「けれど、妊婦のふりをしていただいていました」という言葉には目を瞠った。

「ふり……ですか？　いったいそれは、なぜ？」

「ここからが、誰にも……いえ、確信はないのですけれど、それでも、誰にも、言わずにいていただきたいとお願いした件です」

胸を手のひらで押さえ、何度も深呼吸して文美は言った。

「いち子さまは、ご存じのようにお脚が悪くていらして、ほとんどの時間、お外にでられることはありませんでした。生まれ育ったおうちでもそのことで家族との仲はあまりうまくいっておられず、……はっきりと申しあげれば、虐待に近いことを受けていらしたようです」

臣は無言でうなずいた。三島から、いち子の逝去を知らされたという東京に住む家族の対応を耳にしていたし、なんとなく想像のついていた話でもあった。

「それでだいぶお若いころに、お兄さまの優次《ゆうじ》さまとふたり、こちらのほうへと流れてこられた。もともとあの草木染めは、家からでられないいち子さまのため、おふたりではじめられたことだったそうです。身体を使う実作業は優次さまが、染め物のデザインはいち子さまが、そんなふうにしてはじめたお商売がすこしずつ軌道に乗って、わたしたちのような手伝いをする面々もすこしずつ増えていった」

あの『光臨の導き』はそんなはじまりだったのか、と、あらためて臣は感慨深いものを覚える。

「でもそれがなぜ、その、宗教団体に？」

「もともとは、ちょっとした相談ごとを、主査さまに持ちかけるといった、その程度のものでした。とてもカンがよくていらしたし、聡明な方で……いまの壱都さまそっくりでしたと申しあげれば、おわかりになりますでしょ」

なるほどとうなずきつつ、べつにあの団体の歴史が知りたいわけでもない臣は、この話がどこにいきつくのかと怪訝になる。心を読んだように、文美は「でもその集まりは、ほとんどが女性ばかりでした」とつづけた。

「お商売が拡がったせいで、途中からは多少、男手も増えましたが、いち子さまのお体のこともあって、あの方と接触する男性は優次さまのみでした。いち子さまは、男の方が苦手でいらしたので……でも優次さまだけはべつだった。歩くのも難儀なことがあれば、抱いて運ばれたり、本当にむつまじいおふたりだったんです」

その言葉になにか引っかかり、臣はわずかに眉をひそめる。一瞬でめぐった想像に、いやまさか、でも、と内心で煩悶《はんもん》し、ごくりと喉が鳴る。

「お訊きしますが、その……いち子さんと接触した男性が優次さんだけ、というのは、壱都が生まれるまでずっと、ですか」

文美は無言だった。うなずきも、まばたきもせず、だが否定のためにかぶりを振ることもせず、ただじっと臣を見ていた。そしてややあって彼女は「誰も本当のところは存じません」と、それだけを言った。

「優次さまは、主査さまを本当にいたわってらして。いつでも、幼いころから、親兄弟に殴られそうになるとかばってくださっていたそうで、その代わりのように優次さまのお体にはひどい傷もありましたから」

ふと文美は息をついて、遠い目になる。

「とにかく主査さま、いち子さまはひっそりと、ご懐妊なさった。わたしどもが知っているのはその事実だけで、相手が誰であろうと、そんなことはどうでもよかったのです」

当時コミューンにいた誰も、そのことにはふれようとしなかった。哀しい生い立ちのきょうだいが、寄り添いあっていた結果ならば、なにも見ないふりでいるしかない。ほとんど確信に近い疑惑だが、誰もが追及せず、見守ることにしていた。

真実は、いち子しか知らない。優次もなにも言わない。ならば、もう、それでいい、と。

「ただ、あのかたがたの仲むつまじさを、いかがわしい話に歪め、広めようとしたのが重田でした」

皺《しわ》深い働き者の手をきつく文美は握りしめる。わないているのは、おそらく憤りだろう。臣は目顔で諒解を示し、話をうながした。まだ核心にたどりつかないこれをじゃましてはいけない気がしたからだ。

「いち子さまのご懐妊は、本当に一部の、古参の人間しか知りませんでした。ご出産まで静かにしていただきたかったたし、妙な騒ぎにもしたくなかった。むろんあの男も気づいたわけはありません……でも」

——いくらなんでも、主査さまと優次さまの間柄は近しすぎやしないか。兄妹《きょうだい》と言ったところで、おかしいだろう。寝所も同じだとか。

「いち子さまはむかし、ご家族のなかでひどい目にあっていた。だから護ってくださる優次さまがいらっしゃらないと、不安で寝つけないのだと言っても『いかがわしい』『怪しい』と執拗に、あちらこちらへ話を持ちかけまして、一部では色眼鏡で見るような者もでてきてしまった」

あの手、この手でいち子と優次を引き離そうとする重田に、彼らも、文美をはじめとする古参のシンパたちも、困り果てていたそうだ。

「しかし、兄妹の仲がいいからといって、ふつうはそう考えたりしないでしょう。重田はずいぶん非常識な、生臭い発想をする。そんな脂ぎった男が、いったいどうして、女性の多い教団に……？」

臣が疑問を口に挟めば、「あれでも重田は、主査さまを信奉してはいたのです」とため息まじりに文美が言った。

「最初は本当によく尽くしてくれていました。体格もよかったしひとを使うのも、金勘定もうまくて、あの男がきてから商売がさらに軌道に乗ったのも事実です。ただ……その……どうにも俗な欲が捨てきれない男だったようで」

壱都によく似たいち子もまた、若かりしころはうつくしい女性だった。組織のなかでの権力だけでなく、違う意味でも『ヒトツさま』がほしくなったのだろうことは想像にかたくなく、臣は苦いため息をつく。

「簡単に言えば、ふられて逆恨み、というところですか。それで、じゃまな優次さんを排除しようとした、と」

「ええ、まあ」

なるほど、壱都に対して執拗だった理由がこれでまたわかった。壱都に慕われる三島を、あそこまで痛めつけたのも、親世代のトレースだったのだろう。あの男にとって壱都はいち子の、三島は優次の移し身にでも見えていたのかもしれない。

（自分の子に執着したとかってんじゃないだけ、まだマシか）

あの男の血が壱都に流れているというのは、さすがにぞっとしない想像だっただけに、それだけは安堵した。

「それで……小山明子は、どういう関わりを？　なぜ教団に？」

「あのひとは……逃げてこられたんです。なんだかそのころ、ひどく疲れることがおありだったようで。きっかけは、それこそスナックのお客さんから草木染めのスカーフをいただいたことだったようですが、女性だけの集まりがあると聞いて、そこにどうしてもいってみたいと仰って」

やわらげた物言いだったけれど、彼女の微妙な表情から、男絡みのトラブルだったことが察せられた。

「殴られていた母が泣いていたような記憶があるんですが、そのあたりでしょうか」

臣が指摘すると、文美は複雑そうにうなずく。

「おきれいな方でしたからね。気がないのにしつこくされることも、多くあったようで。お仕事がお仕事だったので、強く断っても本気にされないと……正直、わたしたちもそのころは、すこしばかり偏見の目で見てもいました。ご自身にも責任があるのではないか、と」

「それはまあ、当然でしょう」

二十年もまえの時代に、スナック勤めの女性がどう見られていたかなどいちいち説明するまでもない話だ。臣が苦笑すると「でもすぐ、寂しい方だったんだとわかったんです」と彼女は言い添えた。

「あなた、とてもよく似ていらっしゃるけれど、男の方だからかしらね。お母さまより、強い気を発してらっしゃるの」

「気……ですか」

スピリチュアルな話になると困るな、などと臣が思っていれば「覇気というか、生命力のようなものですよ」と彼女は微笑んだ。

「迷いのないお顔でいらっしゃるから。でも明子さんは……あの方は、ご自身の姿かたちにずっと、振りまわされていらしたようだったから。ひとりで生きていかれるほどには、お強くなくて。わたしなんかも、若いころはきれいなひとはそれだけで得をしていると思いこんでいましたけれどもね、そうはいかない方もいらっしゃるんだと、明子さんを見ていて知りました」

望まないかたちで男に迫られ、食いものにされ。心を預けようにも裏切られ——それは臣が見てきた母の姿と同じようでいて、すこし違った。

「不思議に、あの哀しいひとと、主査さまとは仲がよろしかった。優次さまもまじえて、三人でいるときは、とても落ちついていらしたんです。お酒も煙草も断たれてね」

「……そうですか」

自分と離れたことで、母がおだやかに暮らせたのだとすれば、やはり苦い。

運ばれてきてからずっと手つかずの、冷めきって油膜の浮いたコーヒーをごくりと喉を鳴らして飲み干し、カフェインの苦みで頭を切り換えた。

「それで、その。いち子……さんが懐妊したと仰いましたよね。でもあの写真ではまるで、母が……小山明子が妊娠しているふうに、見えましたけれど。それが、ふり、という？」

「ええ。あれこそが、カムフラージュでした」

いち子の妊娠が発覚したのは、重田が優次といち子の仲を疑いだし、妙な噂をばらまきはじめた時期だった。タイミングとしては最悪で、いずれ産まれるその子どもを、どう言いつくろえばいいのか。迷っていたとき、明子が言ったのだそうだ。

「自分が妊娠したことにすればいい、と。経産婦だから、どういう状態になるのかはわかっている。それまで自分が優次さんとべったりしてみせて、腹に座布団でも抱えてすごせばいいだろう。そう仰ったんです」

「え……」

意外な事実に、臣は目を見開く。「最初はなんて頓狂《とんきょう》なことを、とわたしどもも思いました」と、文美ははじめて口元をほころばせる。

「幸いに、というか、体質のせいなのか、主査さまはおなかがあまり大きくはならなくて。隣で、あからさまにふくれたおなかを抱えている女性がいると、目立ちませんでした」

「でも、出産までごまかせるものですか？　重田が目を光らせていたのでは？」

「それもすべて、明子さんが大騒ぎなさって。産院への定期検診も、付き添いという名目で主査さまと優次さまがいっしょに赴かれたり。言いくるめる手管《てくだ》もさすがのもので」

コミューンの純朴な人間相手には恫喝もできた重田だが、夜の蝶だった明子のほうが、一枚上手だったのだと、文美はどこか愉快そうに言った。その顔にははっきりと、笑いが滲んでいる。臣はどこかほっとした。文美の硬質な表情は、笑うことのすくない人生を歩んできた人間なりの痛みがありありと表れていたからだ。

「それでも疑ってかかる重田に、『女の事情を根掘り葉掘り詮索するなんて』だとか、『妊婦に興味があるのか、どういう変態だ』とか啖呵《たんか》を切ってね。酔客をあしらうよりは簡単だとうそぶかれて」

「……気の強いひとでしたからね」

たしかにもろい部分もあったが、明子は基本的にはきつい女だった。苦笑する臣に「でも、だから助かったんです」と文美は言った。

「主査さまの陣痛がはじまったとき、明子さんが『痛い、痛い』とおおげさに騒いでね。病院に向かうタクシーに乗ったとたん、妊婦が変わったので、運転手の方がびっくりしていた、なんておっしゃって。その朝まで、主査さまはふつうにおつとめをなさっていた。本当に、お体も弱くてほっそりしていらしたのに、気丈なかたでした」

日誌を書く当番の人間は、主査であるいち子の動向など、あくまで『おつとめ』に関わることのみを記す。だが、個々の信徒がどうしていたかまでは書かない——つまり、日誌には明子の妊娠・出産についての記述はなくて当然。

臣は、結託した女性たちのたくましさと知恵に、感嘆するほかなかった。

「たいしたもんですねえ……」

「これで重田をだしぬいた、と笑ったものでしたよ。明子さんもお上手でね。座布団でふくらませたおなかを抱えて、子守歌をうたったり」

「……子守歌、ですか」

臣はその言葉にひっかかりを覚え、目をしばたたかせる。

「ええ、でもそれがね、ねんねんころり……なんていうのではなくて、ハミングの、ちょっとジャズのような、不思議なうたで。なんていう曲ですかと聞いたら、ジョージ・ガーシュウィンの『子守歌』と。きれいなひとは、子守歌までおしゃれなんだなって思いました」

思いだし笑いをした文美は、そのあとふっと表情をあらためた。

「けれど、壱都さまがお生まれになったその日に……明子さんは、いなくなってしまったんです」

臣は息を呑む。「ど、どうして」——問いかける言葉がもつれ、文美はそれを痛ましそうに見つめた。

「壱都さまが産まれて、それを『誰の子』として届けるかという問題もありました。重田にどう勘ぐられるかわからない。だから、あの方は……ふたたび『子捨ての母』になったんです。そして、置いていかれた壱都さまを、主査さまが実子として届けた、そういうかたちにするためだと、言いおいて」

臣が黙りこむと「でも、それだけじゃないと思います」と文美は言った。

「それだけではない、とは？」

「わたしも、出産された病院におりました。主査さまが、大事そうに壱都さまを抱えていらした姿を見て、明子さんはひどく……なんというのか、苦しそうな顔をしていらっしゃった」

そして文美は、臣をまっすぐに見た。

「そのとき、ちいさな声でつぶやかれたんです。『臣、ごめんね』と」

「……！」

臣は、胸に衝撃を受けた。ずきずきと心臓が痛む。それをわかっているかのように、文美はうなずいてみせた。

「わたし思うんです。新しく生まれてくる赤ん坊を、あの方が必死に護ろうとしていらしたのは、罪滅ぼしだったのではないかと。大事にしてあげられなかったあなたを、妊娠したふりをして、もういちど、産みなおしをしたかったのではないのかと」

それはうつくしい解釈だ。けれど臣は納得しきれなかった。心の奥のどこかが軋み、混乱もしている。

「……でも、なんで、いなくなるなんて。おかしいじゃないですか。おれに対しての贖罪《しょくざい》の気持ちで、その赤ん坊をどうにか護ろうとしたんでしょう。だったら」

最後までやりとおせよ。言葉にならなかった声を聞き取ったかのように、文美は静かに告げた。

「これも想像でしかありませんけれど、目を背《そむ》けていられれなくなったから、ではないでしょうか。あなたを傷つけ、置いて逃げてしまったことを」

明子は病院から去ったまま行方をくらまし、その後の足取りは、まるで知れなかったという。

唯一の居場所であったコミューンすらも捨て、いったい彼女はどうしたのか。

「……申し訳ないのですけれど、その後の手がかりは、わたくしどもにもなにも、わからないんです」

彼女の代わりに詫びるというように、文美は頭をさげた。臣は、うつろな目でつぶやいた。

「そんなに、思いだすのがいやだったんですかね」

そんなにおれが憎かったのか。赤ん坊というだけで、思いだすのもいやなほど。

(どこまで逃げれば気がすんだんだ、あんたは)

臣のほの暗い気分を打ち消すように、「違います」と文美は語気を強めた。

「違うとは、なにが」

文美は、すがるような目で、どうか理解してくれと言わんばかりの口調で、臣へ訴える。

「明子さんは、明子さんなりにあなたを護ろうとしていたんです。……自分から」

「え？」

哀しそうな目で、文美は臣を見つめた。言ってもいいかどうかと迷うその目に、臣はようやく、真実を悟った。

「……おれを、虐待しないように、ですか」

口にしたとたん、苦いものがこみあげてくる。文美の目が、いたわるように細くなった。

「あのかた、心がもう限界でいらしたんです。わたしも母親ですから、とても、わかってあげてくださいとは申せませんし、話をうかがって苦い思いもいたしましたが」

ちいさく息をついて、文美はつぶやくように言った。

「それでも、明子さんが自分にできる唯一の母親らしいことは、あなたのまえから消えて、あなたに害をなそうとする自分を遠ざけることだけ、それだけだったんです」

臣はなにを言えばいいのかわからなかった。

すうっと血の気が引き、指が震えはじめる。ひく、と喉が圧迫されたような感覚を覚え、無意識にそこをさすった。

（なんだ、これ）

その仕種に気づいたのか、文美が目元を歪める。臣はとっさに指を握りしめ、喉から手を離した。

「許してあげてとは言えませんが、ひとつだけ聞いてください。あの方は、……ご病気だったんです」

「病気？」

怪訝な顔をした臣に、彼女は「どうか理解してくれ」とでもいうような目をした。

「産後鬱……いまだとすぐ、そういう言葉がでてきますけれど、当時はあまり知られていませんでした」

意外な言葉に、臣は目を瞠る。その顔を、まるで明子の面影を探るかのように、文美はじっと見つめた。

「明子さんは陣痛に、五日間も苦しんだそうです。わたしも子どもを産んだからわかります。安産と言われても、まる一日激痛がつづきました。あれは、もういっそ殺してくれと思うほどつらいんです。それが……五日もだなんて」

痛ましい、とでも言うように、文美はかぶりを振る。

「なんだかんだとここいらは田舎でしたし、当時は麻酔をかけるような出産方法をとる病院は、あまり多くありませんでした。おまけにかかっていた病院の方針で、途中で帝王切開にするだとかはされず、苦しむままで。それからずっと明子さんの心は折れてしまわれていた」

臣は考えもしなかった、想像すらしていなかった母の病に息を呑んだ。

「そ、れを、母は、わかっていたんですか?」

「自覚は、なかったと思います。コミューンに逃げてこられて、主査さまとたくさんお話をなさって、それでようやく、わかったことで」

いち子自身は持病のため頼れなかったが、外の世界に頼らないコミューンには、むかしでいう産婆や、医師免許を持った人間もいた。いち子はそれらの人物に明子のことを相談し、産後鬱だったのだという結論にたどりついたのだそうだ。そして文美自身も、看護師の経験があったのだという。

「で、でも産後って……おれのまえから消えたのは十四のときで」

それだけはどうしても解せない。混乱した臣に、文美は説明をつづけた。

「おおよそのひとは、数カ月から一年すれば、ホルモンバランスも戻って、治ると言われています。ただしそれは、心身ともに健康で、適切な治療をすればの話で……」

言葉を切って「そこから、深刻な状態になってしまう方もいます」と文美は目を伏せた。

「とくに明子さんはシングルマザーで、お金もあまり、持ちあわせていらっしゃらない様子でしたから。病院にかかってすら、いなかった」

言われてみれば、思いあたることがいくつかある。

いつも鬱々として笑わず、嘆きや苦しみという方向にだけ激しい反応をみせたこと。ヒステリックな反応、臣へ向けられた怒り、憤り。

あれは、心が病んでしまったがゆえのことだったのか。

考えもつかなかった事実に呆然となっていると、文美がつぶやくように言った。

「それでも、十四年……がんばられたのだと、思います。限界がくるまで」

「限界？」

臣が問い返すと、文美は一瞬迷う目をしたあと、告げた。

「明子さんは言っていました。いちどだけ、あなたの首に、手をかけそうになったと」

ひゅ、と臣の喉が音をたてる。とっさに首を押さえれば唇が震え、何度も喉を上下させる。

粘膜が乾いて、重たいなにかがべたりと貼りついた気がした。

（そうか、あれは）

夢のなか、母の目の奥にある絶望に飲まれ、息苦しさをおぼえたのだと思っていた。

けれど、泣きながら怒る母の哀しい顔。あれは、そう——息子の首を絞めようとして絶望している明子の顔だったのだ。

——だからあんたなんかだいきらいなのよ！　あっちいってよ！　頼むからさあ、もう、あっち、いっててよ……！

あの言葉を、彼女はどんな思いで吐きだしたのだろう。そして自分はなぜ、首を絞められまでした事実を、認識できないでいたのか。

（認めたく、なかったのかもな）

青ざめ、無言になる臣の肩に、文美はそっとふれてくる。

「……大丈夫ですか？」

「あ、ええ」

さすがに声が震えるのだけはごまかせなかったが、臣は深呼吸をしてうつむく。ぐらぐらと、いままでの自分が揺らぎそうになって苦しい。

だが、ふと目にはいってきたのは、さきほど文美へ渡し、テーブルのうえに置かれたままの警察の名刺だ。

階級と名前が記された、ほんのちいさな紙片。だがそれは、根底から崩れ落ちていきそうな臣をつなぎとめる、力強い錨《いかり》でもあった。

（そうだ。おれは、警察で仕事をしてる。過去になにかがあっても、いまは——高坂さんが言ったように、ちゃんと強く、生きてる。責任も、ある）

壱都が言ったのは、こういうことだったのかもしれないと思う。捕らわれそうになった場所からどうにか立ち直る。

「だいじょうぶです。おれは」

うなずいてみせると、文美はやはり詫びるように目を伏せ、言葉をつづけた。

「ただとにかく、これ以上はいけない、と思ったのだそうです。顔を見るとなじってしまう、殴ってしまうけれど、後悔ばかりして。ただあなたが可哀想で、自分のような母親がいて中し訳なくて、そう思わせるあなたがまた憎くなって……そんな堂々巡りを断ち切るにはもう、それしかないと」

彼女のせいばかりとは言えない、そう告げられても、とっさにどうしたらいいのかわからない。

ただ、ひどく哀しいと思った。

寒い冬。閉めだされた。食事もろくにもらえなかった。置いていかれて、めちゃくちゃになってしまった人生。恨み節ならいくらでも浮かんでくる。

けれどなぜだろう。いま脳裏に浮かぶのは、たった数回、ともに歩いた記憶。

——あんた貧乏な口してんのねえ。いちばん安いのよ、それ。

——おいしいのは、いいね。

文美に同じく、顔いっぱいに笑いを浮かべることなどなかった、けれどうつくしくはかない女の顔、酒と煙草にかすれた声ばかりが、なぜこんなにも鮮明なのだろう。

そして——どうしていまさらになって、苦しくなるのだろう。

(おれを護る、たったひとつの方法が、おれを捨てることだった……？)

不器用をとおりこして、ばかだ。もっと違う方法はいくらでもあっただろう。おとなになったいま、明子のあさはかさをなじる言葉はきっといくつもでてくる。きっと納得など一生できなくて、ずっと引きずりつづけてしまうのかもしれない。

だが臣は、そんな明子を責められない。——責められるわけが、ないのだ。

「ほんっと、ばかですね、……おれの母親」

「……臣さん」

気遣うように、文美がそっと名前を呼んだ。刑事さん、ではなく、臣、と。声もなにも違うのに、その響きがなぜか、もう記憶すらおぼろな母に似ている気がした。

それとも母親というものは、子どもというものに対するときは、こういう音をだすものなのだろうか。

「だって、そっくりですよ。おれの母と、おれと……考えかたが」

「……え？」

どうしようもなくやるせないのは、そのあさはかで短慮な思考回路そのものが、自分とあまりにも似ていたからだ。

「おれも大事なやつから、なんべんも離れようとしたんです。捨てるのがいちばん、相手のためになると思って……それがいいと、思いこんで、けど残されたやつの気持ちとかなんも考えてなくって」

よりによって、いちばんだめなところが似なくていいのに。苦笑して、ぎゅっと拳を握った臣へ、文美は静かに笑いかけた。

「でも、そうはなさらなかったのね？」

落とした視線は、左の薬指へ向かっていた。「はい」とうなずき、臣はそのリングをそっと撫でる。

「あのころのおれとは違って、ちゃんと引き留めてもらえたから」

「……そうですか」

ほっとしたように息をついて、文美は問いかけてきた。

「あの、あなたは、いま、幸せですか?」

臣は彼女の目をまっすぐに見て、「はい」とうなずいた。

「本日は、いろいろとありがとうございました」

「いえ、こちらこそ……けっきょくはわたしが、荷を下ろしたかっただけなのかもしれない」

文美はそんなふうに言ったけれど、臣はかぶりを振った。

長い時間を話しこんでいたが、明子の生死についてはまったくわからない、ということがわかっただけだった。

いろいろと聞かされた臣も、とくに知りたかったわけではない気もしていた。そもそも、二十歳をすぎてあの宣告をしたときから、自分のなかで明子は死んだのだと思っていたし、きょうの話しあいで新たにわかったことはいくつかあっても、その点については変わりがない。

「この日のことは、きょう限り忘れます。高坂さんも安心してください」

「……申し訳ありません」

ふたたび深々と頭をさげた文美へ、臣はふと問いかける。

「あの、ところで。さっき言っていた、子守歌って、もしかしてこんなメロディですか」

へたな鼻歌で、うろ覚えの旋律をそらんじる。文美は驚いたように「それ、それです」と手をたたいた。

「びっくりだわ。音をはずしているところまでおんなじ」

「え、これ、はずしてるんですか？」

母の鼻歌で覚えていただけで、原曲など知らない臣は驚いた。

「わたし気になって、あとから調べて、レコードを聴いてみたんです。明子さんの口ずさんでいたメロディは、途中がなぜだか半音だけ、ずれていて」

思いだし笑いをする文美の目には涙があった。臣もまた、なぜ涙腺が疼《うず》くのかわからないまま「そうですか」とうつむく。

「……ごめんなさいね」

突然謝られ、驚いた。なぜあなたが、そう問いかけると「なぜかと言われても、わからないのだけど」と文美は言った。

「強《し》いて言うなら、あのときの明子さんがつぶやいた言葉を、わたしが聞いていた。それをあなたに届けないといけなかったから、かしら」

「そう、ですか」

あいまいにうなずいて、臣はその場をあとにした。


——臣、ごめんね。

彼女がつぶやいたという言葉は、たしかに伝わった。けれどその真意は、想像することすらむずかしいし、謝られたからといってすべてがなくなるわけでもない。

だが臣はふと、沢村が堺の謝罪に救われたという言葉を思いだした。

誰かに謝られて、それがどういう相手であれ、心がすこしだけ助けられる。

自分の痛みを知ったひとが、それを癒しきれずにすまないと思ってくれた、そのことが、おそらくは慰めになるのだ。

「……母さん、でも、おれはさ」

簡単には許せない、割りきれない。そういう思いはずっとくすぶっていくのだろうけれど、臣を殺さないために逃げだしたという明子が、哀しくてたまらなかった。

「それでもおれは、そばにいてほしかったと……思うよ」

見あげた空から、ゆっくりと雪が落ちてくる。ずっと見あげていると、まるで吸いこまれていきそうになる。

以前はそういうとき、ぞっとするほどの孤独が襲ってきてたまらなく怖かった。けれどいまは、外気に冷えたプラチナのリングを意識して、ひとりでないことを実感する。

いち子の兄、優次は、壱都が五歳のころ、病気で亡くなったという。

もの静かでおだやかな兄の死をいち子はひっそりと悲しみ、それでもなげくことはなかったそうだ。

——いつでも、あのひとはここにいます。

胸をそっと押さえた彼女が秘めたもの。壱都の、じつの父親。いち子が、文美が、二十年秘密にしていたことは、慈英にも誰にも打ちあけるまい。じっさいのところ、すべてが憶測でしかない過去だ。

あの不思議な存在と自分が、きょうだいでなかったことだけは残念だったと、彼らにはそれだけを報告しよう。

「壱都は、壱都。おれは、おれ」

つぶやいて、臣は口をあける。舞い降りてきた雪のつぶが舌に乗り、溶ける。

そして調子のはずれた子守歌をうたいながら、帰路を歩く。

「ニューヨークとの時差は……十四時間だっけ」

いまは夕方の五時近く。つまりあちらは深夜の三時だ。携帯を取りだして、メールを打つ。【高坂さんと話した】という短い文面を送った。メールならば起きてから見るだろうという臣の思惑ははずれ、すぐに着信が鳴り響く。

「おっ、わっ、じ、慈英？」

『お疲れさまです』

ゆったりとした笑みが見えるような声に、ほっと息が漏れた。

「ごめんな、夜中だろそっち」

『制作中で起きてましたから。それより、どうですか？』

最新機種の電話のおかげで、国際電話も大昔のようなタイムラグはない。耳のすぐそばでささやくような声を、いつでも聞ける。

「すっげー長い話になるから、今度帰ってきたときに話したいんだけど」

『……来週には時間とれますから』

「ばか、ちゃんと仕事しろ」

笑いながら、臣は歩く。それでも慈英は食いさがり『三日くらいは休みをとれる』と言い張って「それ中一日でとんぼ返りコースじゃないか」とますます臣を苦笑させた。

「いいんだよ、来月ちゃんと一区切りついたら、しばらく日本にいられるんだろ。つまみ食いしたらよけい腹減るのと同じだから、きっちり仕事片づけて帰ってきてよ、ダンナサマ」

『だんだん臣さんはおれの操縦がうまくなってきてませんか?』

「当然。もう長いつきあいなんだから」

いささかあきれたような声に、わざとそう言い放つ。

「帰ってきたら、いっぱいかわいがってな」

『……ますますはやく帰りたい』

「働け、先生。じゃあ、電話代高くなるからまたな」

切るぞと告げれば、慈英はくすくすと笑い『わかりました』と言った。

『じゃあまた、臣さん。……愛してます』

「うん、おれも」

なんのわだかまりもなく、ただおだやかな声で告げて、臣は電話を切った。頰に雪片がふれ、ぶるっと震える。

「きょうはなに食おうかなあ……」

市内で軽く食べて、それからいったんあの町に戻って。引き継ぎの書類も作らなければいけないし、戻るための準備もすこしずつしておかねばならない。

臣は、自分がたいしたことのない人間だと知っている。これからもきっと迷うし、失敗もするだろう。

それでも、帰る場所があるのだ、この町に。そして帰りを待つことが、いまの臣にはできるのだ。

　さくりと踏んだ雪のしたには、春が待っている。空はどこまでも広く、そしていつでも、慈英とつながっている。

あとがき

慈英×臣シリーズ、第二部これにて完結と相成りました。

ようやくここまでこぎつけた、というのが心底からの本音であります。

思い返せばまるっと十二年まえ、二〇〇一年の十二月に『しなやかな熱情』ノベルズ版が刊行されたわけですが、あの当時はまさか干支ひとまわりもこのキャラたちとつきあうことになるとはまったく思っておらず、文庫シリーズとして再スタートを切ったのも、これまた二〇〇五年と、八年もまえの話になりますが、このころでさえ三冊だせたらいいなあ、くらいの気分でおりました。

それが、スピンオフも含めればシリーズとしてはこれで九冊目、年末にはシリーズ大集合の短編集として、デビュー十五周年記念の単行本もだしていただくので、ジャスト十冊になります。

四年おきだったり二年おきだったり、けっこうな間が空いているシリーズなのですが、根強く応援してくださる皆様のおかげでここまでこられたなあ、としみじみ感謝です。

しかしこの第二部に関しては、前述のとおり「まさかの続き」でもあったため、いろいろとやったことないことにもチャレンジしてみました。『はなやかな哀情』から続く一連のできごとは、けっこうドハデな展開まみれで、臣にも慈英にもつくづくと濃すぎる経験をさせてしまいました。しかし作中では三冊とおしてたった一年しか経っていないという。と

ただこれは近年、自分自身がものすごく激動だったこともかなり影響しているなあと思います。数年間変化がなくおだやかにいたのに、たった数カ月で人生観や生き方が変わっちゃうようなことは案外とあるものだな、と痛感するような、ここ数年でした。

それとじつは、第一部と第二部で、ラストの三作目を裏と表的にしたいなあ、と思っておりましての今作です。第一部では父親について色々悩んだりぐるぐるしたり、だった臣ですが、今回はあのころとはまるで違う感覚で母親のことについて知り、また過去と対峙し、成長した自分を自覚してほしかった。

前作、前々作でのすったもんだで、臣も慈英も変わりました。閉じきった世界でゆるゆると愛しあってるふたりが好きだった、と仰る方もいましたが、作者としては「ぼちぼち世界と関わらないかね」と、繭のなかから放りだす勢いで書きつづりました。

これは、第二部がはじまると決定したときからものすごく悩んだのですが、ある意味恋愛としては完結しまくったふたりの「その後」はいったいどうなるんだろうな？　と考えた末に、一度ぜんぶぶっ壊れていただこう、ということで慈英の記憶をぶっ飛ばしました。で、臣にもしこたま悩んでもらいました。

そんなこんながあっての、今回のラストです。ぜんぶがつまびらかになるわけでもないし、

変わったようでいて相変わらずな部分もあって、でもいつもいつも慈英に引っ張られてた臣に、本気で覚悟させたかった。

どんな話を書くにせよ、キャラクターとは「あんたどうすんの」と頭のなかでじっくり膝詰め談判するわけですが、臣と慈英に関しては、本当にずーっと、デスマッチ的なバトルを繰り広げていた気がします。

作者とキャラのとっくみあいが、どのようなかたちに結実したのかは、本文のほうをお読みいただきたく。

年末には前述のとおり、慈英×臣シリーズから、『インクルージョン』、碧と朱斗などの短編集があります。そちらはさっくりと楽しめる番外編集ですので、それぞれのカップルをご堪能いただければと思います。

さて長かったあとがきもぼちぼちと行数がなくなってまいりました。

今年はずっと体調が芳しくなく、半年以上もの間、ろくにものが書けずにおりまして、いろいろ本気で人生考え直したりもしましたが、それでもやっぱりこれしかないなあ、と思うにいたりました。ただやはり、続けたければそれなりのメンテナンスが、心にも身体にも必要だなあ、と痛感いたしました。

来年は頭からすこしばかりお休み期間をいただきます。その間に新刊がでたりするので、端から見たらどこで休んだかよくわからない状態だと思いますが、スケジュールのほうもちょっとゆるやかにしていただきました。関係各方面の皆様にはご迷惑をかけどおしだったのですが、さまざまなかたちでご尽力いただき、ひたすら感謝です。

今作もまた、素晴らしい挿画をくださった蓮川先生、いろいろとご迷惑をおかけいたしましたが、本当にありがとうございました。ショタ臣オンパレードもたまりませんでしたが、表紙にこめられた暗喩に震えました……！　単行本のほうも、なにとぞよろしくお願いいたします。

それから担当さま、長々としたトンネルに突っこんだまま出てこられなかった状態でしたが、待ってくださって本当にありがとうございました。脱稿の連絡時、声を聞いて、本当にご心配をかけてしまった……と猛省いたしました。今後ともなにとぞよろしくお願いいたします。

友人、家族も、ずっと心配かけてごめんなさい、見守ってくれてありがとう。

待っていてくださった読者の皆様も、本当にありがとうございます。

今後もぼちぼちと、すこしゆっくり、自分なりに頑張りたいと思っております。

またどこかでお目にかかれたなら、幸いです。

✦初出　あでやかな愁情…………………書き下ろし

崎谷はるひ先生、蓮川愛先生へのお便り、本作品に関するご意見、ご感想などは
〒151-0051 東京都渋谷区千駄ヶ谷 4-9-7
幻冬舎コミックス　ルチル文庫「あでやかな愁情」係まで。

幻冬舎ルチル文庫

あでやかな愁情

2013年11月20日　第1刷発行

✦著者　崎谷はるひ　さきや はるひ

✦発行人　伊藤嘉彦

✦発行元　株式会社 幻冬舎コミックス
〒151-0051 東京都渋谷区千駄ヶ谷 4-9-7
電話 03(5411)6431［編集］

✦発売元　株式会社 幻冬舎
〒151-0051 東京都渋谷区千駄ヶ谷 4-9-7
電話 03(5411)6222［営業］
振替 00120-8-767643

✦印刷・製本所　中央精版印刷株式会社

✦検印廃止

ISBN978-4-344-82862-9　C0193　Printed in Japan

『インクルージョン』
崎谷はるひ
イラスト 蓮川愛
電車で頻繁に痴漢にあっていた大学生の早坂未紘は、ついに反撃するが、人違いだったうえに相手に怪我までさせてしまう。落ち込んだ未紘は、その男、ジュエリーデザイナー秀島照映の仕事を手伝うことに。次第に照映に惹かれていく未紘。未紘の気持ちに気づいた照映は未紘と身体をつないで…!?
大幅加筆改稿にて待望の文庫化。
650円(本体価格619円)